U0133898

21 世纪高等学校计算机教育实用规划教材

图形图像处理应用教程
（第二版）

张思民 梁维娜 编著

清华大学出版社

北京

内 容 简 介

本书通过大量范例对平面图像处理软件 Photoshop CS2 和动画制作软件 Flash 的使用进行了循序渐进的讲解。所举范例针对每个章节的知识点而设计,并且短小精悍适合课堂讲解。

本书主要介绍了 Photoshop 的基本操作,以及滤镜、选区、图层、路径和色彩色调的应用,并介绍了 Flash 动画的基础知识,以及补间动画与逐帧动画、图层特效动画及 Flash 行为动画的应用。

本书图文并茂,所有插图均为彩图。

本书既可作为高等院校图形图像处理课程教材,也可作为各类培训班教材及图形图像处理技术爱好者的自学参考书。

图书在版编目(CIP)数据

图形图像处理应用教程 /张思民,梁维娜编著. —2 版. —北京:清华大学出版社,2008.2
(21 世纪高等学校计算机教育实用规划教材)
ISBN 978-7-302-16465-4

Ⅰ. 图…　Ⅱ. ①张…②梁…　Ⅲ. 图形软件,Photoshop、Flash–教材　Ⅳ. TP391.41

中国版本图书馆 CIP 数据核字(2007)第 176350 号

责任编辑:魏江江
责任校对:梁　毅
责任印制:李红英

出版发行:清华大学出版社　　　　地　　　址:北京清华大学学研大厦 A 座
　　　　　http://www.tup.com.cn　邮　　编:100084
　　　　　c—service@tup.tsinghua.edu.cn
　　　　　社 总 机:010-62770175　邮购热线:010-62786544
　　　　　投稿咨询:010-62772015　客户服务:010-62776969
印 刷 者:北京市世界知识印刷厂
装 订 者:北京市密云县京文制本装订厂
经　　销:全国新华书店
开　　本:185×260　印　张:16.5　字　数:397 千字
版　　次:2008 年 2 月第 2 版　　　印　　次:2008 年 2 月第1 次印刷
印　　数:1~4000
定　　价:45.00 元

出版说明

随着我国高等教育规模的扩大以及产业结构调整的进一步完善，社会对高层次应用型人才的需求将更加迫切。各地高校紧密结合地方经济建设发展需要，科学运用市场调节机制，合理调整和配置教育资源，在改革和改造传统学科专业的基础上，加强工程型和应用型学科专业建设，积极设置主要面向地方支柱产业、高新技术产业、服务业的工程型和应用型学科专业，积极为地方经济建设输送各类应用型人才。各高校加大了使用信息科学等现代科学技术提升、改造传统学科专业的力度，从而实现传统学科专业向工程型和应用型学科专业的发展与转变。在发挥传统学科专业师资力量强、办学经验丰富、教学资源充裕等优势的同时，不断更新其教学内容、改革课程体系，使工程型和应用型学科专业教育与经济建设相适应。计算机课程教学在从传统学科向工程型和应用型学科转变中起着至关重要的作用，工程型和应用型学科专业中的计算机课程设置、内容体系和教学手段及方法等也具有不同于传统学科的鲜明特点。

为了配合高校工程型和应用型学科专业的建设和发展，急需出版一批内容新、体系新、方法新、手段新的高水平计算机课程教材。目前，工程型和应用型学科专业计算机课程教材的建设工作仍滞后于教学改革的实践，如现有的计算机教材中有不少内容陈旧（依然用传统专业计算机教材代替工程型和应用型学科专业教材），重理论、轻实践，不能满足按新的教学计划、课程设置的需要；一些课程的教材可供选择的品种太少；一些基础课的教材虽然品种较多，但低水平重复严重；有些教材内容庞杂，书越编越厚；专业课教材、教学辅助教材及教学参考书短缺，等等，都不利于学生能力的提高和素质的培养。为此，在教育部相关教学指导委员会专家的指导和建议下，清华大学出版社组织出版本系列教材，以满足工程型和应用型学科专业计算机课程教学的需要。本系列教材在规划过程中体现了如下一些基本原则和特点。

（1）面向工程型与应用型学科专业，强调计算机在各专业中的应用。教材内容坚持基本理论适度，反映基本理论和原理的综合应用，强调实践和应用环节。

（2）反映教学需要，促进教学发展。教材规划以新的工程型和应用型专业目录为依据。教材要适应多样化的教学需要，正确把握教学内容和课程体系的改革方向，在选择教材内容和编写体系时注意体现素质教育、创新能力与实践能力的培养，为学生知识、能力、素质协调发展创造条件。

（3）实施精品战略，突出重点，保证质量。规划教材建设仍然把重点放在公共基础课和专业基础课的教材建设上；特别注意选择并安排一部分原来基础比较好的优秀教材或讲义修订再版，逐步形成精品教材；提倡并鼓励编写体现工程型和应用型专业教学内容和课程体系改革成果的教材。

（4）主张一纲多本，合理配套。基础课和专业基础课教材要配套，同一门课程可以有多本具有不同内容特点的教材。处理好教材统一性与多样化，基本教材与辅助教材、教学参考书，文字教材与软件教材的关系，实现教材系列资源配套。

（5）依靠专家，择优选用。在制订教材规划时要依靠各课程专家在调查研究本课程教材建设现状的基础上提出规划选题。在落实主编人选时，要引入竞争机制，通过申报、评审确定主编。书稿完成后要认真实行审稿程序，确保出书质量。

繁荣教材出版事业，提高教材质量的关键是教师。建立一支高水平的以老带新的教材编写队伍才能保证教材的编写质量和建设力度，希望有志于教材建设的教师能够加入到我们的编写队伍中来。

21 世纪高等学校计算机教育实用规划教材编委会

联系人：丁岭 dingl@tup.tsinghua.edu.cn

前　言

　　本书是《图形图像处理应用教程》的第二版，在保留原教材的风格及特点的基础上，对原有的部分章节进行了调整，将原版中通道与蒙版的内容进行了拆分与合并，通道概念合并到"选取操作"内讲解，这样便于让初学者掌握多种选取图像的方法，而蒙版部分则并到"图层"内容中讲述。第二版还对许多例题重新进行了编写和修订，使读者更容易理解和掌握。

　　"图形图像处理"这门课程的教学目的是，使学生掌握平面图像处理和动态图像处理的基本概念及操作方法。

　　本书主要介绍平面图像处理软件 Photoshop CS2 和动画制作软件 Flash 的基本使用方法。采用基本知识和实例相结合的方式，突出了实用性。图形图像处理技术是一门实践性很强的学科，一定要多上机实践才能较好地掌握这门技术。本书列举了大量图文并茂的实例，读者只要按实例的引导一步一步地动手做下去，就能轻松自然地掌握图形图像处理的方法。

　　本书共分 13 章。第 1 章介绍了图形图像基础知识；第 2 章介绍了 Photoshop 基本操作方法；第 3 章介绍了 Photoshop 滤镜的使用方法；第 4 章介绍了如何使用选区工具；第 5 章介绍了色彩与色调的调整方法；第 6 章介绍了图层的概念及应用；第 7 章介绍了路径与文字的应用；第 8 章介绍了 Flash 动画的基础知识；第 9 章介绍了 Flash 简单动画的制作方法；第 10 章介绍了图层特效动画的制作方法；第 11 章介绍了如何在 Flash 中应用声音和视频；第 12 章介绍了 Flash 行为动画的应用；第 13 章介绍了用鼠标绘图的一些基本方法。

　　在学时分配上，第 1~7 章 Photoshop 部分理论授课可安排 14 学时，教学重点为第 2、4、5、6、7 章。第 8~13 章 Flash 部分理论授课可安排 10 学时，教学重点为第 9、10、12 章。总的实践性教学课时应不少于 24 学时。

　　在浩瀚的信息长河中，我们只能掬其一杯奉献给你，但我们力争献给你的是最纯美的一杯，愿你饮而得其甘甜。

　　本书由张思民、梁维娜编写，同时感谢张静文、涂诗宁、毕冬梅等提供了照片、图像素材。胡晶、徐建英、文霞等同志参与了本书部分章节的习题修订及编写工作，在此表示感谢。在本书的编写过程中，我们力求精益求精，但难免会有所遗漏及不妥之处，敬请广大读者批评指正。书中范例的素材图片、源程序（部分范例的素材和本书配套课件请到 http://www.tup.com.cn 下载）。同时也在教学网站 http://www.zsm8.com 上提供了与本教材相配套的视频教学及书中的素材资料，希望对大家的学习有所帮助，在学习过程中有什么问题也可以在网站的论坛上进行提问或讨论。

编　者
2008 年 1 月

目　录

X

第1章 图形图像基础知识

1.1　Photoshop 功能简介

Photoshop 是一款强大的平面设计软件,在网页设计、建筑效果图设计、平面广告设计、特效文字设计、界面设计和影像创意设计等设计领域都有广泛的应用。

1．平面设计的概念

平面设计是设计者借助一定的工具材料,将所要表达的形象及创意在二维空间中塑造出的视觉艺术。其广泛应用于广告、招贴、包装、海报、插图及网页制作等,因此,平面设计就是视觉传达设计。

2．平面设计的应用

（1）广告设计

在现实生活中,广告已和人类社会的经济以及人们的文化生活紧密交织在一起。在平面广告设计中一般包含有文字和图形。常见的表现手法有名人与名牌、夸张与准确、幽默与悬念、劝导与引诱恐吓等。

广告作品一般由主题、创意、文字、形象和衬托等组成。广告创作就是将这些要素有机地结合起来,成为一则完整的广告作品,如图 1-1 所示。

图 1-1　广告设计

（2）商标设计

标志是表明事物特征的记号。商标、店标、厂标等专用标志对于发展经济、创造经济效益、维护企业和消费者权益等具有巨大的实用价值和法律保障作用。各种国内外重大活动、会议、运动会以及邮政运输、金融财贸、机关、团体乃至个人（图章、签名）等几乎都有表明自己特征的标志,如图 1-2 所示。

（3）包装设计

包装是商品生产的延续，是商品的有机组成部分，商品经过包装和生产过程才算完成。随着商品经济的发展，商品的包装设计越来越受到重视，如图 1-3 所示。

图 1-2　商标设计　　　　　　　　　　图 1-3　鲜奶包装设计

（4）网页设计

在因特网上，有很多设计独特、美观、新颖的网站，这些网站的网页使用了许多平面设计的技巧，如图 1-4 所示。

图 1-4　网页设计

1.2　图像的基本概念

1.2.1　像素和分辨率

要学习计算机平面设计，必须掌握图像的像素数据是如何被测量与显示的基本知识，这里涉及以下几个概念。

1．像素

像素是构成图像的最小单位，是图像的基本元素。

2．分辨率

分辨率是指单位长度内所含像素点的数量，单位为"像素每英寸"（pixel/inch，ppi）。分辨率对处理数码图像非常重要，与图像处理有关的分辨率有图像分辨率、打印机或屏幕分辨率等，如图1-5所示。

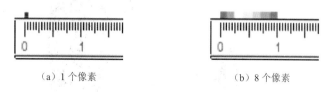

（a）1个像素　　　　　　　　　　　（b）8个像素

图1-5　分辨率

3．图像分辨率

图像分辨率直接影响图像的清晰度，图像分辨率越高，则图像的清晰度越高，图像占用的存储空间也越大。

4．显示器分辨率

在显示器中每个单位长度显示的像素或点数，通常以"点每英寸"（dpi）来衡量。显示器的分辨率依赖于显示器尺寸与像素设置，个人计算机显示器的典型分辨率通常为96dpi。

5．打印机分辨率

与显示器分辨率类似，打印机分辨率也以"点每英寸"来衡量。如果打印机分辨率为300~600dpi，则图像的分辨率最好为72~150ppi；如果打印机的分辨率为1200dpi或更高，则图像分辨率最好为200~300ppi。

通常情况下，如果希望图像仅用于显示，可将其分辨率设置为96ppi（与显示器分辨率相同）；如果希望图像用于印刷输出，则应将其分辨率设置为300ppi或更高。

1.2.2　图像的种类

计算机图像分为两大类：位图和矢量图。

1．位图

位图是指以点阵方式保存的图像。它由多个不同颜色的点组成，可以在不同的软件之间转换，主要用于保存各种照片图像。位图的缺点是文件尺寸太大，且和分辨率有关。因此，当位图的尺寸放大到一定程度后，会出现锯齿现象，图像将变得模糊，如图1-6所示。

图1-6　位图放大后会出现锯齿现象

图形图像基础知识

2．矢量图

矢量图是指利用图形的几何特性的数学模型进行描述的各种图形，与分辨率无关，将图形放大到任意程度，都不会失真，如图 1-7 所示。

图 1-7　矢量图放大到任意程度，都不会失真

1.2.3　颜色及颜色模式

图像处理离不开色彩处理，因为图像无非是由色彩和形状两种信息组成的。在使用色彩之前，需要了解色彩的一些基本知识。

1．色彩的三要素

色彩的三要素即色相、明度、纯度（色度）。任何一个颜色或色彩都可以从这三个方面进行判断分析。

色相：指色彩所呈现出来的质的面貌，例如红、黄、蓝、绿等。

明度：指色彩的明暗深浅程度，明度高，就是说颜色亮。

纯度：指色相的鲜艳程度，即色彩中其他杂色所占成分的多少。

2．颜色模式

颜色模式用来确定如何描述和重现图像的色彩。常见的颜色模型包括 HSB（色相、饱和度、亮度）、RGB（红色、绿色、蓝色）、CMYK（青色、品红、黄色、黑色）和 Lab 等。因此，相应的颜色模式也就有 RGB、CMYK、Lab 等。如图 1-8 所示的是 Photoshop 调色板的几种颜色模式表示红颜色时的数值。

（1）RGB 颜色模式

利用红（Red）、绿（Green）和蓝（Blue）三种基本颜色进行颜色加法，可以配制出绝大部分肉眼能看到的颜色。彩色电视机的显像管及计算机的显示器都是以这种方式来混合出各种不同的颜色效果的，如图 1-9 所示。

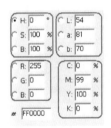

图 1-8　几种颜色模式

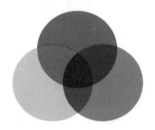

图 1-9　RGB 颜色模式

Photoshop 将 24 位 RGB 图像看作由三个颜色通道组成。这三个颜色通道分别为红色通道、绿色通道和蓝色通道。其中每个通道使用 8 位颜色信息，该信息由从 0~255 的亮度值来表示。这三个通道通过组合，可以产生 1670 余万种不同的颜色。在 Photoshop 中用户可以很方便地从不同通道对 RGB 图像进行色彩处理。

下面是 RGB 颜色模式所表示的几种特殊颜色：

R255，　　G0，　　　B0　　　　表示红色；
R0，　　　G255，　　B0　　　　表示绿色；
R0，　　　G0，　　　B255　　　表示蓝色；
R0，　　　G0，　　　B0　　　　表示黑色；
R255，　　G255，　　B255　　　表示白色。

（2）CMYK 颜色模式

CMYK 颜色模式是一种用于印刷的模式，分别是指青（Cyan）、品红（Magenta）、黄（Yellow）和黑（Black）。

CMYK 模式在本质上与 RGB 颜色模式没有什么区别，只是产生色彩的原理不同。由于 RGB 颜色合成可以产生白色，因此，RGB 产生颜色的方法称为加色法。而青色（C）、品红（M）和黄色（Y）的色素在合成后可以吸收所有光线并产生黑色，因此，CMYK 产生颜色的方法称为减色法。

（3）Lab 颜色模式

Lab 颜色模式是以一个亮度分量 L（Lightness），以及两个颜色分量 a 与 b 来表示颜色的。其中，L 的取值范围为 0~100，a 分量代表由绿色到红色的光谱变化，而 b 分量代表由蓝色到黄色的光谱变化，且 a 和 b 分量的取值范围均为–120~120。

Lab 颜色模式是 Photoshop 内部的颜色模式。该模式是目前所有模式中色彩范围（称为色域）最大的颜色模式。

（4）HSB 模式

HSB 模式以色相、饱和度、亮度与色调来表示颜色。

通常情况下，色相由颜色名称标识，如红色、橙色或绿色。

饱和度（又称彩度）是指颜色的强度或纯度。饱和度表示色相中灰色分量所占的比例，使用从 0（灰色）~100%（完全饱和）的百分比来度量。

亮度是颜色的相对明暗程度，通常使用从 0（黑色）~100%（白色）的百分比来度量。

色调是指图像的整体明暗度，例如，如果图像亮部像素较多，则图像整体上看起来较为明快。反之，如果图像中暗部像素较多，则图像整体上看起来较为昏暗。对于彩色图像而言，图像具有多个色调。通过调整不同颜色通道的色调，可对图像进行细微的调整。

（5）颜色模式的选择

在 Photoshop 中，主要使用 RGB 颜色模式，因为只有在这种模式下，用户才能使用 Photoshop 软件系统提供的所有命令与滤镜。因此，用户在进行图像处理时，如果图像的颜色模式不是 RGB，则可首先将其颜色模式转换为 RGB 模式，然后进行处理。

1.3　图像文件格式

根据记录图像信息的方式（位图或矢量图）、压缩图像数据的方式的不同，图像文件可以分为多种格式，每种格式的文件都有相应的扩展名。目前常见的图像文件格式有很多种，如 BMP、TIFF、JPEG、GIF、PDF、PNG 等。而 Photoshop 所默认的图像文件为 PSD 格式。由于大多数的图像格式都不支持 Photoshop 的图层、通道、矢量元素等特性，因此，如果希望能够继续对图像进行编辑，则应将图像以 PSD 格式保存。

课 后 习 题

1. 什么是平面设计？
2. 什么是广告设计？什么是商标设计？
3. 计算机图像分为哪几类？
4. 常见的颜色模式有哪几种？
5. Photoshop 默认的图像文件格式是什么？

第 2 章　Photoshop 基本操作

2.1　Photoshop 的操作环境

启动 Photoshop 后，会看到如图 2-1 所示的工作界面。从 Photoshop 的界面元素中可以看到，其操作环境与 Windows 操作系统中的 Office 等应用软件有类似之处。

菜单栏
工具箱属性栏
图像窗口
工具箱
控制面板

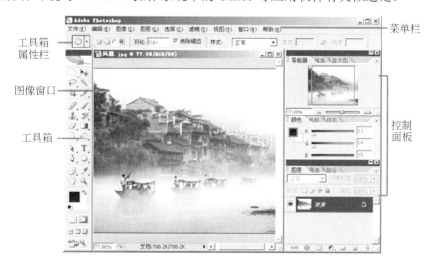

图 2-1　Photoshop 的工作界面

Photoshop 的应用窗口由标题栏、菜单栏、工具箱、工具箱属性栏、控制面板、图像窗口等组成。下面结合这个窗口介绍 Photoshop 的界面组成以及各个部件的使用方法。

1．菜单栏

使用菜单栏中的菜单可以执行 Photoshop 的许多命令，在菜单栏中按分类共排列有九个菜单，如图 2-2 所示，每个菜单都带有一组自己的命令。

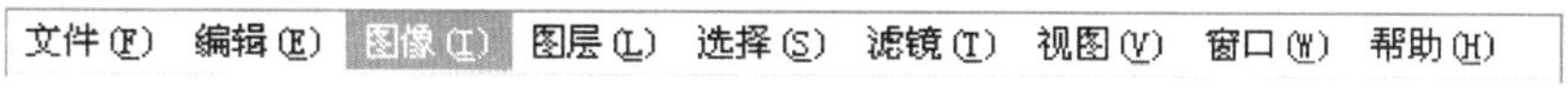

文件(F) 编辑(E) 图像(I) 图层(L) 选择(S) 滤镜(T) 视图(V) 窗口(W) 帮助(H)

图 2-2　菜单栏

2．工具箱

Photoshop 的工具箱就像是一个百宝箱，里面提供了几乎所有能够辅助我们进行各种操作的有用工具，单击某一工具按钮就可以调出相应的工具来使用。

工具箱中的工具大致可以分为选择工具、绘图工具、路径工具、文字工具、切片工具

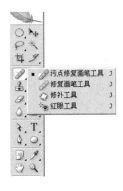

以及其他类的工具，有些工具按钮的右下角有一个小三角形，这样的按钮按下后保持 1 秒左右，就会在旁边又出现一排按钮，它们属于同一组，具有相关的功能，如图 2-3 所示。

3．工具箱属性栏

工具箱属性栏位于菜单栏的下方，其内容是随着用户所选择的工具而变化的，所以在工具箱属性栏中，可以方便地设置已经从工具箱中选择的工具的各种属性值，如图 2-4 所示。

图 2-3　工具箱　　　　　　　　　　　　　　　图 2-4　工具箱属性栏

4．控制面板

控制面板是 Photoshop 中一项很有特色的功能，用户可利用控制面板进行导航显示，观察编辑信息，选择颜色，管理图层、通道、路径、历史记录、动作等。

Photoshop 提供了 11 个控制面板，它们被组合放置在四个默认面板组窗口中。为了便于图像处理操作，可以在不需要控制面板时将其隐藏起来。在"窗口"菜单中，选择未打钩的命令可打开相应的控制面板，如图 2-5 所示，再次选择打钩选项又可隐藏该控制面板。单击控制面板右上角的 **X** 按钮也可以关闭组合控制面板，如图 2-6 所示。按 Shift+Tab 组合键则可以在保留显示工具箱的情况下显示或隐藏所有的控制面板。

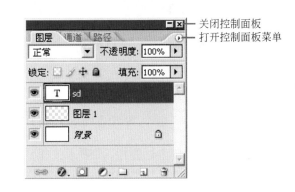

图 2-5　显示或隐藏控制面板　　　　　　　　图 2-6　组合控制面板

2.2　图像文件的操作

在本节中，将学习一些与图像文件相关的操作：新建、打开、浏览、保存图像文件等。

2.2.1　创建新图像文件

要创建新图像文件，可选择"文件"|"新建"命令或按 Ctrl+N 组合键，此时系统将打开如图 2-7 所示的"新建"对话框。可通过该对话框设置所要创建新图像文件的名称、大小

尺寸、分辨率、颜色模式和背景颜色等内容。默认情况下，系统将创建一个分辨率为72ppi、背景色为白色的图像。

2.2.2 打开图像文件

要打开一个或多个已经存在的图像文件，可选择"文件"|"打开"命令或按Ctrl+O组合键，此时会弹出"打开"对话框。单击要打开的图像文件名，在"打开"对话框的下部可预览所选文件的图像。然后单击"打开"按钮或直接双击要打开的图像文件名，即可打开选定图像，如图2-8所示。

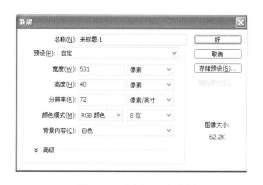

图2-7 "新建"对话框

图2-8 "打开"对话框

2.2.3 浏览图像文件

选择"文件"|"浏览"命令，系统将弹出如图2-9所示的"文件浏览器"窗口，在该窗口中将显示所有图片文件的缩略图，用户可在左侧的目录树窗口中找到文件所在位置，在右侧缩略图浏览窗口中进行浏览，选中一个图片后，可在图像预览窗口中预览图像，双击所选图片即可在Photoshop中打开该图片文件。

该图像文件浏览器的主要功能除了浏览文件外，还能对图像文件进行排序、旋转、删除和重命名等。

图2-9 "文件浏览器"窗口

2.2.4 保存图像文件

保存图像的方式有三种。

选择"文件"|"存储"命令或按Ctrl+S组合键。如果该文件已经被存储过，那么该操

Photoshop 基本操作

作将以同样的文件名覆盖存储；如果文件为没有被保存过的新图像，此时系统将打开如图 2-10 所示的"存储为"对话框，在该对话框中设置要保存的文件名，以及保存为何种文件格式等内容。默认情况下，系统将把图像文件保存为.psd 格式文件。

选择"文件"|"存储为"命令，可以改变图像文件名称和格式进行保存，其操作方法和前一种相同。

选择"文件"|"存储为 Web 所用格式"命令，将会弹出如图 2-11 所示的"存储为 Web 所用格式"对话框。该对话框用于对要保存的图像进行优化处理，还可以从中选取合适的压缩率的图像。

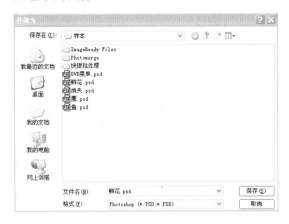

图 2-10 "存储为"对话框

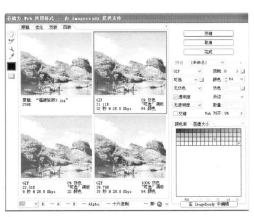

图 2-11 "存储为 Web 所用格式"对话框

2.3 图像窗口的基本操作

在 Photoshop 中处理图像时，首先要考虑的就是要有足够的空间来有效地工作，通常要在多个图像间切换并进行窗口的缩放，改变图像窗口的位置和大小，因此需要熟练地使用这些简单的窗口操作来提高工作效率。

2.3.1 屏幕模式

Photoshop 提供了三种不同的屏幕显示模式，分别是标准屏幕模式、菜单全屏模式和全屏模式。利用工具箱底部的三个屏幕模式图标按钮□□□可以很方便地在这三种模式间进行切换，或连续按 F 键也可在这三种不同的屏幕显示模式之间进行切换。

1．标准屏幕模式

标准屏幕模式是 Photoshop 默认的屏幕显示模式。在该模式下，正常显示窗口的所有项目，还可以同时看到打开的多个图像窗口，这种模式适合多图像工作。单击工具箱底部的第一个屏幕显示模式按钮□，可进入标准屏幕模式。

2．菜单全屏模式

在菜单全屏模式下，图像可以在屏幕的各个方向上扩展，并能扩展到控制面板下面，同时图像文档窗口右边的滚动条将消失，此时要按住 Space 键使用手抓工具来导航。

3．全屏模式

在全屏模式下，Photoshop 关闭了菜单栏，只显示工具箱和控制面板，如果按 Tab 键可将工具箱和控制面板同时隐去，整个屏幕仅有图像显示。单击工具箱底部的第三个屏幕显示模式按钮 ，可进入全屏模式。

2.3.2　设置图像显示比例

为了更好地编辑图像，需要缩放图像的显示比例，使用此功能易于对局部细节进行修改编辑处理。

1．缩放图像

选择工具箱中的缩放工具 ，将鼠标指针移至图像窗口会变成放大形态 ，此时单击可以放大图像的显示比例，如果按 Alt 键则会切换为缩小形态 ，单击图像窗口可缩小图像显示比例，如图 2-12 所示。也可在使用其他任何工具时，按 Ctrl+Space 组合键，单击对图像进行放大显示；或按 Ctrl+Alt 组合键，单击对图像进行缩小显示。

图像显示比例为 55%

图像显示比例为 100%

图 2-12　使用缩放工具缩放图像窗口

当选择了工具箱中的缩放工具 后，在工具箱属性栏上将显示缩放工具的相关参数，如图 2-13 所示。

图 2-13　缩放工具参数设定

使用缩放工具还可以指定放大图像中的某 指定区域，用户只要选中放大镜工具 ，鼠标指针就会变成 形状，移到图像窗口中，按下鼠标左键画一个显示区域，就能将想要放大的部位显示出来，如图 2-14 所示。

2．使用导航器调板

在对图像进行放大数倍或数十倍的细节处理时，窗口无法显示全部内容，这时拖动导航器调板下方的三角形游标，可以很方便地控制图像的显示比例，其中的红色小方框显示出当前正在查看的图像区域,拖动这个红色小方框就可以快速地改变图像窗口显示的内容,如图 2-15 所示。

　　若按 Space 键，鼠标指针会变成手抓工具形状，这时也可以移动窗口的图像显示区域。

图 2-14　放大显示选定区域　　　　　　　　图 2-15　导航器调板

2.3.3　设置画布大小

　　画布是指绘制和编辑图像的工作区域，也就是图像显示区域。Photoshop 中的"图像" |"画布大小"命令可以调整画布大小，在弹出的"画布大小"对话框中（如图 2-16 所示）可以重新设定画布宽度值与高度值。对话框中的"定位"选项用来设定画布扩展（或收缩）的方向。如果将画布扩大新的画布会以背景色填充扩展的区域，如果缩小画布则会对图像进行一些剪裁。

图 2-16　"画布大小"对话框

2.3.4　画布的旋转与翻转

　　在 Photoshop 中可以按自己的方式任意改变画布的方向，选择"图像" |"旋转画布"命令可看到此命令下的子菜单如图 2-17 所示。在子菜单中除旋转画布命令外，还可对画布做水平与垂直的镜像翻转操作。若选择"90 度（顺时针）"命令可将画布旋转成如图 2-18 所示的效果。

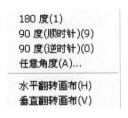

图 2-17　"旋转画布"子菜单

（a）原图 　　　　　　　　　　　　（b）顺时针 90°旋转效果

图 2-18　顺时针 90°旋转画布

2.4　图像的编辑

2.4.1　图像的大小

　　图像的尺寸及分辨率对一幅图像的质量非常重要，如果在像素总量变化情况下将图像尺寸变小，再以同样的方法将图像尺寸放大，将无法得到原图像的细节。

　　我们可以用此方法将数码照片的尺寸缩小，方便上传到网站使用。选择"图像"|"图像大小"命令，打开"图像大小"对话框，如图 2-19 所示。

　　在"宽度"、"高度"文本框内输入新的像素值，此时对话框上方将显示两个数值，前一数值为当前像素值下的图像大小（531.7KB），后一数值为原图像大小（1.99MB），表明图像的总像素量减少了，同时图像的尺寸也变小了，如图 2-20 所示。

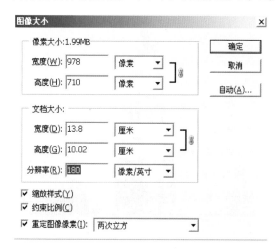
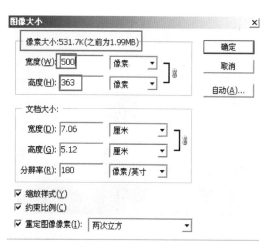

图 2-19　图像尺寸变化前的对话框 　　　　图 2-20　图像尺寸变化后的对话框

2.4.2 图像的剪裁

通过剪裁工具可以对一幅图像进行有选择的去留操作，将图片中不需要的内容剪除。在工具箱中选中裁切工具 🔲，按下鼠标左键在图像中拖动，得到一个裁切控制框，此时控制框外的图像将变暗显示，如图 2-21 所示。

（a）原图 　　　　　　　　　　　　　　（b）拖出一个剪裁控制框

图 2-21　使用剪裁工具

如图 2-21 中的照片在拍摄过程中建筑物有点歪斜，我们选取剪裁工具，将建筑物选中，然后旋转剪裁控制框的控制块，将其调整至垂直，满意后双击得到如图 2-22 所示的图像效果。

（a）旋转控制块 　　　　　　　　　　　（b）剪裁后的效果

图 2-22　调节剪裁图像的方向

2.4.3　图像操作的恢复

用户在图像的编辑处理中，可能经常需要撤销或恢复前面所执行过的操作。下面是 Photoshop 提供的几种方法。

1．使用菜单命令撤销操作

在 Photoshop 中操作时，最近一次的操作步骤会显示在"编辑"菜单中，选取该菜单下的"还原"和"重做"命令可进行相应操作。也可通过 Ctrl+Z 组合键来完成"还原"和"重做"操作。

除了"还原"和"重做"命令外，还可以执行"编辑"菜单中的"后退一步"与"前一步"命令来进行连续撤销操作和恢复操作。也可以利用 Ctrl+Alt+Z 组合键进行连续撤销操作（后退一步），利用 Ctrl+Shift+Z 组合键进行连续恢复操作。

2．使用"历史记录"面板进行还原和重做

通过"历史记录"面板，可以按操作顺序逐步撤销和恢复操作，它以面板的形式使"还原"和"重做"到了随心所欲的地步。当打开一个文档后，"历史记录"面板会自动记录每一个所做的动作。每一动作在面板上占有一格，称为状态。Photoshop 默认的状态为 20 步。单击历史记录面板上任意一个状态，就可回复到该状态，如图 2-23 所示。

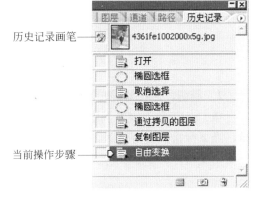

图 2-23　"历史记录"面板

2.4.4　变换图像

利用 Photoshop 的变换命令可以对选择区域中的图像进行整体上的变换操作。例如缩放图像、旋转图像、翻转图像等，如图 2-24 所示。

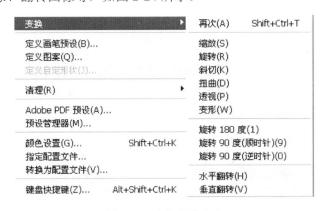

图 2-24　变换图像命令

1．缩放、旋转图像

在"编辑"|"变换"子菜单中选择需要使用的变换命令，此时被选图像四周出现变换控制框，也可按 Ctrl+T 组合键调出自由变换控制框。当鼠标指针变成 ↙ 时，拖动鼠标，即

可改变图像的大小，若按住 Shift 键再拖动控制块可按原长宽比例进行缩放。

要旋转图像则可将鼠标指针移动到控制块，待鼠标指针变成 ↶ 时，拖动鼠标，即以控制框的中心点为基准旋转图像。确认变换操作还必须双击控制框或按 Enter 键，如图 2-25 所示。

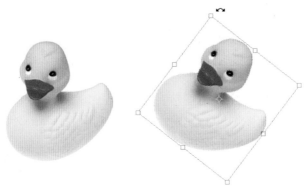

图 2-25　变换控制框

2．斜切、透视与翻转图像

按 Ctrl+T 组合键，调出自由变换控制框，右击，在弹出的快捷菜单中选择"斜切"命令，当鼠标指针变为 ↔ 时，拖动控制框的某一边，即可使图像在鼠标指针移动的方向上发生斜切变形，如图 2-26 所示。

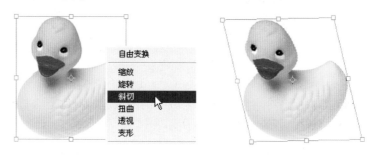

图 2-26　斜切图像

按 Ctrl+T 组合键，调出自由变换控制框，右击，在弹出的快捷菜单中选择"透视"命令，当鼠标指针变为 ▶ 时，拖动控制框的某个控制块，即可使图像在鼠标指针移动的方向上获得透视效果，如图 2-27 所示。

图 2-27　透视图像

按 Ctrl+T 组合键，调出自由变换控制框，右击，在弹出的快捷菜单中选择"水平翻转"命令，即可使图像发生翻转获得镜向效果，如图 2-28 所示。

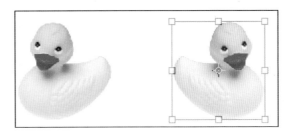

图 2-28　水平翻转图像

3. 变形图像

变形是 Photoshop CS2 中新增的变换命令，使用它可以方便地对图像进行各种变形处理。选择"编辑"|"变换"|"变形"命令即可调出变形网格控制框，直接拖动控制块至变形所需的效果。如图 2-29 所示将"福"字进行变形操作。

图 2-29　图像变形操作

以上操作也可按 Ctrl+T 组合键调出自由变换控制框，再单击属性栏右侧的"变形模式切换"按钮，将自由变换转换为变形。

2.5　Photoshop 常用工具

Photoshop 工具箱中的绘图工具有画笔、铅笔、橡皮擦、图案图章、橡皮图章、模糊、锐化、涂抹、加深、减淡、海绵及修复画笔、修补工具等修图工具，每个工具都有各自的选项设置。

2.5.1　画笔工具与画笔面板

1. 画笔

用户通过"画笔"面板来选取不同的画笔，当选择工具箱中的画笔工具 、铅笔工具、橡皮擦等绘图工具时，在工具属性栏上都会出现画笔工具的参数设置，如图 2-30 所示。

图 2-30　画笔工具属性栏

Photoshop 基本操作

单击三角按钮▼将打开一个"画笔预设选取器"面板，如图 2-31 所示。在这里有三种不同类型的画笔可供选择，并可以通过移动"主直径"滑杆或直接在文本框内输入数值来设置画笔的大小，移动"硬度"滑杆定义画笔边界的柔和程度。

（1）硬边画笔：这类画笔绘制的线条没有柔和的边缘，硬度越大，绘出来的形状越趋于实边。如图 2-32 所示为不同硬度的画笔效果。

（2）柔和画笔：这类画笔所绘制的线条会产生柔和的边缘，可以模拟毛笔的效果。

图 2-31 "画笔预设选取器"面板

（3）不规则形状画笔：如图 2-33 所示为不规则形状画笔所绘制的线条形状。

| 100% | 60% | 30% | 0% |

图 2-32 不同画笔硬度效果   图 2-33 不规则形状画笔绘制的线条形状

2．"画笔"面板

选取画笔绘图时，还需对画笔的直径、间距、硬度等其他效果进行设置。选择"窗口"|"画笔"命令，弹出如图 2-34 所示的"画笔"面板，能让用户修改所选的画笔，从而得到丰富多彩的画笔样式。

3．历史记录画笔

历史记录画笔工具，需要配合"历史记录"面板来使用，其主要功能是可以将图像的某一区域恢复至某一历史状态，下面以一个实例来说明历史记录画笔的操作方法。

打开图像文件"图 2-35.jpg"，依次选择"滤镜"|"风格化"|"查找边缘"、"画笔描边"|"阴影线"、"风格化"|"拼贴"命令，最后效果如图 2-35 所示。

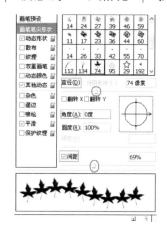

图 2-34 "画笔"面板

（a）原图   （b）执行滤镜后效果

图 2-35 执行滤镜

打开"历史记录"面板,将"历史记录画笔源"标记放在"打开"位置。这时选择历史记录画笔 ,并在工具属性栏中设置合适的"不透明度"和"流量",用画笔在人物脸部位置涂抹,擦除前两步的操作,效果如图 2-36 所示。

(a)"历史记录"面板　　　　　(b) 使用历史记录画笔后的效果

图 2-36　历史记录画笔的操作

2.5.2　橡皮擦工具

Photoshop 中的橡皮擦工具一般用于擦除原有的图像。所谓的擦除,其实质是一种特殊的描绘,擦除图像颜色时是用背景色或透明色来填充被擦除的区域。Photoshop 中有三种橡皮擦工具,如图 2-37 所示。

1.橡皮擦工具

选择橡皮擦工具,在图像上来回拖动,用背景色覆盖图像颜色,即利用背景色来描绘图像,如图 2-38 所示。

2.背景色橡皮擦工具

当想要去掉背景色仅保留前景图像时,可以选用背景色橡皮擦工具,用透明色来擦除背景色,而前景图像颜色得到保留,即把前景图像从背景图中提取出来,如图 2-39 所示。

■ ✎ 橡皮擦工具　　　　　　E
　✎ 背景色橡皮擦工具　　　E
　✎ 魔术橡皮擦工具　　　　E

图 2-37　三种橡皮擦工具　　　图 2-38　填充被擦除的区域　　　图 2-39　使用背景色橡皮擦效果

3.魔术橡皮擦工具

魔术橡皮擦工具可以自动擦除颜色相近的区域,选中魔术橡皮擦工具后在图像上单击,图像中所有与单击处相近的颜色会全部消失,透明色取代了被擦除的图像颜色。

2.5.3　图章工具

图章工具  共分为两类（如图 2-40 所示）：一类为仿制图章工具，另一类为图案图章工具。

仿制图章工具能够将一幅图像的全部或部分复制到同一幅图像或其他图像中。

图案图章工具也是用来复制图像的，但与仿制图章工具不同的是，图案图章工具以用户定义的图案为内容复制到同一幅图像或其他图像中。

下面举一个例子来说明仿制图章工具的使用方法。

（1）打开"第 2 章\图 2-41.jpg"文件，如图 2-41 所示。

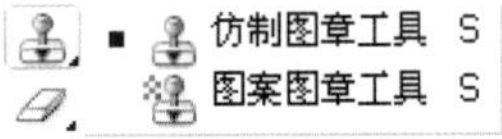

图 2-40　图章工具　　　　　　图 2-41　复制前的效果

（2）从工具箱中选择仿制图章工具，在其工具选项栏中进行如图 2-42 所示的设置，选中"对齐"复选框，在绘制图形时，不论中间停多长时间，再次绘制时也不会间断图像的连续性。

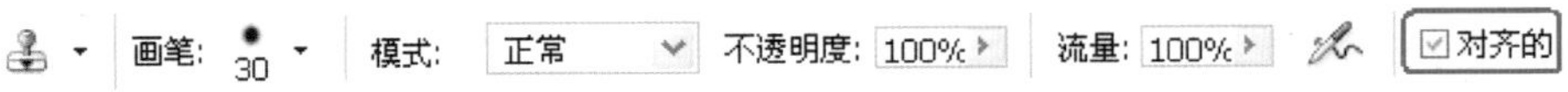

图 2-42　仿制图章工具选项栏

（3）按 Alt 键，在图像窗口中要复制的地方单击，定义取样点，此时光标变成十字形。

（4）在要复制图像的位置上拖动鼠标，在鼠标指针拖过的地方会出现取样点处的图像，并且会在取样点附近出现一个移动的十字形光标，表示当前复制得到的图像对应于哪部分取样点，如图 2-43 所示为完成后的图像。

2.5.4　修复画笔工具

修复画笔工具 主要是用于对图像进行修复。图章工具只能将取样点的像素分毫不差地搬过来，而修复画

图 2-43　复制后的效果

笔工具则可在复制取样点像素的同时，将样本像素的纹理、光照、透明度和阴影与源像素进行匹配，从而使修复后的像素不留痕迹地融入图像的其余部分。

污点修复画笔工具 会自动进行像素取样，可快速有效地消除瑕疵，使它们消失在周围的图像中。下面举例说明修复画笔工具的使用方法。

（1）打开要修饰的图像文件"图 2-44.jpg"，如图 2-44 所示。在这幅照片中人物脸部的青春痘很明显。

（2）从工具箱中选择修复画笔工具 ，在其工具选项栏的"源"选项区域中选中"取样"单选按钮，如图 2-45 所示，手动选取像素点并对瑕疵进行修复。

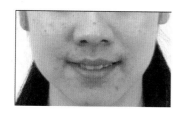

图 2-44　要修饰的照片

图 2-45　"修复画笔工具"选项栏

（3）在痘痘附近的正常皮肤区域中按住 Alt 键，同时单击（此时鼠标指针会变成十字线标记），定义一个取样点。松开 Alt 键，在有痘点的位置单击或涂抹，校正脸部的瑕疵。

（4）若选择污点修复画笔工具 ，则无须按住 Alt 键进行像素点的选取，只需在瑕疵处单击即可将污点消除，如图 2-46 所示。

（5）在工具箱中单击模糊工具 ，在修复了瑕疵的部位及毛孔较粗的区域涂抹，使脸部看上去较光滑。修复后的效果如图 2-47 所示。

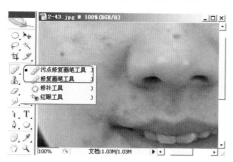

图 2-46　使用"修复画笔"

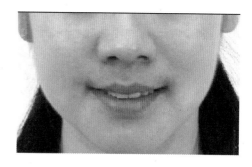

图 2-47　修复后的效果

2.5.5　调配前景色和背景色

在 Photoshop 中可以使用"拾色器"对话框、"颜色"和"色板"面板、吸管工具来设置新的前景色和背景色。工具箱下部有两个交叠在一起的正方形，它们显示的是当前所使用的前景色和背景色。系统默认的前景色为黑色，背景色为白色。单击工具箱下部的默认色按钮 或按 D 键可恢复系统默认的前景色和背景色。切换前景色与背景色的操作方法是单击 按钮或按 X 键，如图 2-48 所示。

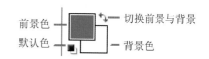

图 2-48　前景色与背景色

1．使用"拾色器"对话框选取颜色

在工具箱中单击"前景色"或"背景色"按钮，都可以打开"拾色器"对话框，如

图 2-49 所示。

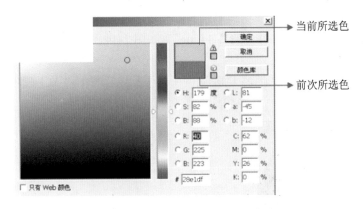

图 2-49 "拾色器"对话框

对话框左侧的颜色区域用来选择颜色，在需要的色彩处单击就能在右侧的小颜色区域中显示出当前所选的颜色。在这个小色块区域中的下半部显示的是前一次所选的颜色。拖动竖长条彩色滑杆上的小三角滑块能调整颜色的不同色调。

2．使用"颜色"面板和"色板"面板

"颜色"面板和"色板"面板是 Photoshop 提供的专用于设置颜色的控制面板。

（1）"颜色"面板用于设置前景色和背景色，也用于吸管工具的颜色取样。单击面板右上角 ▸ 按钮，在弹出的菜单中，可选择不同的颜色滑块。通过拖动滑杆上的小三角滑块可改变 R、G、B 的值，从而获得不同的色调，也可在滑块右侧的文本框中直接输入 R、G、B 的值来指定颜色，如图 2-50 所示。

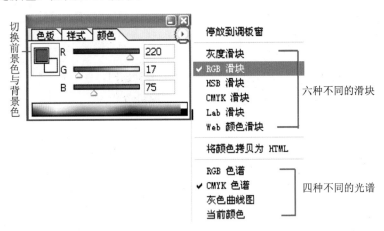

图 2-50 "颜色"面板

（2）Photoshop 还提供了一个"色板"面板，用于快速选取颜色。当鼠标指针移到"色板"面板内的某一颜色块时，鼠标指针变成吸管形状，这时可用它来选取颜色替换当前的前景色或背景色。

该面板中的颜色都是预设好的，可直接选取使用，这就是使用"色板"面板选色的最大优点。用户还可以在"色板"面板中加入一些常用的颜色，或将一些不常用的颜色删除，并保存色板，方便以后快速取色。

添加色样：将鼠标指针移至"色板"面板下部的色样空白处，当鼠标指针变成油漆桶形状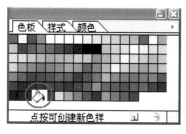时（如图 2-51 所示），单击即可添加色样，添加的颜色为当前选取的前景色。

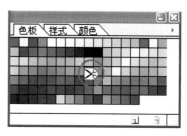

添加色样　　　　　　　　　　　　删除色样

图 2-51　"色板"面板

删除色样：在按 Alt 键的同时在色样面板中单击就可以删除色样方格，这时鼠标指针会变成剪刀形状✂，如图 2-51 所示。

3．使用吸管工具

除了使用"拾色器"对话框来选择颜色外，还可以使用工具箱里的吸管工具 ✐ 在当前图像区域或屏幕中的任一点进行颜色采样，并用采样颜色替换前景色，而在按 Alt 键的同时在图像上单击则是以采样颜色替换背景色。

2.5.6　油漆桶工具和渐变工具

油漆桶工具和渐变工具如图 2-52 所示。

1．油漆桶工具的使用

利用油漆桶工具 ◇ 可以在图像中填充颜色。在使用油漆桶工具填充颜色之前，需要先选定前景色为指定的填充

图 2-52　油漆桶工具和渐变工具

色，当单击后可对落笔点处颜色相同或相近的像素范围用前景色进行填充，如图 2-53 所示。

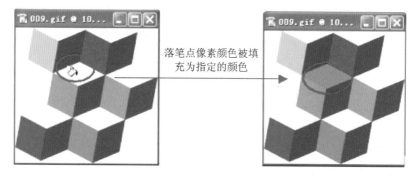

落笔点像素颜色被填充为指定的颜色

图 2-53　对单击处的颜色范围进行填充

要使油漆桶工具在填充颜色时更准确，可在其工具栏中设置参数。如果在"填充"下拉列表框中选择"前景"选项，则以前景色进行填充。若选择"图案"选项，则用户可以在"图案"下拉列表框中选择一种图案进行填充，如图 2-54 所示。

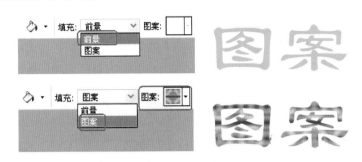

图 2-54　油漆桶工具

2．渐变工具的使用

渐变工具用于颜色逐渐变化的场合，根据变化的要求不同，共分为五种渐变样式：线性渐变、径向渐变、角度渐变、对称渐变和菱形渐变。

在工具箱中单击渐变工具按钮，出现如图 2-55 所示的工具选项栏。

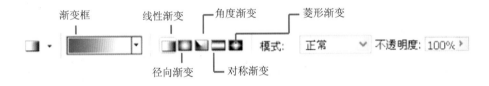

图 2-55　渐变工具选项栏

要设置渐变颜色，可单击渐变框右侧的下拉按钮，将弹出如图 2-56 所示的"渐变"下拉列表框，可以选择所需的渐变效果。

在"渐变工具"选项栏中，单击渐变框中的渐变效果，将弹出如图 2-57 所示的"渐变编辑器"对话框，可以在对话框中编辑渐变效果。

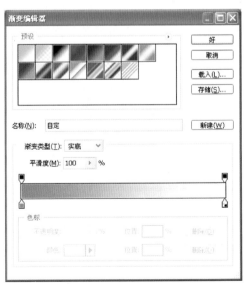

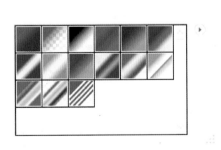

图 2-56　"渐变"下拉列表框中的渐变效果　　　　图 2-57　"渐变编辑器"对话框

3．制作彩虹效果示例

（1）打开"第 2 章\图 2-61.jpg"文件。

（2）单击"图层"控制面板底部的 ⬚ 按钮，新建一图层，如图 2-58 所示。

（3）在工具箱中单击渐变工具 ▣，单击属性栏的 ▭ 按钮，打开"渐变编辑器"对话框，如图 2-59 所示，编辑渐变颜色。

图 2-58　新建图层

图 2-59　编辑渐变颜色

（4）在"渐变工具"选项栏中单击径向渐变按钮 ▣，并设置其参数，如图 2-60 所示。

图 2-60　单击径向渐变按钮

（5）在新建的图层 1 上，由下向上拖动鼠标，再将渐变填充好的图像移动到合适位置，用橡皮擦去不需要的部分，最后在图层面板中将"不透明度"设置为 20%，最终彩虹效果如图 2-61 所示。

图 2-61　径向渐变效果

课 后 习 题

1．学习画笔的设置和使用。打开"第 2 章\图 2-62.jpg"文件，绘制草丛和落叶，让卡通娃娃坐在草地上，如图 2-62 所示。

2．学习使用背景橡皮擦、魔术橡皮擦工具。打开"第 2 章\图 2-63.jpg"文件，灵活运用橡皮擦工具将图中的背景擦去，如图 2-63 所示。

3. 选择文字蒙版工具 **T**，输入文字 PHOTOSHOP，再对文字区域进行如图 2-64 所示的渐变填充和图案填充操作。

（a）原图

（b）绘制草丛和落叶

图 2-62　绘制草丛和落叶

（a）原图

（b）擦去背景色

图 2-63　使用橡皮擦工具擦去背景

图 2-64　文字的填充

4. 打开"第 2 章\2-65a.psd"文件，如图 2-65 所示，利用 Photoshop 的变换命令对盘子进行变换操作，再将"第 2 章\2-65b.psd"文件中的苹果放入盘中，最终效果如图 2-65 所示。

图 2-65　变换操作

第 3 章　　　　　滤　　镜

3.1　滤　镜　基　础

滤镜是 Photoshop 的特色之一，有万花筒之功效，利用 Photoshop 中的滤镜命令，可以在顷刻之间完成许多令人眼花缭乱的艺术效果。滤镜产生的复杂数字化效果源自摄影技术。

在 Photoshop 中，滤镜分为内置滤镜和外挂滤镜两种。内置滤镜是指由 Adobe 公司自行开发，并包含在 Photoshop 安装程序之中的滤镜特效；外挂滤镜是指由第三方厂商开发，以一种插件的形式安装到 Photoshop 中的软件产品。

在本章中主要介绍内置滤镜。内置滤镜共有 100 多种，分成 13 类，每个滤镜功能都不相同，因此，必须熟悉每个滤镜的功能，并对其进行灵活的综合运用才能制作出满意的作品来。Photoshop 中滤镜的功能和应用虽各不相同，但在使用方法上却有许多相似之处，了解和掌握这些方法，对提高滤镜的使用效率很有帮助。

3.1.1　使用滤镜的常识

（1）要使用滤镜，只要从"滤镜"菜单中选取相应的子菜单命令即可，如图 3-1 所示。

（2）滤镜只应用于当前可视图层或选区，且可以反复应用，连续应用。

（3）上次使用过的滤镜将出现在滤镜菜单的顶部，选择该命令或者按 Ctrl+F 组合键可对图像再次应用上次使用过的滤镜。

（4）滤镜不能应用于位图模式、索引模式的图像，某些滤镜只对 RGB 模式的图像起作用，如画笔描边滤镜和素描滤镜就不能在 CMYK 模式下使用。

（5）有些滤镜使用时会占用大量的内存，在运行滤镜前可先选择"编辑"|"清除"命令释放内存。有些滤镜很复杂亦或是要应用滤镜的图像尺寸很大，执行时需要很长时间，如果想结束正在生成的滤镜效果，只需按 Esc 键即可。

图 3-1　滤镜菜单

3.1.2　预览和应用滤镜

选择了滤镜菜单后，会弹出对话框让用户进行各种参数的设置和预览，这样就可以在应用滤镜之前观察到应用滤镜后的效果，以便调整最佳参数，如图 3-2 所示。

如果在滤镜设置窗口中对自己调节的效果感觉不满意，希望恢复调节前的参数，可以按住 Alt 键，这时"取消"按钮会变为"复位"按钮，单击此按钮就可以将参数重置为调节前的状态。

3.1.3 滤镜库的使用

滤镜库是 Photoshop CS 新增的功能，它使滤镜的浏览、选择和应用变得直观和简单。它包含了滤镜中大部分比较常用的滤镜，可以在同一个对话框中完成添加多个滤镜操作，其使用方法如下。

图 3-2 "滤镜预览"对话框

（1）选择菜单中的"滤镜"|"滤镜库"命令，弹出"滤镜库"对话框，如图 3-3 所示。

图 3-3 "滤镜库"面板

（2）在滤镜缩略图区域选择一个滤镜效果，单击复制效果图层按钮 ，再选择一个滤镜效果，此时两个滤镜效果就会同时应用到图像中。

（3）在右下角的滤镜效果列表中，将一个滤镜拖动到另一个滤镜的上方或下方，即可改变滤镜效果的应用顺序。

3.2 像素化滤镜

像素化滤镜的作用是将图像以其他形状的元素重新再现出来，它并不真正改变图像像素点的形状，只是将图像分成一定的区域，将这些区域转变为相应的色块，再由色块构成图像，类似于色彩构成的效果。

1．彩块化滤镜

使纯色或相近颜色的像素结块成相近颜色的像素块。使用此滤镜能使图像出现类似手绘的效果，如图 3-4 所示。该滤镜无对话框设置参数。

（a）原图像　　　　　　　　　　　　　（b）彩块化效果

图 3-4　彩块化滤镜

2．彩色半调滤镜

模拟在图像的每个通道上使用半调网屏的效果，将一个通道分解为若干个矩形，然后用圆形替换掉矩形，圆形的大小与矩形的亮度成正比，如图 3-5 所示。

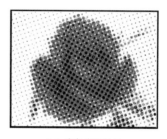

（a）原图像　　　　　　（b）"彩色半调"对话框　　　　（c）彩色半调效果

图 3-5　彩色半调滤镜

调节参数如下所示。

（1）最大半径：设置半调网屏的最大半径。

（2）对于灰度图像：只使用通道 1。

（3）对于 RGB 图像：使用 1、2 和 3 通道，分别对应红色、绿色和蓝色通道。

（4）对于 CMYK 图像：使用所有四个通道，分别对应青色、洋红、黄色和黑色通道。

3．点状化滤镜

将图像分解为随机分布的网点，模拟点状绘画的效果。使用背景色填充网点之间的空白区域。

调节参数如下所示。

单元格大小：调整单元格的尺寸，不要设得过大，否则图像将变得面目全非，范围是3～300，如图 3-6 所示。

 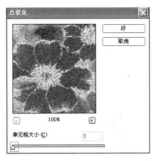

（a）原图像　　　　　　　　（b）"点状化"对话框　　　　　　　（c）点状化效果

图 3-6　点状化滤镜

4. 晶格化滤镜

使用多边形纯色结块重新绘制图像。

调节参数如下所示。

单元格大小：调整结块单元格的尺寸，不要设得过大，否则图像将变得面目全非，范围是 3~300，如图 3-7 所示。

（a）原图像　　　　　　　　（b）"晶格化"对话框　　　　　　　（c）晶格化效果

图 3-7　晶格化滤镜

5. 碎片滤镜

将图像创建四个相互偏移的副本，产生类似未聚焦的重影效果，如图 3-8 所示。该滤镜无参数设置。

（a）原图像　　　　　　　　　　　（b）碎片效果

图 3-8　碎片滤镜

6．铜版雕刻滤镜

该滤镜使用黑白或颜色完全饱和的网点图案重新绘制图像，使图像产生一种金属板印刷的效果。

调节参数如下所示。

类型：分别为精细点、中等点、粒状点、粗网点、短线、中长直线、长线、短描边、中长描边和长边，如图 3-9 所示。

 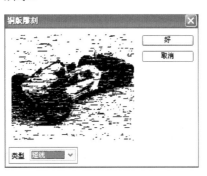 

（a）原图像　　　　　　（b）"铜版雕刻"对话框　　　　（c）铜版雕刻效果

图 3-9　铜版雕刻滤镜

3.3　扭　曲　滤　镜

该组滤镜对图像进行几何扭曲变形，创建三维或其他变形效果。

1．波浪滤镜

以不同波长，使图像产生不同形状的波浪扭曲效果。

调节参数对话框如图 3-10 所示。

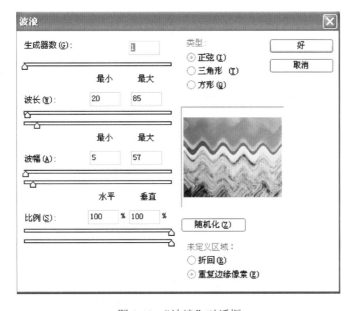

图 3-10　"波浪"对话框

（1）波长：设置波长，取值范围为 1~999。

（2）类型：设置波的形状，如正弦、三角形和方形。

（3）随机化：每单击一下此按钮都可以为波浪指定一种随机效果。

（4）折回：将变形后超出图像边缘的部分反卷到图像的对边。

（5）重复边缘像素：将图像中因为弯曲变形超出图像的部分分布到图像的边界上。

各种波浪类型滤镜效果如图 3-11 所示。

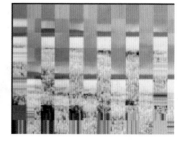

（a）正弦　　　　　　　　　（b）三角形　　　　　　　　　（c）方形

图 3-11　各种波浪类型滤镜效果

2．波纹滤镜

可以使图像产生类似水池表面的波纹，产生水纹涟漪的效果。

调节参数如下所示。

（1）数量：控制波纹的变形幅度，范围是-999%~999%。

（2）大小：有大、中和小三种波纹可供选择，如图 3-12 所示。

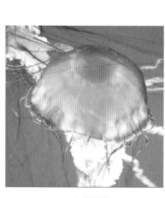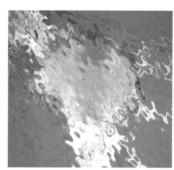

（a）原图像　　　　　　　（b）"波纹"对话框　　　　　　　（c）波纹效果

图 3-12　波纹滤镜

3．玻璃滤镜

玻璃滤镜模拟透过各种不同类型的玻璃观看图像的效果，玻璃滤镜示例如图 3-13 所示，从"纹理"下拉列表框中可选择一种纹理效果，Photoshop 提供了"块"、"帆布"、"结霜"、"小镜头"等四种纹理。示例的两幅图像分别采用了"磨砂"纹理和"块状"纹理滤镜。

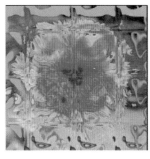  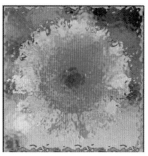

（a）"块状"纹理效果　　　　　（b）"玻璃"对话框　　　　　（c）"磨砂"纹理效果

图 3-13　玻璃滤镜效果

玻璃滤镜的调节参数如下所示。

（1）扭曲度：控制图像的扭曲程度，范围是 0~20。

（2）平滑度：平滑图像的扭曲效果，范围是 1~15。

（3）纹理：用户可以在"纹理"下拉列表框中选择"磨砂"、"微晶"、"块状"等各种玻璃效果。

（4）缩放：控制纹理的缩放比例。

（5）反相：使图像的暗区和亮区相互转换。

4．极坐标滤镜

极坐标滤镜可以将图像的坐标从平面坐标转换为极坐标，或从极坐标转换为平面坐标，从而把矩形物体拉弯，圆形物体拉直，如图 3-14 所示。

 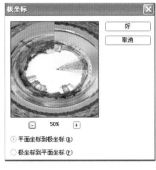 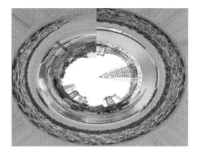

（a）原图像　　　　　（b）"极坐标"对话框　　　　　（c）平面坐标到极坐标

图 3-14　极坐标滤镜效果

5．球面化滤镜

可以使选区中心的图像产生凸出或凹陷的球体效果，类似挤压滤镜的效果。图解效果如图 3-15 所示。

调节参数如下所示。

（1）数量：控制图像变形的强度，正值产生凸出效果，负值产生凹陷效果，范围是 −100%~100%。

（2）正常：在水平和垂直方向上共同变形。

（3）水平优先：只在水平方向上变形。

（a）原图像　　　　　　　　（b）"球面化"对话框　　　　　　　（c）球面化效果

图 3-15　球面化滤镜效果

（4）垂直优先：只在垂直方向上变形。

6．水波滤镜

把图像中所选定的区域扭曲膨胀或变形缩小，使图像产生部分凸起或凹下的三维变化效果。

调节参数如下所示。

（1）数量：波纹的凸凹程度，正值产生向外凸起的效果，负值产生向内凹下的效果。范围为-100~100。

（2）起伏：控制波纹的密度。

（3）围绕中心：将图像的像素绕中心旋转。

（4）从中心向外：靠近或远离中心置换像素。

（5）水池波纹：将像素置换到中心的左上方和右下方，如图 3-16 所示。

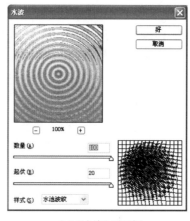

（a）原图像　　　　　　　　（b）"水波"对话框　　　　　　　（c）水波效果

图 3-16　水波滤镜效果

7．旋转扭曲滤镜

可以将图像旋转扭曲，使图像得到螺旋形效果。

调节参数如下所示。

角度：调节旋转的角度，正值时图像顺时针旋转，负值时图像逆时针旋转。范围是
-999°~999°，如图 3-17 所示。

（a）原图像

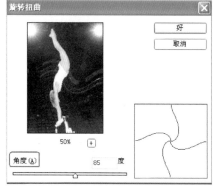
（b）"旋转扭曲"对话框

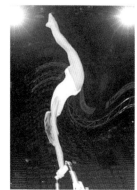
（c）旋转扭曲后

图 3-17　旋转扭曲滤镜效果

8. 置换滤镜

可以产生弯曲、碎裂的图像效果。置换滤镜比较特殊的是设置完毕后，还需要选择一个图像文件（必须是 PSD 格式）作为位移图，滤镜根据位移图上的颜色值移动图像像素。

调节参数如下所示。

（1）水平比例：滤镜根据位移图的颜色值将图像的像素在水平方向上移动多少。

（2）垂直比例：滤镜根据位移图的颜色值将图像的像素在垂直方向上移动多少。

（3）伸展以适合：为变换位移图的大小以匹配图像的尺寸。

（4）拼贴：将位移图重复覆盖在图像上。

（5）折回：将图像中未变形的部分反卷到图像的对边。

（6）重复边缘像素：将图像中未变形的部分分布到图像的边界上。

效果如图 3-18 所示。

（a）原图像

（b）置换后

图 3-18　置换滤镜效果

3.4　模　糊　滤　镜

滤镜主要是使图像看起来更柔和，降低图像的清晰度，淡化图像中不同色彩的边界，以达到掩盖图像的缺陷或创造出特殊效果的作用。

1．动感模糊滤镜

对图像沿着指定的方向进行模糊，滤镜效果类似于给运动物体拍照，效果如图 3-19 所示。

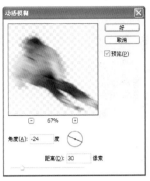

（a）原图像　　　　　　　　（b）"动感模糊"对话框　　　　　　　（c）动感模糊效果

图 3-19　动感模糊

调节参数如下所示。

（1）角度：设置模糊的方向。

（2）距离：设置动感模糊的强度。

2．高斯模糊滤镜

按指定的值快速模糊选中的图像部分，产生一种朦胧的效果。高斯模糊滤镜在实际应用中非常广泛，除了可以用来模糊图像，还可以用来修饰图像，当图像中的杂点较多时，应用高斯模糊滤镜处理可以去除杂点，使图像看起来更平滑。

调节参数如下所示。

半径：调节模糊半径，范围是 0.1~250 像素。

3．模糊滤镜

产生轻微模糊效果，可消除图像中的杂色，如果只应用一次效果不明显，可按 Ctrl+F 组合键重复应用。

4．进一步模糊滤镜

产生的模糊效果为模糊滤镜效果的 3~4 倍。

5．径向模糊滤镜

径向模糊是一种比较特殊的模糊滤镜，它可以将图像围绕一个指定的圆心，沿着圆的半径方向产生模糊效果，模拟移动或旋转的相机产生的模糊，如图 3-20 所示。

调节参数如下所示。

（1）数量：控制模糊的强度，范围为 1~100。

（2）旋转：按指定的旋转角度沿着同心圆进行模糊。

（3）缩放：产生从图像的中心点向四周发射的模糊效果。

（4）品质：有三种品质，草图、好、最好，效果从差到好。

下面通过一个光芒特效的实例来介绍模糊滤镜的应用。

（1）新建一个 RGB 的图像文件，用黑色填充背景层。

（a）原图像

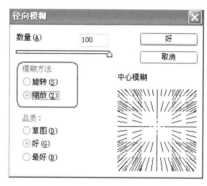

（b）"径向模糊"对话框

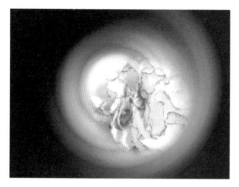

（c）"旋转"模糊方式

（d）"缩放"模糊方式

图 3-20   径向模糊

（2）在"图层"面板的下方单击新建图层按钮 ，新建图层 1，如图 3-21 所示。

（3）在工具箱的拾色器中将前景色设置为红色，选择画笔工具 ，分别用不同大小的画笔在图像窗口随意绘制线条，如图 3-22 所示。

图 3-21   "图层"面板

图 3-22   绘制线条

（4）选择"滤镜"|"模糊"|"径向模糊"命令，打开"径向模糊"对话框，设置参数如图 3-23 所示。

（5）单击 好 按钮，确认操作，多次按 Ctrl+F 组合键，多次重复应用径向模糊滤镜，效果如图 3-24 所示。

图 3-23 "径向模糊"对话框　　　　　　图 3-24 径向模糊滤镜效果

（6）选中图层 1，用鼠标拖到"图层"面板下方的新建图层按钮 ⬜ 上，复制图层。再重复拖两次，得到三个图层 1 的副本，"图层"面板如图 3-25 所示。

（7）设置前景色为黄色（RGB：255、255、0），选中"图层"面板最上面的"图层 1 副本 3"，单击锁定透明色按钮 ⬜，按 Alt+Delete 组合键用前景色填充。

（8）选中图层 1，选择"滤镜"|"模糊"|"高斯模糊"命令，打开"高斯模糊"对话框，设置模糊半径为 30 像素，如图 3-26 所示。

图 3-25 复制图层　　　　　　图 3-26 "高斯模糊"对话框

（9）完成后的"图层"面板及最终光芒特效如图 3-27 所示。

（a）完成后的图层　　　　　　（b）完成后的效果

图 3-27 多次使用模糊滤镜的光芒特效

3.5 渲染滤镜

渲染滤镜主要功能为图像着色或加入些光景的变化，产生三维映射云彩图像、折射图像和模拟光线反射。

1. 光照效果滤镜

光照效果滤镜的功能非常强大，可以通过改变 17 种光照方式、3 种光照类型和 4 套光照属性，在图像上产生无数种光照效果。还可以使用灰度文件的纹理产生类似 3D 的效果，并可存储自己的样式提供给其他图像使用。

光照效果滤镜的对话框如图 3-28 所示，可分为左右两个部分。左边为预览框，同时又是灯光设置区，既可以预览灯光照射效果，又可以添加光源和设置灯光照射范围、聚集位置、照射方向和距离。右边为样式和灯光属性设置区，设置灯光的类型、强度、颜色等属性。

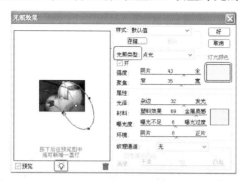

（a）"光照效果"对话框

（b）原图像

（c）光照效果

图 3-28 "光照效果"对话框

光照效果滤镜的对话框参数值的设置如下。

（1）灯光类型有点光、平行光和全光源三种类型

点光：当光源的照射范围框为椭圆形时为斜射状态，投射下椭圆形的光圈；当光源的照射范围框为圆形时为直射状态，效果与全光源相同。

平行光：均匀地照射整个图像，此类型灯光无聚焦选项。

全光源：光源为直射状态，投射下圆形光圈。

（2）灯光的强度、聚集和颜色属性

强度：调节灯光的亮度，若为负值则产生吸光效果。

聚焦：调节灯光的衰减范围。

属性：每种灯光都有光泽、材料、曝光度和环境四种属性。通过单击窗口右侧的两个色块可以设置光照颜色和环境色。

（3）增加光源

如果要在场景中增加光源，只需拖动预览框下方的💡图标至预览框内，每拖动一次，可增加一盏灯。若要删除，只要在选择该灯后，按 Delete 键即可。

（4）材料的反光属性

在现实生活中，不同材质的物体，它们的反光特性是不一样的。例如塑料的反光强度就没有金属的反光强度大。在此设置反光属性，就是模拟这些材质的反光效果。

光泽：设置反光物体的光滑程度，取值越大，反光越强烈。

材质：设置反光的材质特性。

曝光度：设置图像的受光程度。

环境：设置环境光的影响。单击在其右侧的颜色块可设置环境光的颜色，向左拖动环境滑块，环境光变暗，向右拖动，则环境光变亮。

（5）保存样式

单击"存储"按钮，可将当前设置的所有参数值保存起来，应用到其他图层或图像中。

2．镜头光晕滤镜

模拟亮光照射到相机镜头所产生的光晕效果。通过单击图像缩览图来改变光晕中心的位置，此滤镜不能应用于灰度、CMYK 和 Lab 模式的图像，如图 3-29 所示。

（a）原图　　　　　　　（b）"镜头光晕"对话框　　　　　　（c）光晕效果

图 3-29　"镜头光晕"对话框和滤镜效果

3.6　画笔描边滤镜

画笔描边滤镜主要模拟使用不同的画笔和油墨勾绘图像创造出不同的绘画艺术效果。它们都可以在"滤镜库"中完成。此类滤镜不能应用在 CMYK 和 Lab 模式下。

如图 3-30 所示是"滤镜库"对话框，画笔描边滤镜的所有类型都在对话框的左边预览框中。此类滤镜不能应用在 CMYK 和 Lab 模式下。

1．成角的线条

以两个 45°角方向的斜线条来表现图像中各种颜色变化，图像中较亮和较暗区域分别用不同方向的线条绘制。

2．阴影线

保留原图像的细节和特征，使用模拟铅笔阴影线添加纹理，产生交叉的网状线条。

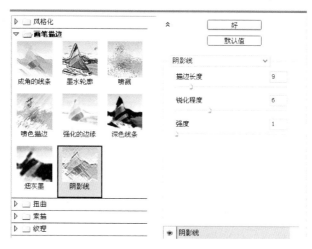

图 3-30 "滤镜库"对话框

3．喷溅

在图像中加入些纹理细节，模拟液体颜料喷溅的效果。

4．烟灰墨

用来绘制非常黑的柔化模糊边缘的效果，模拟用黑色油墨画笔在宣纸上绘画。

5．墨水轮廓

用细线条勾画出颜色的边缘变化，形成钢笔油墨绘画的风格。

6．喷色描边

使用主导色并用成角的、喷溅的颜色线条重新绘制图像，使颜色区域的边界变得粗糙。

7．强化的边缘

强化图像中的边缘。高的边缘亮度类似白色粉笔，低的边缘亮度类似黑色油墨。

8．深色线条

用短的、紧绷的线条绘制图像中接近黑色的暗区，用长的白色线条绘制图像中的亮区。

如图 3-31 所示是几种画笔描边滤镜的效果。

（a）喷色描边效果

（b）成角线条效果

（c）阴影线效果

（d）墨水轮廓效果

图 3-31　几种画笔描边滤镜的效果

3.7　素　描　滤　镜

素描滤镜主要用模拟素描、速写等手工绘画的艺术效果，为图像做些质感的变化。此类滤镜全部都能在"滤镜库"中找到，但不能应用在 CMYK 和 Lab 模式下。

1. 炭精笔滤镜

模拟炭精笔的纹理效果。在暗区使用前景色，在亮区使用背景色替换。

可以选择一种纹理，通过缩放和凸现滑块对其进行调节，但只有在凸现值大于零时纹理才会产生效果。

2. 便条纸

结合使用浮雕、颗粒滤镜使图像产生凹陷暗纹效果。

3. 基底凸现

生成一种浅浮雕在光照下的效果，较亮区用背景色，较暗区使用前景色。

4. 图章

该滤镜会简化图像，产生类似于图章作画的效果。

5. 水彩画

模拟用水彩作画的效果，颜色沿潮湿的纤维画纸涂抹、渗透。

6. 炭笔

模拟用炭笔绘制素描作品，主要边缘以粗线条描绘，炭笔是用前景色，纸张用背景色。

7. 绘图笔

使用细的、线状的油墨描边以获取原图像中的细节，多用于对扫描图像进行描边。此滤镜用前景色作为油墨，用背景色作为纸张以替换原图像中的颜色。

8. 塑料效果

按 3D 塑料效果塑造图像，暗区凸起，亮区凹陷。

如图 3-32 所示为几种素描滤镜的效果。

　（a）塑料效果　　　（b）便条纸　　　　（c）基底凸现　　　（d）绘图纸　　　（e）水彩画　　　　（f）图章

图 3-32　几种素描滤镜的效果

3.8　纹　理　滤　镜

纹理滤镜为图像加上各种纹路的变化，使图像表面具有浓度感或物质感。此组滤镜不能应用于 CMYK 和 Lab 模式的图像。

1．龟裂缝滤镜

类似将图像绘制在凹凸不平的石膏表面，创建浮雕效果。

调节参数如下所示。

（1）裂缝间距：调节纹理的凹陷部分的尺寸。

（2）裂缝深度：调节凹陷部分的深度。

（3）裂缝亮度：通过改变纹理图像的对比度来影响浮雕的效果。

2．颗粒滤镜

在图像中生成一些不同种类的颗粒变化来增加图像的纹理效果。

调节参数如下所示。

（1）强度：调节纹理的强度。

（2）对比度：调节结果图像的对比度。

（3）颗粒类型：可以选择不同的颗粒。

3．马赛克拼贴滤镜

使图像看起来像绘制在马赛克瓷砖上一样。

调节参数如下所示。

（1）拼贴大小：设置马赛克瓷砖大小，取值范围为2~100。

（2）缝隙宽度：设置瓷砖间泥浆宽度，取值范围为1~15。

（3）加亮缝隙：设置瓷砖间缝隙的亮度，取值范围为0~10。

4．纹理化滤镜

可以对图像直接应用自己选择的纹理。

调节参数如下所示。

（1）纹理：可以从砖形、粗麻布、画布和砂岩中选择一种纹理，也可以载入其他的纹理。

（2）缩放：改变纹理的尺寸。

（3）凸现：调整纹理图像的深度。

（4）光照方向：调整图像的光源方向。

（5）反相：反转纹理表面的亮色和暗色。

5．拼缀图滤镜

将图像分解为由若干方形图块组成的效果，图块的颜色由该区域的主色决定。

6．染色玻璃滤镜

将图像重新绘制成彩块玻璃效果，边框由前景色填充。

调节参数如下所示。

（1）单元格大小：调整单元格的尺寸。

（2）边框粗细：调整边框的尺寸。

（3）光照强度：调整由图像中心向周围衰减的光源亮度。

如图3-33所示为各种纹理滤镜的效果。

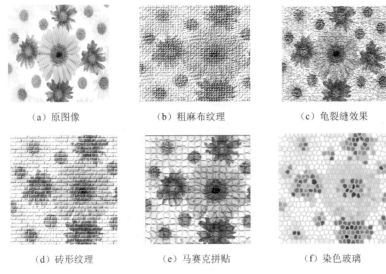

（a）原图像　　　　　　（b）粗麻布纹理　　　　　　（c）龟裂缝效果

（d）砖形纹理　　　　　　（e）马赛克拼贴　　　　　　（f）染色玻璃

图 3-33　各种纹理滤镜的效果

3.9　风格化滤镜

风格化滤镜主要作用于图像的像素，可以强化图像的色彩边界。通过置换像素和边缘查找增加图像的对比度，最终制造出一种绘画式或印象派的艺术图像效果。

1. 查找边缘滤镜

找出图像中有明显过渡的区域并强调边缘，用相对于白色背景的深色线条来勾画图像的边缘，得到图像的大致轮廓，如图 3-34 所示。如果先加大图像的对比度，然后再应用此滤镜，则可以得到更多更细致的边缘。

2. 等高线滤镜

类似于查找边缘滤镜的效果，主要作用是勾画图像的色阶范围，查找主要亮度区域的过渡，并对每个颜色通道用细线勾画，如图 3-35 所示。

（a）原图　　　　　　（b）查找边缘效果　　　　　　（a）原图　　　　　　（b）等高线效果

图 3-34　查找边缘滤镜效果　　　　　　　　图 3-35　等高线滤镜效果

调节参数如下所示。

（1）色阶：用于设置边缘线对应的像素的明暗程度，取值范围为 0~255。

（2）较低：勾画像素的颜色低于指定色阶的区域。

（3）较高：勾画像素的颜色高于指定色阶的区域。

3．风滤镜

在图像中色彩相差较大的边界上增加细小的水平短线来模拟风的效果。

调节参数如下所示。

（1）风：细腻的微风效果。

（2）大风：比风效果要强烈得多，图像改变很大。

（3）飓风：最强烈的风效果，图像已发生变形。

（4）从左：风从左面吹来。

（5）从右：风从右面吹来。

4．浮雕效果滤镜

生成凸出和浮雕的效果，对比度越大的图像浮雕的效果越明显。

调节参数如下所示。

（1）角度：光源照射的方向。

（2）高度：凸出的高度。

（3）数量：颜色数量的百分比，可以突出图像的细节。

5．拼贴滤镜

将图像按指定的值分裂为若干个正方形的拼贴图块，并按设置的位移百分比的值进行随机偏移。

调节参数如下所示。

（1）拼贴数：设置行或列中分裂出的最小拼贴块数。

（2）最大位移：贴块偏移其原始位置的最大距离（百分数）。

（3）背景色：用背景色填充拼贴块之间的缝隙。

（4）前景色：用前景色填充拼贴块之间的缝隙。

（5）反选颜色：用原图像的反相色图像填充拼贴块之间的缝隙。

6．凸出滤镜

将图像分割为指定的三维立方块或棱锥体。此滤镜不能应用在 Lab 模式下。

调节参数如下所示。

（1）块：将图像分解为三维立方块，将用图像填充立方块的正面。

（2）金字塔：将图像分解为类似金字塔形的三棱锥体。

（3）大小：设置块或金字塔的底面尺寸。

（4）深度：控制块突出的深度。

（5）随机：选中此项后使块的深度取随机数。

（6）基于色阶：选中此项后使块的深度随色阶的不同而定。

7．照亮边缘滤镜

使图像的边缘产生发光效果。此滤镜不能应用在 Lab、CMYK 和灰度模式下。

调节参数如下所示。

（1）边缘宽度：调整被照亮的边缘的宽度。

（2）边缘亮度：控制边缘的亮度值。

（3）平滑度：平滑被照亮的边缘。

如图 3-36 所示为各种风格化滤镜的效果。

（a）原图像

（b）风滤镜效果

（c）浮雕效果

（d）拼贴滤镜效果

（e）凸出滤镜效果

（f）照亮边缘

图 3-36　各种风格化滤镜的效果

课 后 习 题

1. 打开"第 3 章 \ 图 3-37.tif"文件，选择菜单中的"滤镜" |"滤镜库"命令，弹出"滤镜库"对话框，学习滤镜库的使用，对图像进行滤镜处理，产生各种质地效果，如图 3-37 所示。

（a）原图

（b）纹理化粗麻布效果

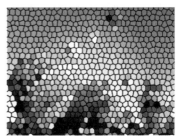
（c）染色玻璃效果

（d）绘画涂抹效果

（e）绘图笔效果

（f）点刻颗粒效果

图 3-37　滤镜库练习

2. 打开"第 3 章\ 图 3-38.tif"文件，对图像进行滤镜处理，最终产生水波涟漪的效果，如图 3-38 所示。

（a）原图　　　　　　　　　　　　　（b）水波涟漪效果

图 3-38　水波滤镜练习

第4章　图像的选取操作

在 Photoshop 中，设计和处理图像往往是局部的，我们经常会对许多特定的局部区域进行调整，这就要求必须能够精确地选取出这些特定的区域范围，选取范围的优劣、精确程度都与图像编辑的成败有着密切的关系。

4.1　创 建 选 区

在 Photoshop 中，选取图像的方法是多种多样的，如使用工具箱中的选择工具、利用快速蒙版模式和使用 Alpha 通道、使用路径等都可以创建图像的选取范围。下面首先介绍选择工具的使用。

4.1.1　创建规则形状选区

Photoshop 提供了很多图像选取工具，如选框工具、套索工具、魔棒工具，这三种作为常用工具存在于工具箱中（如图 4-1 所示）。

1. 矩形、椭圆选框工具

使用选框工具是最简单的建立规则选区的方法。Photoshop 提供了四种选框工具，分别是矩形选框工具、椭圆选框工具、单行选框工具和单列选框工具。它们在工具箱的同一按钮组中，平时只有被选择的一个为显示状态，其他的为隐藏状态，可以通过右击来显示出所有的选框工具（如图 4-2 所示），再根据需要来选择指定的几何形状。

选框工具—

套索工具—　　—魔棒工具

■ ⬚ 矩形选框工具　M
　○ 椭圆选框工具　M
　▭ 单行选框工具
　▯ 单列选框工具

图 4-1　常用的选取工具 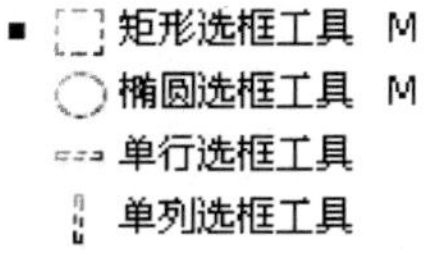　　　　　　　图 4-2　选框工具

矩形选框工具和椭圆选框工具用于矩形和圆形选区的建立。选择工具箱中的矩形选框工具⬚或椭圆选框工具○后，在绘图区中拖动鼠标，就能绘制出矩形选区或圆形选区，建立的选区以闪动的虚线框表示。

在建立选区的过程中，还可以结合一些辅助按键来达到某些特殊效果：

按 Shift 键，使用矩形选框工具或椭圆选框工具拖动鼠标，可以建立正方形或圆形选区；按 Alt 键拖动可以选取一个以起点为中心的矩形或椭圆选区；按 Alt+Shift 组合键拖动则可以选取一个以起点为中心的正方形或圆形选区。

若要取消所选取的范围，可以单击图像窗口，或按 Ctrl+D 组合键来取消选区。

2．设置选择工具属性栏

选择了选框工具后，在菜单栏下方会弹出相应的选框工具属性栏，如图 4-3 所示。

图 4-3　椭圆选框工具属性栏

▢▣⊡⊟为矩形选框工具的四种创建选区的模式。

▢新选区方式：可建立一个新的选区，并且在建立新选区时取消原选区。

▣添加到选区方式：可把新选区加入到原选区中去，也可在建立新选区的模式下选取一个选区后，按 Shift 键再进行选取，也可得到此模式效果。

⊡从选区减去方式：可在原选区中减去新选中的区域，进行相减的选区必须相交。在使用新选区方式下，可以按 Alt 键进行选取，也可得到此模式效果。

⊟与选区交叉方式：可选择新选区与原选区重叠部分，创建多个选区的公共部分。在使用新选区方式下，按 Shift+Alt 组合键后，选取可得到此模式效果。

实例：学习运用创建选区的不同模式来绘制立体物体。

（1）新建图像文件，选择渐变工具▦，单击渐变框▦▦的下拉按钮，设置渐变色为浅蓝到白色。在背景层中做线性渐变填充。

（2）单击"图层"面板下方的创建图层按钮▢，新建图层 1。选择矩形选框工具▢，在矩形选框工具属性栏中单击"新选区"方式按钮▢，按下鼠标左键拖出一个矩形选。

（3）选择椭圆选框工具○，在椭圆选框工具属性栏中单击"添加到选区"方式按钮▣，在原矩形选区的上方画一椭圆选区（也可按住 Shift 键并拖动鼠标画）。

（4）仍然以"添加到选区"方式▣，在矩形选区的下方添加一椭圆选区，如图 4-4 所示。

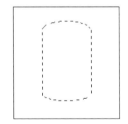

（a）创建一个矩形选区　　　　（b）在矩形选区上方添加椭圆选区　　　　（c）在矩形选区下方添加椭圆选区

图 4-4　创建并添加选区

（5）在工具箱下方的拾色器中设置灰-白的前景色和背景色。选择渐变工具▦后，在属性栏中单击▦▦的下拉按钮，设置渐变色，用灰-白-灰渐变色填充选区，如图 4-5 所示。

（6）新建一个图层 2，用"新选区"方式建立椭圆选区，再按 Alt + Delete 组合键，用前景色对该选区进行纯色填充，如图 4-6 所示。

图像的选取操作

 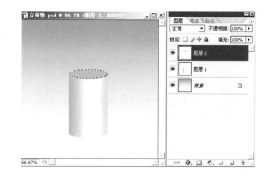

图 4-5　渐变填充　　　　　　　　　图 4-6　用前景色填充选区

（7）选择椭圆选框工具 ◯，在椭圆选框工具属性栏中，单击"从选区减去"方式按钮 ，按下鼠标左键，在椭圆选区中拖出一个较小的椭圆选区，如图 4-7 所示。

（8）选择"选择"|"反选"命令，按 Delete 键，将小椭圆选区中的填充色删去，如图 4-8 所示。

图 4-7　从选区中减去小椭圆　　　　　　图 4-8　删去小椭圆选区填充色

（9）选择"选择"|"取消选择"命令，或按 Ctrl+D 组合键取消选区，得到如图 4-9 所示效果的圆柱体。

（10）下面再来学习制作圆锥体。

单击"图层"面板下方的创建图层按钮 ，在新建的图层中用矩形选框工具 拖出一个矩形选区，并填充渐变色，如图 4-10 所示。按 Ctrl+D 组合键取消选取。

图 4-9　圆柱体效果图　　　　　　图 4-10　对矩形选区填充渐变色

（11）按 Ctrl+T 组合键，对图像变形，右击对图像进行透视变换（如图 4-11 所示）。

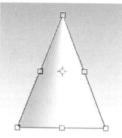

图 4-11　对图像进行透视变换

（12）选择椭圆选框工具 ○，在图像的下方画一椭圆选区，如图 4-12 所示。选择矩形选框工具 □，按住 Shift 键，以"添加到选区"方式 □ 绘制一矩形选区，如图 4-13 所示。

图 4-12　在图像的下方画一椭圆选区

图 4-13　添加矩形选区

（13）按 Ctrl+Shift+I 组合键，对图 4-13 中的选区进行反选操作，再按 Delete 键将选区内的图像删除。取消选区后得一圆锥体，如图 4-14 所示。

（14）对它们进行适当变换摆放。最终效果如图 4-15 所示。

图 4-14　圆锥体

图 4-15　最终效果图

4.1.2　创建不规则形选区

制作不规则形选区可以使用套索工具，它的工作模式类似于用铅笔描绘。系统提供了三种类型的套索工具：套索工具 ⌖、多边形套索工具 ⌖ 和磁性套索工具 ⌖，用这三个套索工具可以非常方便地制作不规则形状的选区范围，下面分别介绍这三种工具的使用方法。

图像的选取操作

1．套索工具

套索工具可以根据鼠标指针运动的轨迹来建立选区。

（1）选择套索工具，然后在图像窗口单击确定其起点。

（2）按住鼠标左键绕需要选择的图像拖动鼠标。

（3）当鼠标指针回到选取的起点位置时，释放鼠标左键，此时就会形成一个闭合的不规则范围的选区。

2．多边形套索工具

多边形套索工具可以通过连续单击选择不规则的多边形选区。该工具的操作方法与套索工具有所不同。

（1）打开"第 4 章\图 4-16.png"文件，在工具箱中选择多边形套索工具。

（2）在图像中单击作为起点，沿着要选择区域的边缘，不断地移动鼠标指针至下一位置并单击。

（3）当回到起始点时，鼠标指针处会出现一个小圆圈，单击完成选区的操作，如图 4-16 所示。

图 4-16　多边形套索工具选取不规则多边形选区

（4）如果选取线段的终点没有回到起点，那么双击后 Photoshop 会自动连接终点和起点，成为一个封闭的选取范围。

3．磁性套索工具

磁性套索工具适用于快速选择图像颜色与背景颜色对比强烈且轮廓比较明显的对象，此工具的操作如下：

（1）选择磁性套索工具，并设置其属性栏如图 4-17 所示。

图 4-17　磁性套索工具属性栏

（2）"宽度"选项：用于设置磁性套索工具捕捉图像边缘的宽度，数值范围为 1~256，设置数值越小，捕捉的选区路径就越精细。

（3）"边对比度"用于设置磁性套索对图像边缘颜色反差的灵敏度，范围为 1%~100%，数值越大磁性套索对颜色对比反差的敏感程度越低。

（4）"频率"选项：单位长度路径上设置的节点数频率，数值越大，节点数越多，所选路径越精细。

（5）在图像边缘单击设置开始选取的起点。

（6）沿着图像的边缘移动鼠标指针（不需按住鼠标左键），当鼠标指针右下角出现小圆圈时，再单击即可完成选取，如图 4-18 所示。

（a）"频率"值为 40 时的选取结果　　　　（b）"频率"值为 100 时的选取结果

图 4-18　使用磁性套索工具选取

（7）出现误操作时，按 Delete 键删除不需要的节点。

4.1.3　根据颜色创建选区

1. 魔棒工具

使用魔棒工具 可以根据图像颜色的分布制作选区，而不必跟踪其轮廓。只要在图像上单击一下，与单击处颜色相近的区域都会包含在选区内。

使用魔棒选取时，还可以通过如图 4-19 所示的工具属性栏设定颜色值的近似范围。

图 4-19　魔棒工具属性栏

容差：设置颜色选取范围，其值可为 0~255。较小的容差值使魔棒可选取与单击处像素非常相近的颜色，选取的色彩范围较小。而较大的容差值可以选择较宽的色彩范围。

连续的：选中该复选框，表示只能选中单击处相邻区域中的相同像素；如果取消了该复选框，则能选中所有颜色相近，但位置不一定相邻的区域。

2."色彩范围"命令

"色彩范围"命令是另一种根据颜色建立选区的方法。相对于魔棒工具来说，使用该命令对相近的颜色区域进行选取要更灵活些。用此方法选择可以一面预览一面调整，还可以随心所欲地完善选取的范围。

（1）打开"第 4 章\图 4-20.jpg"文件，如图 4-20 所示。希望将图中的窗口选取出来，观察到窗户部分的颜色与整个画面颜色有明显差异。

（2）选择"选择"|"色彩范围"命令，打开"色彩范围"对话框，如图 4-21 所示。用吸管工具 在淡蓝色的窗户处单击取样，再用 工具在下面白色的窗口中单击增加取样颜色。

图像的选取操作

图 4-20　打开素材图　　　　　　　　图 4-21　"色彩范围"对话框

（3）移动颜色容差滑杆以增大颜色的选取范围，单击 [好] 按钮，即可得到如图 4-22 所示的选区。

（4）打开"第 4 章\图 4-23.jpg"文件，按 Ctrl+A 组合键全选，再按 Ctrl+C 组合键复制。

（5）回到步骤（3）的操作图窗口，按 Ctrl+Shift+V 组合键，将图像粘贴到选区内。再按 Ctrl+T 组合键，调整图像到合适位置，最终效果如图 4-23 所示。

图 4-22　获得窗户部分的选区　　　　　　图 4-23　将图像粘贴入选区

3．"选取相似"命令

选取相似是指在现有的选区上，将所有符合容差范围的像素（不一定是相邻区域），添加到选区中来。选择"选择"|"选取相似"命令，即可执行选取相似的操作。

（1）打开"第 4 章\图 4-24.jpg"文件，在工具箱中选择魔棒工具，并在工具属性栏中设置容差值为 50，在黄色花瓣上单击得到一个小的选区范围。

（2）选择"选择"|"选取相似"命令，可以看到整个图像中与原选区像素颜色相近的区域都被添加到选区中来了，如图 4-24 所示。

（a）魔棒选取的范围　　　　　　　（b）执行相似选取后的选区范围

图 4-24　选取相似操作效果

4.1.4 使用 Alpha 通道创建选区

1．Alpha 通道

Alpha 通道用于创建、存放和编辑选区，当用户创建选区范围被保存后就成为一个蒙版，保存在一个新建的通道里，在 Photoshop 中把这些新增的通道称为 Alpha 通道。所以 Alpha 通道是由用户建立的用于保存选区的通道。Alpha 通道可以使用各种绘图和修图工具进行编辑，也可以使用滤镜进行各种处理，从而制作出轮廓更为复杂的图形化的选区。

2．通道的操作

（1）建立一个新通道，最简单快捷的方法就是单击"通道"面板下方的创建新通道按钮。如果对新建的通道有其他设置要求，则单击"通道"面板右上角的控制菜单按钮，在弹出的菜单中选择"新建通道"命令，打开"新建通道"对话框，如图 4-25 所示。

（a）"新建通道"对话框　　　　　　　　　（b）创建新通道

图 4-25　建立一个新通道

名称：定义通道的名称，系统默认的名称按 Alpha1、Alpha2、Alpha3 顺序命名。

色彩指示：如果选择"被蒙版区域"单选按钮，在新建的通道缩略图中，白色区域表示被选取区域，黑色区域为被蒙版遮盖区域。如果选择"所选区域"，则白色区域为蒙版遮盖区域，黑色区域为被选取区域。

颜色：在此栏中所设置的颜色为蒙版的颜色，双击颜色块，可打开"拾色器"对话框，可重新设置蒙版颜色。"不透明度"用于设置蒙版颜色的透明度。不透明度的百分比值不要太高，这样不便透过蒙版观察。

（2）复制通道，选中要复制的通道，拖动它到"通道"面板底端的创建新通道按钮，即可得到复制的通道。

另一种方法是在"通道"面板菜单中选择"复制通道"命令，在弹出的对话框中设置通道的名称和目标文档。

（3）删除通道，在图像编辑过程中对没有使用价值的通道，可以用鼠标将此通道拖到"通道"面板下方的删除通道按钮上直接删除它。

3．在通道中利用滤镜建立图形化的选区

（1）打开"第 4 章\图 4-26.jpg"文件，如图 4-26 所示。

（2）打开"通道"面板，单击创建新通道按钮，新建 Alpha1 通道。

（3）选择矩形选框工具，按下鼠标左键拖出一个矩形选区，如图 4-27 所示。

图像的选取操作

图 4-26　打开一幅图片

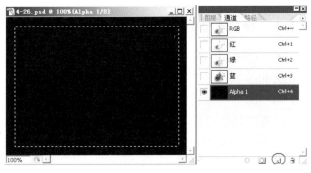

图 4-27　绘制矩形选区

（4）按 Ctrl+Shift+I 组合键，对选区进行反选。

（5）按 D 键，恢复前景色和背景色为系统默认的黑白色。

（6）按 Ctrl+Delete 组合键，用背景色（白色）填充选区，如图 4-28 所示。

（7）取消选区（按 Ctrl+D 组合键），选择"滤镜"|"模糊"|"高斯模糊"命令，参数设置如图 4-29 所示。

图 4-28　用背景色填充选区

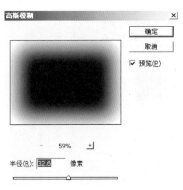

图 4-29　"高斯模糊"对话框

（8）选择"滤镜"|"像素化"|"彩色半调"命令，最大半径设置为 8 个像素，其他参数设置如图 4-30 所示。

（9）按住 Ctrl 键，单击 Alpha1 通道缩略图，将选区载入（如图 4-31 所示）。

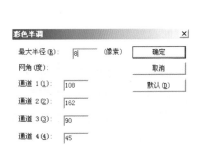

图 4-30　"彩色半调"对话框

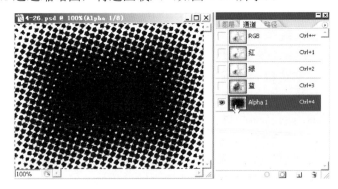

图 4-31　单击通道缩略图载入选区

（10）单击 RGB 复合通道，按 Alt+Delete 组合键，用设置好的前景色填充选区，最终效果如图 4-32 所示。

（a）单击 RGB 复合通道　　　　　　　　　　（b）填充前景色

图 4-32　利用通道制作的特殊效果

4．在通道中用渐变工具建立过渡选区

在通道操作过程中，可用黑白渐变的方式来获取一个透明度渐变效果的图像。

（1）打开"第 4 章\图 4-33.jpg"文件，选择魔术橡皮工具 ，在天空背景处单击，擦除背景色，如图 4-33 所示。

（2）打开"通道"面板，单击创建新通道按钮 ，新建 Alpha1 通道。

（3）选择渐变工具 ，用黑白渐变做线性填充，如图 4-34 所示。

图 4-33　擦除背景色　　　　　　　　　图 4-34　用黑白渐变做线性填充

（4）按住 Ctrl 键，单击 Alpha1 通道缩略图，将选区载入。

（5）单击 RGB 复合通道，回到图像编辑状态。按 Ctrl+C 组合键，复制选区内图像。

（6）打开"第 4 章\图 4-35.jpg"文件。

（7）按 Ctrl+V 组合键，将图像粘贴到该文件中。最终效果如图 4-35 所示。

（a）打开图像文件　　　　　　　　　　（b）将复制图像粘贴到文件中

图 4-35　海市蜃楼效果

4.1.5　使用快速蒙版模式创建选区

蒙版是一种遮盖工具，它可以分离和保护图像的局部区域。前面介绍了使用选框工具、套索工具、魔棒工具来建立选区，这些选区一经建立，就无法修改，给图像编辑带来了不便。而使用快速蒙版建立选区后，可用画笔、渐变填充等修改选区。

快速蒙版为临时蒙版，它用于在图像窗口中快速编辑选区，而不保存于通道中。它只适合临时性的操作。双击工具箱中的快速蒙版按钮，打开"快速蒙版选项"对话框，可以看到被蒙版区域是用半透明的红色覆盖，如图 4-36 所示。

此时"通道"面板上新增加了一个快速蒙版通道，如图 4-37 所示。一旦切换回标准模式，快速蒙版通道就会消失，所建立的选区不能保存。

图 4-36　"快速蒙版选项"对话框

图 4-37　快速蒙版通道

对于较复杂背景图像的选取可以使用快速蒙版建立选区，在该模式下几乎可以使用任何手段进行绘画，其原则是：用白色绘画可增加选取的范围，用黑色绘画可减少选取范围。

（1）打开一个图像文件，单击工具箱中的快速蒙版按钮。

（2）选择画笔工具，选择较小的黑色画笔，沿人物的轮廓勾勒，如果有涂错的地方，使用橡皮擦工具擦除（也可使用白色画笔工具修改），再选择较大的画笔把人物身上涂上红颜色，如图 4-38 所示。

（a）用画笔勾出人物轮廓

（b）用较大的直径画笔在轮廓中涂满颜色

图 4-38　创建蒙版图像

在快速蒙版编辑模式下，当绘图工具用白色绘制或用橡皮擦除时相当于擦除蒙版，即红色覆盖区域（被屏蔽区域）变小，选择范围就会增大；当绘图工具用黑色绘制时，相当于增加蒙版面积，红色区域增加，也就是减少了选择区域。

（3）单击工具箱中的标准模式按钮 ，在图像上得到精确的选区。注意此时选择的区域为人物以外的所有区域，若要选择人物，则要选择"选择"|"反选"命令。按 Delete 键可删除背景，将人物从图中抠取出来，如图 4-39 所示。

图 4-39　得到人物选区后删除背景

（4）打开另一幅图像文件"图 4-40.jpg"，将选出的人物拖入其中，就可以轻松地为主人换一个背景了，如图 4-40 所示。

图 4-40　为人物换背景

4.2　选区的编辑

在创建完选区后，可能会因它的大小或位置不合适而需要进行改变和移动，这一节将较为详细地介绍如何对选区进行编辑操作。

4.2.1　控制选区的常用命令

Photoshop 还提供了几个经常用来控制选区的命令，如图 4-41 所示。

"全选"命令：可将一幅图像全部选中，快捷键为 Ctrl+A。

图 4-41　控制选区的命令

"取消选择"命令：执行该命令可以取消已选取的范围，快捷键为 Ctrl+D。

"反选"命令：执行该命令可将当前选取范围反转，即以相反的范围进行选取。

4.2.2 移动选区

移动选区有两种情况：不影响选区中的内容，仅移动选区；移动选区中有图像内容。

1. 不影响图像内容移动选取范围的方法

（1）选择选框工具组、套索工具组和魔棒工具中的任一个工具。

（2）将鼠标指针移到选取范围内，此时鼠标指针变为 ↓ 状态。

（3）按下鼠标左键并拖动就能移动选区，如图 4-42 所示。

有时鼠标指针很难准确地移动到相应的位置，所以在移动时还需要用键盘的上、下、左、右四个方向键来辅助移动，每按动一下方向键可移动一个像素点的距离。

2. 移动含有图像内容的选区

（1）选择移动工具 ↓。

（2）将鼠标指针移到选区作用范围内时，光标会变成 ▶ 状态。

（3）按下鼠标左键并拖动，此时移动选区会将选区中的图像一同移动，即产生剪切效果，如图 4-43 所示。

图 4-42　移动选取范围

图 4-43　用移动工具移动选区产生的剪切效果

4.2.3 修改选区

选择"选择"|"修改"命令，用户可对选区进行"边界"、"平滑"、"扩展"和"收缩"操作。

边界：将选区的边界向内收缩得到内边界，向外扩展指定的像素得到外边界，从而建立以内边界和外边界之间的扩边选区。

用魔棒工具选取了如图 4-44 所示的花朵区域范围，选择"选择"|"修改"|"边界"命令，可以打开"边界选区"对话框，在对话框中输入需扩展和收缩的像素值，单击 好 按钮，即可建立扩边选区，如图 4-45 所示。

图 4-44　花朵选区范围

平滑：使用魔棒等工具建立选区时，经常出现一大片选区中有些地方未被选中，选择"平滑"命令，在弹出的"平滑选区"对话框中设置选区的平滑度，可以很方便地除去这些小块，使选区变得平滑完整。

（a）"边界选区"对话框　　　　　　　　　　　（b）边界选区效果

图 4-45　边界选区

扩展和收缩：使用该命令，可将选取范围均匀放大或缩小 1~100 个像素。其操作方法如下：

（1）打开"第 4 章\图 4-46.jpg"文件，用魔棒工具在背景色区域单击，将背景色部分全部选取。

（2）选择"选择"|"反选"命令，或按 Ctrl+Shift+I 组合键，将图像中的西红柿选中。

（3）选择"选择"|"修改"|"扩展"（"收缩"）命令，在弹出的"扩展选区"（"收缩选区"）对话框中输入数值（如图 4-46 所示），单击 好 按钮。

图 4-46　"扩展选区"和"收缩选区"对话框

（4）扩大（缩小）选取范围的操作完成。如图 4-47 所示为扩大和缩小选取范围示例。

（a）原选取范围　　　　　　　（b）扩展量=5 后的选取范围　　　　　　　（c）收缩量=5 后的选取范围

图 4-47　扩展和收缩选取范围

4.2.4　变换选区

"变换选区"命令可以对选区进行移动、旋转、缩放和斜切操作。既可以直接用鼠标进行操作，也可以通过在其属性选项栏中输入数值进行控制（如图 4-48 所示）。

图 4-48　变换选区属性栏

图像的选取操作

选择"选择"|"变换选区"命令，即可进入选取范围自由变换状态，此时系统将显示一个变形框，如图 4-49 所示。用户可以任意改变选取范围的大小、位置和角度。

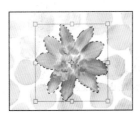  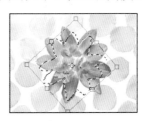

（a）选区变形框　　　　　　　（b）自由变换选区大小　　　　　　（c）自由旋转选区角度

图 4-49　自由变换操作

移动选区：将鼠标指针移到选取范围内侧，待鼠标指针变为 形状后拖动即可移动选区。

变换选区大小：将鼠标指针移到选区的控制柄上，待鼠标指针变为 形状后拖动即可任意改变选取范围的大小。

自由旋转选区：将鼠标指针移动到选区外任意位置，待鼠标指针变为 形状时，可往顺时针或逆时针方向拖动，改变选区的角度。形状 为旋转支点，要移动该点，可将鼠标指针移至该点附近且鼠标指针呈 形状后拖动即可。

变形结束后，在控制框中双击或按 Enter 键均可确认变形操作。

4.2.5　羽化选区

羽化即柔化选区边界，使选区的边缘产生渐变晕开、柔和的过渡效果。羽化功能是经常使用的功能之一，可以避免图像之间的衔接过于生硬。

在工具箱中选择了某种选区工具后，首先要在该工具属性栏的"羽化" 羽化: 0像素 文本框中设定羽化半径，即可为将要创建的选区设置有效的羽化效果，否则羽化功能不能实现。

对于已经建立了的选区要为其添加羽化效果，则要选择"选择"|"羽化"命令，或按 Ctrl+Alt+D 组合键，打开如图 4-50 所示的对话框，在该对话框中输入需要羽化的半径，单击 好 按钮后即可为当前选区设置羽化效果。

图 4-50　"羽化选区"对话框

实例：观察不同羽化半径选区的图像效果。

（1）打开"第 4 章\图 4-51.jpg"文件，然后选择工具箱中椭圆选框工具 ，在相应的工具属性栏中设置羽化半径为 0 像素，在图中建立一个椭圆选区，如图 4-51 所示。

（a）建立椭圆选区　　　（b）羽化半径为 0　　　（c）羽化半径为 10　　　（d）羽化半径为 20

图 4-51　不同羽化半径的效果

（2）选择"选择"|"反选"命令，这时选中的区域是图像中椭圆选区以外的所有区域。

（3）在工具箱下方的背景色中设置背景色为白色，按 Delete 键，将图片中被选中的区域用白色背景色填充，会得到一个边缘清晰的图像，这是一个没有羽化效果的图像（羽化半径为 0）。

（4）如果在选取选区前将羽化半径分别设置为 10 像素、20 像素，重复步骤（2）、（3）可得到如图 4-51 所示的羽化效果。

实例：变换选区及选区羽化等操作。

（1）打开"第 4 章\图 4-52.jpg"文件，这是一幅背景花案图像，选择椭圆选框工具，设置羽化值为 30 后，建立一个椭圆选区。

（2）选择"选择"|"反选"命令，选择椭圆选区以外的范围。

（3）设置背景色为#F9CADB。

（4）按 Delete 键将所选图像像素删除。若一次达不到所需效果可多次按 Delete 键进行删除。选择"选择"|"取消选择"命令，取消选区，效果如图 4-52 所示。

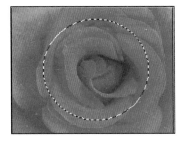 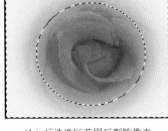 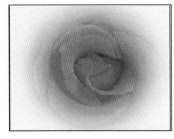

（a）建立椭圆选区　　　　　　　（b）反选选区范围后删除像素　　　　　　（c）取消选区效果

图 4-52　建立选区、反选选区、取消选区操作效果

（5）另外再打开"第 4 章\图 4-53.jpg"文件，这是一幅照片图像，选择工具箱中的椭圆选框工具 🔘。

（6）在选框工具属性栏中设置羽化值为 20，拖动鼠标画一个椭圆选区范围。

（7）选择"选择"|"变换选区"命令，将鼠标指针移到选区变形框外位置，待鼠标指针变为 ↻ 形状时，往顺时针方向拖动，改变选区的角度，按 Enter 键确认变换，效果如图 4-53 所示。

（8）选择"编辑"|"拷贝"命令（快捷键为 Ctrl+C），复制选区内的图像。

（a）原图　　　　　　　　　　（b）建立椭圆选区　　　　　　　　（c）变换选区的方向

图 4-53　建立选区并变换选区

图像的选取操作

（9）在步骤（4）处理好的背景图案中用椭圆选框工具 （设置羽化值为30）建立椭圆选区。

（10）选择"编辑"｜"粘贴入"命令（快捷键为 Ctrl+Shift+V），将复制的图像粘贴到选区中。重复步骤（9）～（10）可增加另外两个图像，最终效果如图 4-54 所示。

图 4-54　粘贴入选区效果

4.3　选区的存储

创建好的精确选取范围往往要将它保存下来，以备重复使用。对于需要保留的选区可以用"选择"｜"存储选区"命令进行存储，在弹出的"存储选区"对话框中（如图 4-55 所示）设置保存选区的名称，完成各项设置后单击 好 按钮，选区就被存储在通道中了，如图 4-56 所示。

图 4-55　"存储选区"对话框

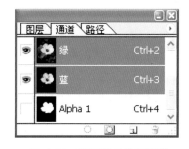

图 4-56　新存储的选区通道

可在需要时将存储好的选区通过"选择"｜"载入选区"命令进行调用。如图 4-57 所示为"载入选区"对话框。

图 4-57　"载入选区"对话框

4.4 选取操作应用实例

1. 灵活使用选取工具对图像进行选取操作

（1）打开"第 4 章\图 4-58.jpg"文件，选择魔棒工具，设置容差值为 32，在要选取的黄花区域单击，这时所选的花朵范围仅有如图 4-58 所示的区域。

（2）选择"选择"|"选取相似"命令，将大部分黄色花范围选中，对还未被选中的区域，可选择套索工具，按住 Shift 键将其添加到选区中来，如图 4-59 所示。

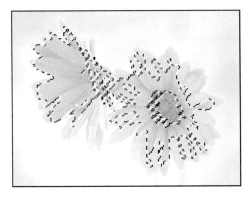 

图 4-58　魔棒工具选取效果　　　　图 4-59　"选取相似"命令选取效果

（3）选择"编辑"|"拷贝"命令，或按 Ctrl+C 组合键复制选区中的像素，再选择"编辑"|"粘贴"命令，或按 Ctrl+V 组合键进行粘贴操作。

（4）选择"滤镜"|"模糊"|"径向模糊"命令，在"径向模糊"对话框中设置模糊方法为"缩放"，数量为 100，如图 4-60 所示。如对滤镜效果不满意可按 Ctrl+F 组合键多次重复使用该滤镜，以达到最终效果，如图 4-61 所示。

 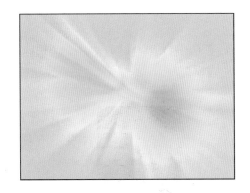

图 4-60　"径向模糊"对话框　　　　图 4-61　径向模糊最终效果

（5）打开"第 4 章\图 4-62.jpg"文件，用魔棒工具将礼品盒图像文件的背景色选取出来，但颜色容差值范围外的像素不能选取到，这时要用多边形套索工具配合 Shift 键将它们补选进来。最后按 Ctrl+Shift+I 组合键反选，将礼品盒选中，如图 4-62 所示。

图像的选取操作

（a）打开图像　　　　　　　　　　（b）选取对象

图 4-62　运用多种选取工具将礼品盒选取

（6）在工具箱中选择移动工具 ，将选取出来的礼品盒图像拖入用滤镜处理好的图 4-61 中，最终效果如图 4-63 所示。

2．使用通道获取特殊效果选区

（1）新建一个 RGB 模式的 Photoshop 文档。

（2）打开"通道"面板，单击面板底部创建新通道按钮 ，新建一个 Alpha1 通道。

（3）前景色为白色，用文字工具 T 在 Alpha1 通道中输入"玻璃"，如图 4-64 所示。

图 4-63　最后效果

图 4-64　在通道中输入文字

（4）按 Ctrl+D 组合键取消文字的选区，选择"滤镜"|"模糊"|"动感模糊"命令，弹出"动感模糊"对话框，设置参数和滤镜模糊效果，如图 4-65 所示。

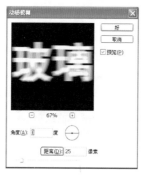

（a）"动感模糊"对话框　　　　　　（b）模糊后的效果

图 4-65　"动感模糊"对话框及模糊后的效果

（5）选择"滤镜"|"风格化"|"查找边缘"命令，对模糊后的文字进一步执行滤镜处理。然后再选择"图像"|"调整"|"反相"命令，对文字进行色阶反转。效果如图 4-66 所示。

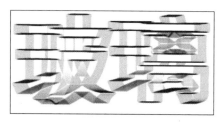 

（a）"查找边缘"后效果　　　　　　　　　　（b）"反相"后效果

图 4-66　"查找边缘"后对图像进行"反相"处理

（6）在 Alpha1 通道中按 Ctrl+A 组合键全选，按 Ctrl+C 组合键复制，再单击 RGB 通道，按 Ctrl+V 组合键把 Alpha1 通道中的内容粘贴到 RGB 通道中。"通道"面板显示如图 4-67 所示。

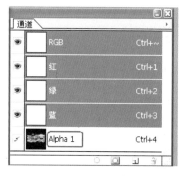 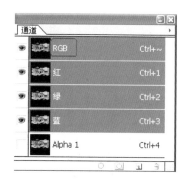

（a）Alpha1 通道　　　　　　　　　　（b）RGB 通道

图 4-67　"通道"面板

（7）选择工具箱中渐变工具，在工具属性栏中设置自己所需的渐变颜色后，再到"模式"下拉列表框中选择"颜色"选项，对文字进行渐变填充。工具属性栏的设置如图 4-68 所示。透明玻璃字的最终效果如图 4-69 所示。

图 4-68　渐变工具属性栏

图 4-69　透明玻璃字的最终效果

图像的选取操作

课 后 习 题

1. 打开"第 4 章\图 4-70a.jpg"和"第 4 章\图 4-70b.jpg"文件，如图 4-70 所示。利用选取工具的操作，制作合成图像效果，最终效果如图 4-71 所示。

图 4-70　打开两幅原图像文件

图 4-71　合成效果

2. 打开"第 4 章\图 4-72.jpg"文件，使用椭圆选取工具将天鹅选中后，适当变换选区，再做反选操作。对天鹅的周围区域做径向模糊处理，使天鹅产生动感效果，如图 4-72 所示。

（a）原图　　　　　　　　　　　　　（b）最终效果

图 4-72　选取操作练习

3. 打开"第 4 章\图 4-73a.jpg"和"第 4 章\图 4-73b.jpg"文件，运用选区的操作制作如图 4-73 所示的效果。

（a）"图 4-73a.jpg"文件

（b）"图 4-73b.jpg"文件

（c）合成后效果图

图 4-73　选区操作练习

4. 运用通道运算制作如图 4-74 所示的霓虹灯效果。

图 4-74　霓虹灯管字

图像的选取操作

操作提示：

（1）在新建通道 Alpha1 中输入文字。

（2）复制 Alpha1 通道，形成 Alpha1 副本通道。

（3）对副本通道进行"滤镜"|"模糊"|"高斯模糊"命令操作，如图 4-75 所示。

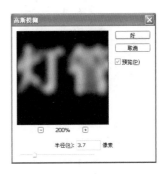

图 4-75　对副本通道执行高斯模糊操作

（4）选择"图像"|"计算"命令，设置好"计算"对话框的参数后，单击 好 按钮，可以看到"通道"面板中多了一个新通道 Alpha2，如图 4-76 所示。图像通道计算后的效果如图 4-77 所示。

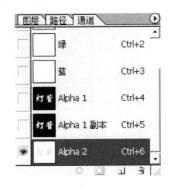

图 4-76　计算产生的新通道

（5）按 Ctrl+I 组合键，将像素的颜色转变为它们的互补色。效果如图 4-78 所示。

图 4-77　通道计算后的图像效果　　　　图 4-78　变为互补色后的最终效果

（6）选中 Alpha2 通道，按 Ctrl+A 组合键将通道中的图像全选，再按 Ctrl+C 组合键进行复制操作。

（7）单击 RGB 复合通道，按 Ctrl+V 组合键进行粘贴操作。

（8）选择工具箱中的渐变工具 ，在相应的工具属性栏中设置渐变颜色和模式，如图 4-79 所示。

图 4-79　渐变工具属性栏

5. 学习选区的羽化值设置和使用，绘制月亮和星空效果，如图 4-80 所示。

图 4-80　星空效果图

操作提示：

（1）对椭圆选区设置合适的羽化值后进行不同颜色的填充。

（2）月亮的绘制，画个黄色的正圆再对圆形选区设置羽化值，将部分圆形删除。

（3）学习载入星星画笔，并设置画笔的大小和散布状态，绘制星星。

图像的选取操作

第5章　　色彩与色调的调整

在图形图像设计中，图像的色彩与色调的细微变化都将会影响图像的视觉效果。因此，对图像色彩与色调的调整是图像设计与制作过程中非常重要的一个环节。Photoshop 提供了丰富的色彩与色调调整工具，只有熟悉并用好这些工具，才有可能制作出高品质的图像。

5.1　图像色调的调整

图像色调的调整主要是指对图像明暗度的调整。包括设置图像高光和暗调，调整中间色调等。只有对色调校正完成之后，才可以准确测定图像中色彩的色偏、不饱和与过饱和的颜色，从而进行色彩的调整。

在 Photoshop 中，大多数的色彩调整命令都在"图像"｜"调整"菜单项中。

5.1.1　色调分布

测定图像是否有足够的细节对产生高质量输出是非常重要的。如果区域里像素数目越多，细节也就越丰富。查看图像的细节状况最好的方式就是使用直方图，直方图用图形表示图像的每个亮度色阶的像素数目，它可以显示图像是否包含足够的细节来进行较好的校正，也提供有图像色调分布状况的快速浏览图。通过查看图像的色调分布状况，便可以有效地控制图像的色调。

利用直方图既可以查看整幅图像的色调范围，也可以查看图像的某一层、某一选区或者某一个颜色通道的色调分布。

直方图就是图像色调统计图，其中横轴表示从最左边的最暗（0）到最右边的最亮（255）的颜色值，纵轴表示像素数目。

通过直方图可以辨别图像的主色调。如果曲线偏左分布，那么图像属于暗调；曲线居中分布，图像属于中间调；曲线偏右分布，图像属于高调图像。

可以按以下步骤查看图像的色调分布：

（1）打开两个图像文件。

（2）选择"窗口"｜"直方图"命令，打开如图 5-1 所示的"直方图"面板。

（a）图像为暗调的直方图　　　　　　　　　　（b）图像为中间调的直方图

图 5-1　通过直方图查看色调分布状况

（3）观察到图像较暗的直方图中表现出信息大多集中在暗调区，而一张正常的图像信息分布应该是正态的。

5.1.2　色阶

查看了色调分布状况以后，就可以着手进行色调的校正。色调调整过程一般用到的命令是"色阶"和"曲线"。

"色阶"主要是调整色彩的亮度、暗度及反差比例，如果觉得图片太暗、太亮，或者对比不够明显皆可考虑用它来调整。

（1）打开"第 5 章\图 5-2.jpg"文件，如图 5-2 所示。这张图属于曝光问题，由于中间光线过亮造成周围很暗。下面通过色阶来对其色调进行调整。

（2）选择"图像"|"调整"|"色阶"命令或按 Ctrl+L 组合键，打开如图 5-3 所示的"色阶"对话框。

图 5-2　打开图像

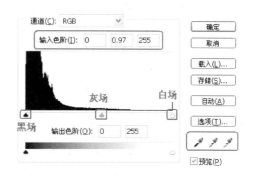

图 5-3　"色阶"对话框

（3）打开"色阶"对话框后，就可以对图像的色调进行调整了。

① 输入"色阶"文本框

左边输入框中的数值可以增加图像暗部的色调，取值在 0～255 之间，其工作原理是把图像中亮度值小于该数值的所有像素都变成黑色。

中间输入框中的数值可以增加图像的中间色调，小于该数值的中间色调变暗，大于该数值的中间色调变亮。

在右边输入框中的数值可以增加图像亮部的色调，取值在 0～255 之间，其工作原理是把图像中亮度值大于该数值的所有像素都变成白色。

② 色阶图显示区

调整色调过程中可通过色阶图中的三个三角滑块来进行调节。其中最右侧的白色三角滑块控制图像中的高光，左侧的黑色三角滑块控制图像的暗调，中间灰色的三角滑块控制图像的中间调。

③ 设置黑场、灰场、白场三个吸管

在色阶对话框的右下侧有三个吸管工具，它们的作用分别是创建新的暗调、中间调、高光。选取某个滴管后，移动鼠标指针到图像上，鼠标指针会变成吸管形状，单击图像中的某个像素点，系统会以这个点的像素为样本创建一个新的色调值。

（4）首先使用三个三角滑块来学习调整色阶。

从如图 5-3 所示的"色阶图显示区"可以看到所有的颜色信息都集中在左侧，所以图像很暗。将"灰场滑块"和"白场滑块"推向左侧，使所有的图像信息都集中在这三个滑块之间，图像会显著变亮，直到把滑块拖到光线较合适的位置。观察直方图可以看到颜色信息开始向右侧分布，如图 5-4 所示。

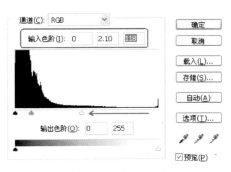

（a）将白场和灰场的滑块向左推

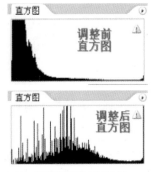

（b）调整前后直方图比较

图 5-4　调节高光和中间调滑块的位置

（5）使用"黑场吸管"、"白场吸管"、"灰场吸管"重新定义图像中的暗点和亮点。

使用三个吸管对图像的色调进行调节，与滑块调节有异曲同工的作用。选取"白场吸管"，移动鼠标指针到图像上选取合适的点来调节新的亮点，如果觉得不满意可以继续试着找到最佳点。

如果想回到图像的初始状态下重新调节，可以按 Alt 键，这时"取消"按钮会变成"复位"按钮，单击它便可恢复到调节前的状态。

（6）单击"确定"按钮，完成"色阶"对话框的调节，可以看到图像由过曝造成的灰暗已基本得到纠正。如图 5-5 所示为调整后的效果。

图 5-5　色阶调整后的效果

5.1.3　曲线

"曲线"命令和"色阶"命令作用相似，但功能更强大。它不但可以调整图像的亮度，还可以调整图像的对比度和色彩。用曲线来调整色调虽不如色阶那样直观、准确地设置黑白场，但曲线调整的优势在于可以多点控制，可以在照片中实现特定区域的精确调整。

1．认识曲线

选择"图像"|"调整"|"曲线"命令，或者按 Ctrl+M 组合键，将弹出"曲线"对话框。坐标横轴表示输入色阶，纵轴表示输出色阶。网格中的对角线为 RGB 通道的色调值曲线，也称为色阶曲线。左下角是暗调，右上角是调节高光，改变图中的色阶曲线形态就可以改变当前图像的亮度分布。按住 Alt 键的同时在曲线图内单击，这时虚线网格将由默认的一行 4 个格子变成一行 10 个格子，如图 5-6 所示，这样便于曲线的精确控制。

改变曲线形状，调节图像色阶有两种方法可供选择：

（1）选择曲线工具 ，移动鼠标指针至曲线上方，此时单击即可产生一个控制节点，通过移动控制节点来改变曲线的形状，如图 5-6 所示。若要删除节点，拖曳该节点至网格区域外即可，也可按住 Ctrl 键单击该节点。

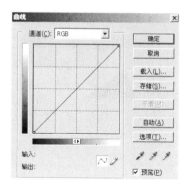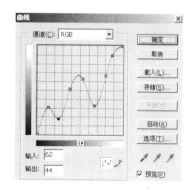

图 5-6　改变曲线的形态

（2）选择铅笔工具 ，可直接绘制曲线形状。使用铅笔工具很难得到光滑的曲线，此时可单击"平滑"按钮，使曲线自动变为平滑。选择曲线工具 ～ 后又可回到节点编辑方式，曲线的形状保持不变。

当色阶曲线被改变成向左上弯曲时，图像的亮度增大。当色阶曲线被改变成向右下弯曲时，图像则变暗。如图 5-7 所示的是曲线向左上弯曲时的图像效果，如图 5-8 所示的是曲线向右下弯曲时的图像效果。

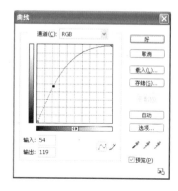

图 5-7　曲线向左上弯曲时的图像效果

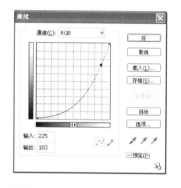

图 5-8　曲线向右下弯曲时的图像效果

色彩与色调的调整

2．曲线调节应用

对于色调平淡的图像可以通过曲线的调整来增加反差。打开"第 5 章\图 5-9.jpg"文件，观察直方图可以看到中间凸起，而左侧的暗调部分和右侧亮调部分都缺乏像素信息，所以这张照片毫无生气，呈现出灰蒙蒙的状态，如图5-9 所示。

对于这种亮部不亮，暗部不暗的影调偏灰的图片可以通过曲线的调整来增大对比度。下面就来对这张照片进行曲线调整操作。

（1）按 Ctrl+M 组合键，打开"曲线"面板。

（2）提高照片的亮调，在曲线的上部单击创建一个调节点，向上拉动曲线，观察到照片的影调变亮了。

（3）增加照片的暗调，在曲线的下部单击再

图 5-9　打开图像观察直方图信息

创建一个调节点，向下压曲线，这时曲线呈"S"型，这种曲线使照片的亮部更亮，暗部更暗。对于提高照片的反差非常有效。效果和曲线如图 5-10 所示。

图 5-10　曲线调整

经过曲线调整后的照片就显得很有"精神"了。如果给照片再添加些跳跃性的色彩，是不是会更艺术些呢？下面我们来学习如何在通道中利用曲线调整色调。

（4）按 Ctrl+M 组合键，打开"曲线"面板。在"通道"下拉列表框中，选择"红"通道，如图 5-11 所示。调节曲线形状，提高照片中红色影调。

图 5-11　在"红"通道中调整增加红色

周围的树木和房顶的红色增加了，可是河水和石头也红了。不用担心，我们可以使用历史记录画笔工具和"历史记录"面板来配合操作。

（5）选择历史记录画笔工具  ，设置好"不透明度"和"流量"，不同的部位要设置不同的值。打开"历史记录"面板，在第一个曲线记录前单击，将标签设置在这个操作记录上，如图5-12所示。

（6）设置好历史记录画笔工具后，在不需要增加红色的区域内涂抹，如图5-13所示。

（7）以同样的操作方式在"绿"通道中调节曲线形状，来添加水中的绿色影调，再用历史记录画笔工具进行修饰即可完成调节工作。原本灰色沉闷影调的照片现在显得格外的生气，如图5-14所示。

图5-12 "历史记录"面板

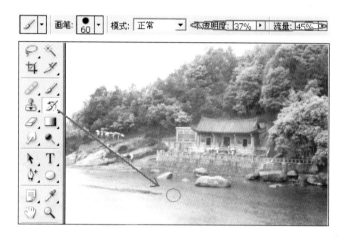

图5-13 用历史记录画笔工具涂抹

图5-14 最终效果图

5.1.4 特殊色调的调整方法

1. 反相

"反相"命令在"图像"|"调整"菜单项中，它会把图像选择区域中的所有像素的颜

色彩与色调的调整

色都改变成它的互补颜色，例如白色与黑色为互补色，红色与青色为互补色，洋红色与绿色为互补色等，如图 5-15 所示。

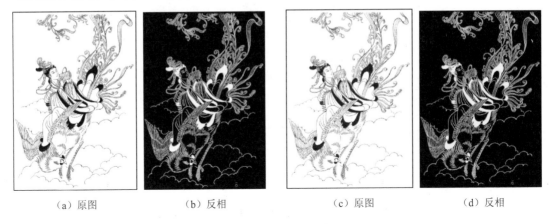

（a）原图　　　　　　　　（b）反相　　　　　　　　（c）原图　　　　　　　　（d）反相

图 5-15　反相效果

2．阈值

"阈值"命令在"图像"|"调整"菜单项中，它会把图像变成只有白色和黑色两种色调的黑白图像，甚至没有灰度，如图 5-16 所示。

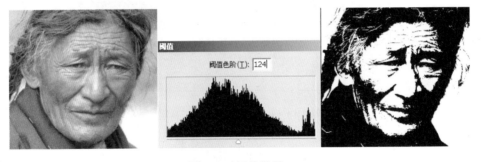

图 5-16　阈值效果

3．色调分离

"色调分离"命令在"图像"|"调整"菜单项中，它的作用与"阈值"命令类似，不过它可以指定转变的色阶数，而不像阈值只能变成黑白两种颜色，如图 5-17 所示。

（a）原图　　　　　　（b）"色调分离"对话框　　　　　（c）色阶数为 4

图 5-17　"色调分离"效果

5.2 图像色彩的调整

图像色彩调整主要是调整图像的色彩平衡、亮度与对比度、色相与饱和度等。调整色彩的命令也都包含在"图像"|"调整"菜单项中。

5.2.1 色彩平衡

"色彩平衡"命令可以改变彩色图像中颜色的组成，这个命令虽然没有前面学习的"曲线"调整精确，但使用起来却更加方便。

打开一幅图像文件后，选择"图像"|"调整"|"色彩平衡"命令，或者按 Ctrl+B 组合键，将弹出如图 5-18 所示的"色彩平衡"对话框。

图 5-18 "色彩平衡"对话框

色阶：三个输入文本框对应下面的三个滑块，可以通过输入数值或移动滑块来调整色彩平衡。在输入框中输入–100~100 之间的数值，表示颜色减少或增加的数目。

颜色调节滑块：通过拖动滑块增加该颜色在图像中的比例，同时减少该颜色的补色比例，例如要减少图像中的洋红色，可以将"洋红色"滑块向"绿色"方向拖动。

色调平衡：可以选中"暗调"、"中间调"或"高光"单选按钮，然后拖动滑块，可以调整图像中这些区域的颜色值。

打开"第 5 章\图 5-19.jpg"文件（如图 5-19 所示），原图色调偏青，在"色彩平衡"调整时增加红色和绿色，减少蓝色和青色，达到正常色彩效果。

（a）原图 （b）调整后

图 5-19 偏色照片的调整

分别在"暗调"、"中间调"、"高光"中调节参数，如图 5-20 所示。

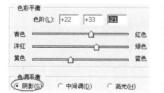
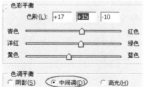
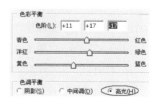

图 5-20 调整"色彩平衡"参数

色彩与色调的调整

5.2.2　亮度与对比度

"亮度/对比度"命令用来粗略调整图像的亮度与对比度。该命令能调整图像中所有像素（包括高光、暗调和中间调），但对单个通道不起作用，所以不能进行精细调整。

打开"第 5 章\图 5-21.jpg"文件，其原图为傍晚时分的图像，选择"图像"|"调整"|"亮度/对比度"命令，改变其亮度及对比度的数值，增加亮度值和对比度值，并调整色彩平衡，最终的效果如图 5-21 所示。

 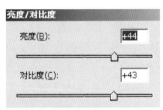 

（a）原图　　　　　　　（b）调整亮度与对比度　　　　（c）亮度与对比度调整后效果

图 5-21　亮度与对比度

5.2.3　色相与饱和度

"色相/饱和度"命令用来调整图像的色相、饱和度和明度。此命令的特点是可调整图像中某一个色调范围内的颜色。可以选择红色、黄色、绿色、青色、蓝色和洋红色调整单一颜色，也可以选择全图调整整个图像的色相与饱和度。

打开一幅图像文件后，选择"图像"|"调整"|"色相/饱和度"命令，或者按 Ctrl+U 组合键，将弹出如图 5-22 所示的"色相/饱和度"对话框。

在"色相"文本框中输入–180~180 之间的数值，可以调整图像的色相。在"饱和度"文本框中输入–100~100 之间的数值，可以调整图像的颜色饱和度，当饱和度达到–100 时，图像为有灰度的黑白图像，当饱和度达到 100 时，图像为高光图像。

图 5-22　"色相/饱和度"对话框

在"明度"文本框中输入–100~100 之间的数值，可以调整图像的明暗度，当明度达到–100 时，图像为黑色，当明度达到 100 时，图像为白色。也可以拖动对应的三个滑块来实现调整图像的色彩。在"色相/饱和度"对话框的底部有两个颜色条，其中上面的一个表示调整前的状态，下面的一个表示调整后的状态。

下面通过"色相/饱和度"命令来改变图像中某一个色调范围内的颜色。

（1）打开"第 5 章\图 5-23.jpg"文件，如图 5-23（a）所示。

（2）按 Ctrl+U 组合键，打开"色相/饱和度"对话框。对整个图像进行色相的调整，将洋红色的花朵调节为红色，单击"确定"按钮。再次按 Ctrl+U 组合键，打开"色相/饱和度"对话框，在"编辑"下拉列表框中选择"绿色"选项，将原来绿色的花心调整为黄色。参数设置如图 5-24 所示。

（a）原图

（b）调整后效果

图 5-23　利用"色相/饱和度"命令调整图像中的颜色

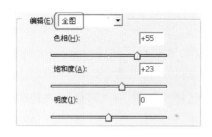
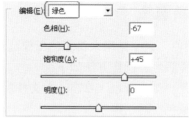

图 5-24　"色相/饱和度"对话框

着色：选择此复选框时，可以将一幅灰色或黑白图像染上单一颜色，或者将彩色图像转变成单色，如图 5-25 所示。

打开"第 5 章\图 5-25.jpg"文件（如图 5-25 所示），其原图为彩色图像，经"色相/饱和度"命令处理后，成为了泛黄的黑白老照片。

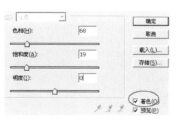

图 5-25　选中"着色"复选框

5.2.4　去色

"去色"命令是用来将彩色图像中的颜色去除，从而转化为灰度图像。但在转化过程中并不改变图像的颜色模式。例如，对于一个 RGB 图像进行去色的操作，则是将彩色图像中的每个像素的红色、绿色和蓝色值都设成相等，从而使图像表现为灰度。但它实际上还是一个 RGB 图像，而不是灰度图像。

"去色"操作相当于把图像的色彩饱和度降到最低。

打开"第 5 章\图 5-26.jpg"文件后，选择"图像"|"调整"|"去色"命令，其原图为彩色图像，经"去色"处理后，表现为灰度图像的样子，如图 5-26 所示。

　　　　（a）原图　　　　　　　　　　（b）经"去色"处理后的效果

图 5-26 "去色"处理效果

5.2.5 替换颜色

"替换颜色"命令是用来将彩色图像选定区域中颜色，通过调整色相、饱和度和明度，替换为另一种颜色。操作方法如下：

（1）打开"第 5 章\图 5-27.jpg"文件后，选择"图像"|"调整"|"替换颜色"命令，弹出"替换颜色"对话框。

（2）单击对话框"选区"选项区域中的吸管按钮 ✐，鼠标指针变成吸管形状，将鼠标指针移到图像中要替换颜色的区域，单击，这时，已将其颜色获取到"替换颜色"对话框的选区中，如图 5-27 所示。

（3）拖动对话框"选区"选项区域中的"颜色容差"滑块，颜色选中区域将会随之变大或变小。

（4）拖动对话框"替换"选项区域中的"色相"、"饱和度"和"明度"滑块，调整选中区域的颜色，如图 5-28 所示。

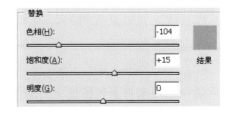

　　图 5-27 获取被替换的颜色　　　　　　图 5-28 设置替换颜色

这样经过调整，轻易地将图像中某个特定的颜色区域中的颜色，替换成了另外一种颜色，而其他区域中的颜色丝毫不受影响。完整的"替换颜色"处理过程如图 5-29 所示。

（a）原图　　　　　　（b）"替换颜色"对话框　　　　　（c）替换颜色效果

图 5-29　替换颜色

5.2.6　可选颜色

"可选颜色"命令可以对 RGB、灰度等多种色彩模式的图像进行分通道校色。操作方法如下：

（1）打开"第 5 章\图 5-30.jpg"文件后，选择"图像"|"调整"|"可选颜色"命令，弹出"可选颜色"对话框。

（2）在"颜色"下拉列表框中选择需要修改的颜色，调整过程中将改变该种颜色中的各颜色分量比重。此例要将黄色花朵改变颜色，所以在"颜色"下拉列表框中选择"黄色"选项。

（3）拖动"青色"、"洋红"、"黄色"、"黑色"滑块，增加或减少所选颜色中的各颜色分量。

通过"预览"复选框可以看到调整各颜色分量后的实际效果。单击 ［　好　］ 按钮，确认颜色的改变，最终效果如图 5-30 所示。

（a）原图　　　　　　（b）"可选颜色"对话框　　　　　（c）可选颜色操作效果

图 5-30　可选颜色

色彩与色调的调整

课 后 习 题

1. 打开"第 5 章\图 5-31.jpg"文件，利用所学的图像调整方法将背景进行变色处理，如图 5-31 所示。

（a）原图 （b）改变背景色

图 5-31 色彩调整

2. 打开"第 5 章\图 5-32.jpg"文件，这是一幅黑白照片，将该图像附上颜色，变成彩色图像，如图 5-32 所示。

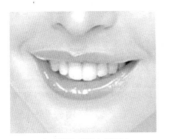 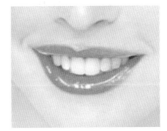

（a）原图（黑白照片） （b）结果

图 5-32 黑白图像上色

3. 色调和色彩练习。打开"第 5 章\图 5-33.jpg"文件，使用创建调整层进行调色操作，调出绿水、青瓦白墙的江南水乡美景，如图 5-33 所示。

（a）图像文件 （b）效果图

图 5-33 色调和色彩练习

4. 打开"第 5 章\图 5-34.jpg"文件，使用色彩平衡制作如图 5-34 所示的效果。

（a）原图 （b）效果图

图 5-34 使用色彩平衡制作的效果

色彩与色调的调整

第6章 图 层

6.1 图层的概念

图层是 Photoshop 极为重要的概念，正是有了这一概念，才使得 Photoshop 有了神奇魔术师的美称。

图层，顾名思义，就是有上下关系层次的一种结构。每一个图层就像一张透明的纸，可以根据需要将图形放在不同的图层上，透过上面图层可以看到下面图层的图形。各个图层之间都可以独立操作编辑，互不干扰，如图 6-1 所示。

打开 Photoshop，可以看到"图层"面板，如图 6-2 所示。

图 6-1　图层之间相互独立

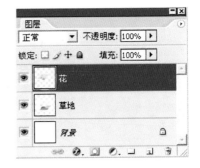

图 6-2　"图层"面板

（1）图层名称：每一个图层都可以命名为不同的名称，以便区别。如图 6-2 中图层的名称分别为"花"、"草地"、"背景"。

（2）图层显示👁：图层显示状态。当隐藏图层时不显示眼睛图标。单击眼睛图标就可以切换显示或隐藏状态。

（3）创建新图层◫：单击◫按钮可以建立一个新图层。

（4）删除当前图层🗑：单击🗑按钮可以将当前所选图层删除，或拖动图层到该按钮上也可以删除图层。

（5）不透明度：一个图层的不透明度决定了其下面一层的完全显示程度。其值在0~100%之间，当取值为 0%时为完全透明，取值为 100%时则会完全遮盖住下面的图层。如图 6-3 所示，图层 1 的不透明度为100%时，遮盖了后面的部分图像，当图层 1 的不透明度为 60%时，后面的图像基本能显现出来。

图 6-3　图层的不透明度

6.2　图　层　操　作

6.2.1　常用图层类型的创建

1. 背景层

每一个新建的文件只有背景层，背景层位于图像的底层。大多数的操作命令不能直接作用于背景层。它始终是作为"背景"而存在的，所以不能更改它在图层中的顺序。背景层是不透明的，因此不能对它进行色彩混合模式和不透明设置。

背景层可以转换为普通层，以满足图像的编辑要求。

（1）打开一个图像文件，将鼠标指针移动到"图层"面板。

（2）双击"背景"层，打开"新图层"对话框。

（3）单击"好"按钮，将"背景"层转换为普通层，名称默认为"图层 0"，如图 6-4 所示。

图 6-4　背景层转换为普通层

2. 普通层

普通层是图像设计中使用最多的操作对象。当要新建图层时，只需单击"图层"面板下方的创建新图层按钮 ，就可以在当前层的上面创建一个新的图层，如图 6-5 所示。通过这种方式创建的图层是完全透明的图层。

（a）创建新图层　　　　　　　　　　　（b）新建图层

图 6-5　新建图层

3．文字层

文字图层是一种很特殊的图层，它的创建必须通过使用工具箱中的文字工具 **T**，当使用文字工具在图层中单击时，无论是否输入了文字，系统都会自动建立一个文字图层，如图 6-6 所示。

一般情况下，文字图层具有不可编辑的特性，例如给文字描边，填充图案或渐变色，甚至不能对其进行滤镜处理，因此，若需对文字进行编辑时，必须先将文字层转换为普通层。具体操作如下：

（1）将鼠标指针移动到"图层"面板，在文字层右击，弹出快捷菜单，选择"栅格化文字"命令。此时文字层转换成普通层，如图 6-7 所示。

图 6-6　创建文字图层　　　　　　　　　　图 6-7　"栅格化文字"命令

（2）按 Ctrl 键，单击该层缩略图，将文字选区载入。

（3）选择"编辑"|"描边"命令，为文字描边，如图 6-8 所示。

图 6-8　转换为普通层后描边

6.2.2 图层的复制

在"图层"面板中复制一个已有的图层，方法是将要复制的图层拖动到"图层"面板下方的创建新图层按钮 ◻ 上，就复制好一个与原层内容相同的图层副本，如图6-9所示。

（a）原图　　　　　　（b）拖到按钮 ◻ 上　　　　（c）复制的新图层　　（d）复制图层后的图像效果

图6-9　复制图层示例

图层的复制除了上述的编辑操作外，Photoshop 还在"图层"|"新建"菜单项中提供了"通过拷贝的图层"和"通过剪切的图层"命令功能（如图6-10所示）。

图6-10　"图层"|"新建"菜单项

使用"通过拷贝的图层"命令，可以将选中范围的图像复制后粘贴到新的图层中去，并按新的图层顺序命名。此命令的快捷键为 Ctrl+J。

使用"通过剪切的图层"命令，可以将选中范围的图像剪切后粘贴到新的图层中，并按新的图层顺序命名。此命令的快捷键为 Ctrl+Shift+J。

下面通过制作物体的投影效果来学习使用"通过拷贝的图层"命令。

（1）打开"第6章\图6-11.jpg"文件，利用选择工具将鹅选中，如图6-11所示。

（2）选择"图层"|"新建"|"通过拷贝的图层"命令，或按 Ctrl+J 组合键，将选中的鹅复制到了新的一层，系统自动命名为"图层 1"，如图6-12所示。

（3）以图层 1 为当前操作层，选择"编辑"|"变换"|"垂直翻转"命令，或按 Ctrl+T 组合键，同时拖动变形框使其发生垂直翻转，按 Enter 键

图6-11　选取对象

后确定变换。再用移动工具 ，将其移到原图的下方制作倒影图，如图 6-13 所示。

图 6-12　复制的图层　　　　　　　　　　图 6-13　对图像做垂直翻转

（4）制作倒影的滤镜特效，选择"滤镜"|"扭曲"|"波纹"命令，打开"波纹"对话框，如图 6-14 所示。可制作水中波纹的效果。

（5）在"图层"面板上部 "图层混合模式"下拉列表框中选择"柔光"选项，并在"不透明度"文本框中设置不透明度为 83%，"图层"面板设置如图 6-15 所示。

（6）对其他几只鹅也可以重复上面的步骤做出倒影。最终效果如图 6-16 所示。

图 6-14　"波纹"对话框　　　　　　　　图 6-15　图层混合模式与不透明度的设置

（a）原图　　　　　　　　　　　　（b）添加倒影后的最终效果图

图 6-16　效果图

6.2.3 图层的链接与合并

1. 链接图层

由于各个图层之间都是各自独立、互不干扰的，当移动某一个图层时，其他的图层不会跟着移动。但有时因为某种需要，要求对两个或多个图层做出相同的处理，例如同时移动或同时缩放物体图像，以使两者的相对位置保持不变。在这种情况下就需要将这几个图层进行链接绑定。

图层链接的方法：按住 Ctrl 键并单击要链接的若干图层，将它们选中（如果要选取连续的图层也可按 Shift 键），在"图层"面板的左下角单击链接图标 ，这样所有被选中的图层已被链接。再次单击链接图标可解除链接关系，如图 6-17 所示。

图 6-17　链接图层

2. 合并图层

Photoshop 对图层的数量没有限制，用户可以新建任意数量的图层。但图层太多，处理和保存图像时就会占用很大的磁盘空间，因此，及时合并一些不再需要修改的图层以节省系统的资源。

图层的合并就是将多个图层合并为一个图层。合并的方式有很多，在"图层"菜单中有以下合并功能，如图 6-18 所示。

向下合并(E)	Ctrl+E
合并可见图层(V)	Shift+Ctrl+E
拼合图像(F)	

图 6-18　合并图层的菜单

（1）向下合并：选择此命令，可将当前图层与下一图层合并为一个新的图层，合并后的图层名称为下一层的名称。合并时下一图层必须是可见的，否则命令无效，此命令的快捷键为 Ctrl+E。如果将几个图层设置成链接图层，"向下合并"命令就会变成"合并图层"命令，此时会将所有有链接关系的图层全部合并掉（快捷键仍是 Ctrl+E）。

（2）合并可见图层：将图像中所有可见图层合并为一个图层，而隐藏的图层则保持不变，合并后的图层名称为当前层的名称。此命令的快捷键为 Ctrl+Shift+E。

（3）拼合图像：将图像中的所有图层合并为一个图层，如有隐藏图层，则将其丢弃。

3. 智能对象

当图像处理基本完成时，可以将各个图层合并，但是图层一旦被合并后，就不能再拆分开了，这为后期的继续修改带来了麻烦。Photoshop CS2 为此提供了一个非常好的新功能——智能对象。在编辑图像时将一些同类对象的图层创建为一个智能对象，就类似将它们合并在一个层了，当需要再重新编辑其中的某一层内容时可以在智能对象中进行修改。下面通过一个具体的例子来学习智能对象的操作。

（1）打开"第 6 章\图 6-19.psd"文件，在这个文件中三个音符分别占了一个图层。

（2）按住 Shift 键将三个音符图层选中，如图 6-19 所示。

（3）单击"图层"面板的菜单按钮，在弹出的菜单中选择"编组到新建智能对象图层中"命令，执行该命令后将所选图层暂时合并为一个图层，并自动命名为"图层 3"，如图 6-20 所示。

（4）若要对其中一个音符的图层样式做修改，只需双击"图层"面板中的智能对象缩略图，就会打开一个信息警示窗，如图 6-21 所示。

（5）单击"确定"按钮后，将会打开一个新智能对象组成的 PSD 文件，如图 6-22

所示。

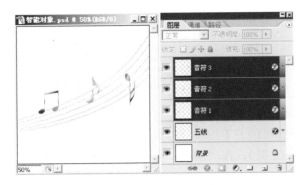
图 6-19　选中三个图层

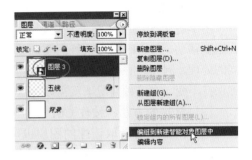
图 6-20　"编组到新建智能对象图层中"命令

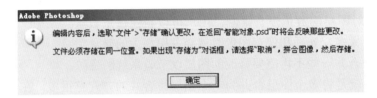
图 6-21　信息警示窗

图 6-22　打开"智能对象.psd"文件

（6）此时便可以对刚才合并了的图层分别做出自己所需的修改。这里将三个图层中音符的图层样式进行了更换，完成操作后按 Ctrl+S 组合键保存刚才的操作，再关闭这个新文件的窗口，就可重新回到原文件窗口，如图 6-23 所示。

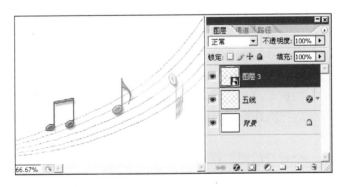
图 6-23　重新回到原文件窗口

6.2.4 图层的排列顺序

对于一幅图像而言，各个图层有一个从前到后的排列顺序，上层图层中的图像总是会遮盖下一图层中的图像，修改各个图层的顺序，整个图像的效果也会跟着改变。

"图层"面板中从上到下的顺序显示的是从外到里的排列效果，编辑图像时只要将鼠标指针移到要调整次序的图层上，拖动该图层到适当的位置即可。

此外也可以使用"图层"|"排列"命令来调整图层的顺序（如图 6-24 所示）。在选择执行此命令之前，需先选定图层。如果图像中含有背景图层，则即使执行了"置为底层"命令后，该图层图像仍然只能在背景图层之上。

图 6-24　排列图层菜单

下面通过一个实例来介绍调整图层顺序的操作。

（1）分别打开"第 6 章\图 6-25.jpg"和"第 6 章\图 6-26.jpg"两个文件。

（2）选择魔棒工具 ，将"图 6-26.jpg"的背景选中，再利用套索工具对所选的区域进行增加或减少的修改操作，当背景全部被选出后，按 Ctrl+Shift+I 组合键反选将汽车选中。

图 6-25　"图 6-25.jpg"文件

图 6-26　"图 6-26.jpg"文件

（3）用移动工具 将选出的汽车拖入到"图 6-25.jpg"的图像中，如图 6-27 所示。

（4）将汽车所在的图层 1 隐藏（单击眼睛图标，使其处于不可见状态），用魔棒工具 将树干选中，如图 6-28 所示。

图 6-27　将汽车拖入图像

图 6-28　选中树干

（5）以背景图层为当前工作图层，选择"图层"|"新建"|"通过拷贝的图层"命令，或按 Ctrl+J 组合键，将树干被选中的部分复制到新图层。

（6）此时"图层"面板自动产生一个新图层，系统将它命名为"图层 2"。将它拖动到图层 1 的上方，图层的排列顺序如图 6-29 所示，这样就产生了汽车在树后方的效果。

图 6-29　调整图层顺序

6.2.5　图层的删除

当某个图层不再需要时，可以将其删除。选中要删除的图层，单击"图层"面板底端的删除图层按钮，或者选择"图层"面板菜单中的"删除图层"命令，也可以直接拖动图层到删除图层按钮上。

6.3　图　层　蒙　版

图层蒙版主要用于控制图层中各个区域的显示程度。建立图层蒙版可以将图层中图像的某些部分处理成透明和半透明效果，从而产生一种遮盖特效。由于图层蒙版可控制图层区域的显示或隐藏，因而可在不改变图层中图像像素的情况下，将多幅图像自然地融合在一起。图 6-30 即为使用图层蒙版合成的图像实例。

图 6-30　使用图层蒙版合成的图像

6.3.1　添加图层蒙版

图像中的每一个图层都可以添加图层蒙版（背景层除外）。图层蒙版的创建很简单，单击"图层"面板底部的添加图层蒙版按钮，就可以在图层上建立蒙版。

由于图层蒙版也是一幅图像，因此也可以如编辑图像那样编辑图层蒙版，如绘画、渐变填充等。图层蒙版建立后，该图层上就有两个图像了，一幅是这个图层上的原图，另一幅就是蒙版图像。若要编辑蒙版图像，则单击蒙版缩略图，这时蒙版缩略图有白色边框标志，如图 6-31 所示。

图 6-31　图层蒙版缩略图

下面通过一个实例来学习图层蒙版的应用原理。这里把几幅不同的图片放在一个画面中，每幅图像通过添加图层蒙版显示出图像中的不同区域。

（1）打开"第 6 章\图 6-32.jpg"文件，将它作为背景图层。

（2）打开"第 6 章\图 6-33.jpg"文件，用移动工具 ⊕ 将它拖到"图 6-32.jpg"中。

图 6-32　背景图　　　　　　　　　　　　图 6-33　拖入的图片文件

（3）单击"图层"面板底部的添加图层蒙版按钮 ，为当前层创建一个显示图层的蒙版（即白色蒙版），如图 6-34 所示。

图 6-34　添加图层蒙版

（4）接下来对蒙版进行编辑，注意此时蒙版为选中状态。选择渐变工具 ，设置前景色为白色，背景色为黑色，在工具栏中单击"径向渐变"选项 。以需要显示的图像内容为中心向外拉动鼠标做渐变填充。这时可以观察到白色区域显示当前层图像，黑色区域则蒙蔽了当前层的像素内容，因而将下层图像显示出来。灰色区域中形成半透明效果，继续用画笔工具，根据是否要显示分别用白色或黑色涂抹进行修改，如图 6-35 所示。

图 6-35　在图层蒙版中做径向渐变

（5）打开"图 6-36.jpg"文件，按住 Alt 键，单击添加图层蒙版按钮，为当前层创建一个隐藏图层的蒙版（即黑色蒙版），可以看到当前层图像全部被遮蔽，如图 6-37 所示。

图 6-36　"图 6-36.jpg"文件

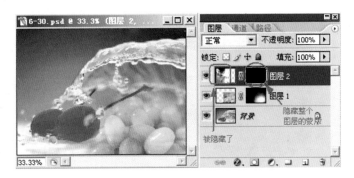

图 6-37　添加隐藏整个图层的蒙版

（6）选择画笔工具，用白色在要显示图像的部位涂抹，按住 X 键切换黑白前景色，对蒙版进行编辑，并可根据需要适当调节画笔的透明度和流量，效果如图 6-38 所示。

图 6-38　效果图

6.3.2　创建剪贴蒙版

剪贴蒙版层就是用下层图像的外轮廓定义上层图像的可显示区域的形状及透明度。

（1）打开"第 6 章\ 图 6-39a.jpg"和"第 6 章\ 图 6-39b.jpg"两个文件。

（2）用魔术棒工具将"图6-39a.jpg"中的人物选取，按Ctrl+J组合键将选中的图像复制到新层，形成图层1。

（3）将"图6-39b.jpg"拖入"图6-39a.jpg"中，创建图层2，选择"图层"|"创建剪贴蒙版"命令，或按住Alt键，将鼠标指针移到"图层"面板的"图层2"与"图层1"的交界线上，当鼠标指针变成两个交叉的圆形后，单击即可，如图6-40所示。

（a）"图6-39a.jpg"文件　　　　（b）"图6-39b.jpg"文件

图6-39　打开两个图像文件

图6-40　创建剪贴蒙版

6.3.3　调整图层

图像的色彩调整都会有损原图的像素，在反复调整中可以用历史记录画笔工具涂抹到历史记录，但任何一个调整操作，其结果都是不可复原的，几乎没有后悔的余地。

为了使调整中图像的像素不被破坏，又能重复更改，建议使用调整层。调整层是集中了图层、蒙版和图像调整三位一体的高级操作，在调整层中可以实现对图像局部的、反复的、非破坏性的调整，对于不满意的地方可以进入蒙版状态反复修改，因而使得图片的调整更具灵活性。

1. 调整照片的层次

（1）打开"第6章\图6-41.jpg"文件，可以看到黑场信息丰富，而中间调像素信息极度缺乏，使得整个图片下半部很暗，如图6-41所示。

图6-41　打开需调整的图

（2）单击"图层"面板底部的创建调整图层按钮，在弹出的菜单中选择"色阶"命令，打开"色阶"面板，拖动灰场滑块调整灰度系数，同时将白场滑块向左移动，使图像变亮，如图6-42所示。此时图像下半部的信息显示出来了，可是天空由于太亮而失去了

图层

层次。

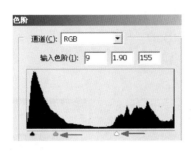

图 6-42　创建"色阶"调整层

（3）现在通过蒙版操作恢复云层的原来的影调。选择"渐变工具"设置前景和背景色为"黑/白"，从上向下拖动鼠标做线性渐变，在蒙版的遮蔽作用下，图像的上半部又回到调整前的状态了。注意做渐变时黑色显示下层像素，白色显示当前层像素，如图 6-43 所示。

图 6-43　蒙版中做"黑/白"线性渐变恢复云层影调

（4）单击"图层"面板底部的创建调整图层按钮，在弹出的菜单中选择"曲线"命令，调整"红"通道信息。不满意的地方可用画笔工具对蒙版进行涂抹修饰（根据需要按 X 键切换"黑/白"前景色），如图 6-44 所示。

图 6-44　调整层

（5）接下来还可针对局部的色彩信息添加"色彩平衡"等多个调整层，对原图的影调和色彩进行调整。如果对操作有不满意的地方可以隐藏调整层或重新再建一层反复操作，真正做到了不损坏原图信息而随心所欲地进行调节。最终效果如图 6-45 所示。

2．调出绚烂色彩

下面通过调整层的"色相饱和度"和"色彩平衡"，调出照片艳丽的色彩。

（1）打开"第 6 章\图 6-46.jpg"文件，这是一张春天的照片，如图 6-46 所示。

（2）创建"色彩平衡"调整层，提高红色和黄色，降低绿色，调节参数如图 6-47 所示。

图 6-45　调节后效果

图 6-46　图像文件

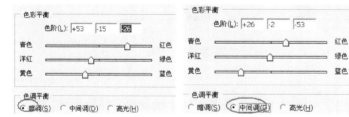

图 6-47　"色彩平衡"面板

（3）整个图片呈现红色和金黄色，达到想转换色调的目的了，可是人物和地面也被调成了红色。这时蒙版的作用又可以利用上了，用黑色画笔小心地在人物身上涂抹，擦出原来的色调，如图 6-48 所示。

（4）除了对人物身上的精细涂抹，还要将树干中的红色除去。调整过程要不断地按"［"和"］"键调整画笔直径的大小和画笔的"不透明度"、"流量"值。不小心涂出去了还要注意按 X 键切换成白色来擦除进行修正。这个调整层完成的效果如图 6-49 所示。

（5）注意到草地上还有部分区域从绿色变黄色后色彩浓度还不够，再创建一个"色相/饱和度"调整层，提高色调的饱和度。

图 6-48　在蒙版编辑状态下用黑色画笔涂抹

这里不需要再对全图的饱和度进行调节了，在"编辑"下拉列表框中选择"黄色"选项，按住 Ctrl 键，在需要调整的颜色上单击取样，这时"黄色"选项变成了"黄色 2"。调节色相滑块和饱和度滑块到合适位置，如图 6-50 所示。

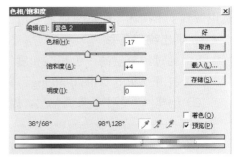

图 6-49　蒙版调节后效果　　　　　　　图 6-50　创建"色相/饱和度"调整层

（6）在蒙版编辑状态下用黑色画笔涂抹修饰，与上面操作相同。效果如图 6-51 所示。

图 6-51　"色相/饱和度"层调整结果

经过精心操作调整层中的蒙版，把春天色调改成了金秋的色调。通过这两个例子大家一定有不小的收获吧！在调整层中可以自由地发挥想象，随心所欲地调整色调和色彩，而在蒙版中可以用黑色和白色画笔将所做的调整任意地反复修改，却又不会对原图造成任何破坏。调整前后的效果比较如图 6-52 所示。

（a）原图　　　　　　　　　　　　　　　（b）调整后

图 6-52　调整前后效果图

6.4　图 层 样 式

图层样式命令能使图层上的图像产生许多特殊的效果，比如投影、外发光、内发光、斜面和浮雕、图案叠加等，这些效果在实际图像处理中经常要用到。

图层样式是通过对"图层样式"对话框的设置来使图像产生特殊效果。在"图层样式"

对话框中，不同的效果有着不同的参数设置。

1."斜面浮雕"样式制作相框

（1）新建一个 400×300 像素的文档。新建图层，用矩形选框工具▣画一个比文档小一点的选区，选择线性渐变工具▭，按住鼠标键，从左上角向右下角方向拖动，如图 6-53 所示。

（2）选择"选择"|"修改"|"收缩"命令，在弹出的"收缩选区"对话框中设置收缩量为 10 像素。再选择线性渐变工具▭，按住鼠标左键，从右下角向左上角方向拖动，如图 6-54 所示。

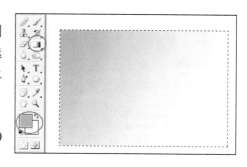

图 6-53　对选区做线性渐变

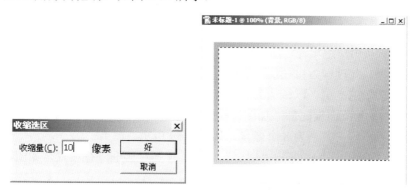

图 6-54　收缩选区后渐变填充

（3）再次选择"选择"|"修改"|"收缩"命令，还是将选区收缩 10 像素。按 Delete 键，将选区内像素删除，如图 6-55 所示。

图 6-55　再次收缩选区后删除选区内像素

（4）单击"图层"面板底部添加图层样式按钮 ✿，在弹出的菜单中选择"斜面与浮雕"命令，设置参数，选中"投影"复选框，具体设置如图 6-56 所示。

（5）打开"第 6 章\图 6-57.jpg"文件，将其拖到相框图层的下方，按 Ctrl+T 组合键，调节到合适大小。相框制作完成，效果如图 6-57 所示。

2."投影"图层样式的应用

（1）打开"第 6 章\图 6-58.jpg"文件，在"图层"面板上用鼠标按住背景层缩略图拖向面板下方的创建新图层按钮 ◰，复制背景层，将该层设为隐藏。

102

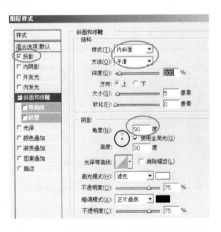

图 6-56 "图层样式"对话框参数设置　　　　图 6-57　最终效果和"图层"面板

（2）将背景层用白色填充，用"渲染/云彩"和"纹理/马赛克拼贴"滤镜制作如图 6-58 所示的底纹效果。此过程为衬托层的制作，可随意创作。

（3）显示背景副本层，以该层为当前操作层，按 Ctrl+T 组合键把图像缩小。

（4）单击"图层"面板底部添加图层样式按钮，在弹出的菜单中选择"描边"命令，设置描边颜色为白色，大小为 8 个像素，如图 6-59 所示。

（5）选择"滤镜"|"扭曲"|"切变"命令，打开对话框进行设置，如图 6-60 所示。

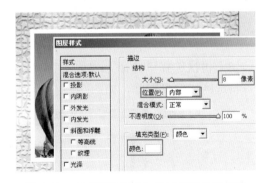

图 6-58　制作底纹效果　　　　　　　图 6-59　在"图层样式"对话框中设置描边

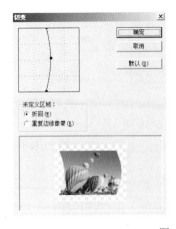

图 6-60　滤镜"切变"操作

（6）单击"图层"面板底部添加图层样式按钮，在弹出的菜单中选择"投影"命令，参数使用默认值。在图层缩略图旁的图标上右击，在弹出的快捷菜单中选择"创建图层"命令，如图 6-61 所示。将图层样式和图像拆分成 3 个图层。

（7）将"背景副本"的内描边层和"背景副本"图层合并，重命名为"图层 1"。

（8）单击"背景副本"的投影层，使其为当前工作层，按 Ctrl+T 组合键，调出自由变换控制框，右击，在快捷菜单中选择"水平翻转"命令。适当调整好阴影的位置，最终卷角的效果就出来了，如图 6-62 所示。

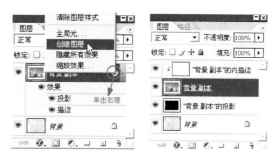

图 6-61　将图层样式拆成三个图层

图 6-62　页面卷角效果

课　后　习　题

1. 运用图层顺序的关系绘制奥运五环，并打开"第 6 章\图 6-63a.jpg"和"第 6 章\图 6-63b.jpg"两个文件，利用图层及图层样式操作将它们合成为如图 6-63 所示的效果。

（a）"图 6-63a.jpg"文件

（b）"图 6-63b.jpg"文件

（c）最终效果

图 6-63　绘制奥运五环

2．打开"第 6 章\图 6-64.jpg"文件，运用图层操作制作人物的投影效果，如图 6-64 所示。

（a）原图　　　　　　　　　　　　　（b）投影效果

图 6-64　制作人物投影

3．打开"第 6 章\图 6-65a.jpg"和"第 6 章\6-65b.jpg"两个文件，如图 6-65 所示。运用图层蒙版操作将两个图像合成为一幅图像，如图 6-66 所示。

图 6-65　打开两个图像文件

图 6-66　合成图像

4．打开"第 6 章\图 6-67.jpg"文件，如图 6-67 所示。综合运用调整图层及图层蒙版的操作对图像进行色彩及色调的调整。效果如图 6-68 所示。

图 6-67　原图　　　　　　　　　　　　　图 6-68　效果图

第7章 | 路径与文字

7.1　路径的基本概念

路径是基于贝赛尔曲线建立的矢量图形，它是由一系列点连接起来的线段或曲线。所有使用矢量绘图软件或矢量绘图工具制作的形状和线条，都可以称为路径。

在图像的编辑操作中，往往需要精确选取图像范围，用户可以用路径来选取图像轮廓，然后将路径转换为选区。由于对路径具有很灵活的可调整性，更容易被调整与编辑，所以用它来创建选区更加灵活与方便。

除上述作用外，使用路径绘制的矢量形状还可以方便地输入到矢量形状处理软件中进行再次编辑处理。

7.2　路径的创建

7.2.1　路径工具

在 Photoshop 中提供了三类绘制路径的工具，分别是钢笔工具、文字工具和形状工具，如图 7-1 所示。

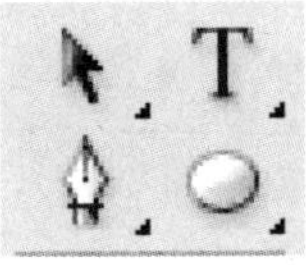

7.2.2　创建路径

创建路径主要通过上述三类路径工具绘制，另外也可以通过将选区转换为路径的方式来实现，下面逐一介绍。

图 7-1　路径工具

1. 使用钢笔工具创建路径

钢笔工具 ♦ 是建立路径的基本工具，使用该工具可以创建直线路径和曲线路径。在工具箱中选择该工具后，其工具栏上将显示有关钢笔工具的属性，如图 7-2 所示。

图 7-2　钢笔工具的属性栏

钢笔工具的属性栏说明如下所示。

□ ▨ □：该组工具分别用于创建形状图层、工作路径和填充像素。

♦ ♦ □ □ ○ ○ ＼ ♠ ▾：该组工具用于在各种形状工具间进行切换。

（1）绘制直线路径

画直线路径非常简单，首先选择工具箱的钢笔工具 ♦，在图像上单击，创建第一个锚点。把鼠标指针移到图像的另一个位置，再单击，创建第二个锚点，在两个锚点之间会自动连接上一条直线，如图7-3所示。在单击第二个锚点时按住 Shift 键，可以绘制水平、垂直或45°角的直线路径。

（2）绘制曲线路径

利用钢笔工具同样可以绘制出曲线路径，选择工具箱的钢笔工具 ，在图像上单击确定第二个锚点时，按住鼠标左键不放并向其他方向拖动，直到曲线出现合适的弯曲度。此时曲线端点会出现以起点为中心的一对调整手柄，如果要使曲线向上拱起，则从上向下拖动调整手柄，如图7-4所示。控制手柄的拖动方向及长度决定了曲线段的方向及曲率大小。

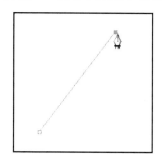
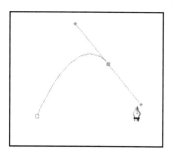

图7-3　绘制直线路径　　　　　图7-4　绘制曲线路径

2．使用自由钢笔工具创建路径

自由钢笔工具 的功能跟钢笔工具 的功能基本上是一样的，但是自由钢笔工具不是通过建立锚点来建立路径，而是直接绘制出曲线路径，就像使用画笔工具一样，如图7-5所示。由于路径具有很好的编辑及调整性，因此可以先使用该工具绘制一个大概的轮廓，再经过编辑成所需的路径。

3．使用各种形状工具建立路径

形状工具包括矩形、圆角矩形、椭圆、多边形、直线及自定义形状工具，如图7-6所示。使用这些工具可以绘制矢量图形或路径。

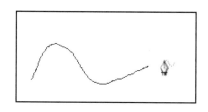

图7-5　用自由钢笔工具创建路径　　　　图7-6　形状工具

下面通过制作百事可乐标志来学习形状工具的使用。

（1）在工具箱中选择椭圆工具 ，并在工具栏中选择"形状图层"项，如图7-7所示。

图7-7　形状工具栏选项

（2）设置前景色为蓝色，画个正圆，这时注意到"图层"面板上会添加一个形状图层。

右侧为矢量蒙版缩略图，如图 7-8 所示。

（3）在图层缩略图上单击后，按住该层拖向面板底部的创建新图层按钮 ⌐ᴸ，复制该形状层。再双击图层缩略图，弹出"拾色器"面板，选取红色为新层的填充色，如图 7-9 所示。

（4）选择矩形工具▢，在工具栏中设置"交叉形状区域"，画个矩形，如图 7-10 所示。

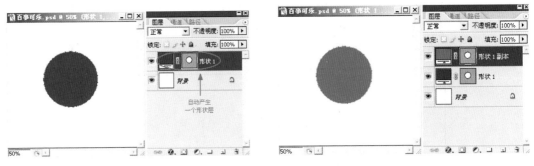

图 7-8　形状图层　　　　　　　　　　　　图 7-9　复制后的新图层

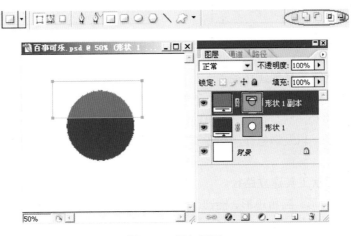

图 7-10　添加矩形

（5）切换到添加锚点工具 ⌀⁺，在矩形下边线上单击，添加锚点。用鼠标拖住一侧的控制手柄，将下边线调节为如图 7-11 所示的曲线形状。

（6）切换到路径选择工具 ▸，按住 Alt 键，用鼠标向下拖动变形后的矩形，这样就可以再复制一个，如图 7-12 所示。

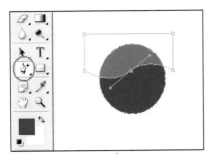 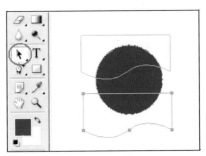

图 7-11　添加锚点调节为曲线形状　　　　图 7-12　复制一个变形的矩形

（7）按 Ctrl+X 组合键，剪切掉复制好的矩形，在蓝色形状图层的蒙版缩略图上单击（蒙版缩略图一定是被选中状态），按 Ctrl+V 组合键，将其粘贴到该层，如图 7-13 所示。

（8）按 Ctrl+T 组合键后，右击，在弹出的快捷菜单中选择"水平翻转"、"垂直翻转"命令，对路径进行变形操作，如图 7-14 所示。按 Enter 键确认变形后，一个百事可乐标志就基本完成了。

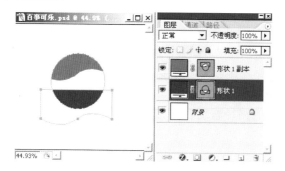

图 7-13　将变形矩形粘贴到蓝色形状图层　　　　　　图 7-14　变换路径

（9）切换到路径选择工具，单击选中圆路径。回到"路径"面板，单击底部的将路径转为选区按钮。再回到"图层"面板新建一个图层，对这个选区用白色填充，如图 7-15 所示。

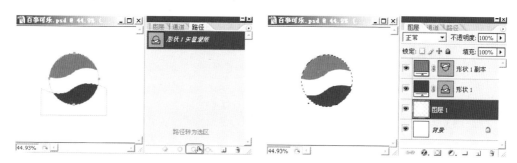

图 7-15　新建图层填充白色

（10）将上面三个图层链接好后，按 Ctrl+E 组合键合并图层。单击"图层"面板底部的添加图层样式按钮，为百事可乐标志做"斜面浮雕"、"外发光"图层样式效果。完成后的最终效果如图 7-16 所示。

图 7-16　最终效果图

7.3 编 辑 路 径

7.3.1 常用的路径编辑工具

1．路径选择工具

在实际的操作中经常要调整路径的位置，这就要用到路径选择工具 ▶。使用路径选取工具时，只需单击要移动的路径，将其选中，按下鼠标左键不放，所选的路径就会随鼠标指针一起移动。如果按住 Alt 键不放，拖动鼠标左键就可以再复制一个路径。

2．添加锚点工具

使用添加锚点工具 ♠⁺，可以给已经创建的路径添加一个锚点。选择该工具后，在已经创建的路径上单击即可，如图 7-17 所示。

3．删除锚点工具

使用删除锚点工具 ♠⁻，可以将路径中的锚点删除。选择该工具后，在路径中要删除的锚点上单击即可。

4．转换点工具

锚点共有两种类型：钝角和锐角。

在使用钢笔工具的情况下，移动鼠标指针至调整手柄线上或锚点上，按 Alt 键，则会变为转换点工具 ⌐。使用转换点工具 ⌐，可以将路径中的钝角锚点和锐角锚点进行相互切换，通过调整手柄将直线转化为曲线段，并可任意改变曲线的弧度，如图 7-18 所示。

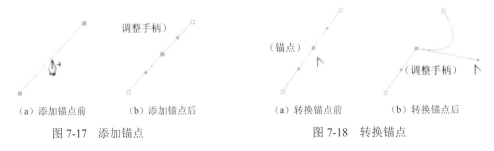

（a）添加锚点前　　　（b）添加锚点后　　　　　（a）转换锚点前　　　（b）转换锚点后

图 7-17　添加锚点　　　　　　　　　　　图 7-18　转换锚点

7.3.2 调整路径

每条线段的端点称为锚点，每一个锚点带有两个调整手柄，曲线的形状及前后线段的光滑度由它们来调整，如图 7-19 所示。使用路径编辑工具可以添加锚点、删除锚点和将锚点转换成拐点。

图 7-19　路径的构成

平滑点：它位于平滑过渡的曲线上，两侧带有调整手柄，当调节其中的一个手柄时，另外的一个也会相应地移动。

拐点：连接两条曲线，两侧也带有调整手柄，但当调节其中的一个手柄时，另外的一个不会移动。在曲线上，按住 Alt 键拖动刚建立的平滑点，就可将平滑点转换为拐点。

使用路径选取工具 可以方便地选择和移动整个路径，而直接选择工具 则能选择路径中的各个锚点，对其进行独立的调整。在使用钢笔工具的情况下，按 Ctrl 键可切换到直接选取工具 对某个锚点调整。

（1）移动锚点，在使用路径选择工具 时，按 Ctrl 键切换到直接选择工具 后，选中要编辑的锚点进行拖曳，如图 7-20 所示。

（2）改变曲率，使用直接选择工具 ，在控制手柄上按住鼠标左键朝某个方向拉动，如图 7-21 所示。

图 7-20　移动锚点

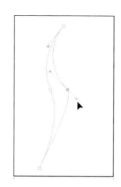 

图 7-21　改变曲率

（3）改变曲线的方向，使用转换点工具 拖动手柄可以将平滑点切换为拐点，拖动鼠标则可改变一侧曲线的方向。如果使用直接选择工具 ，锚点为平滑点时，拖动鼠标则两侧的曲线方向同时改变，如图 7-22 所示。

 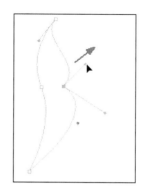 

图 7-22　改变曲线的方向

（4）转换节点，在路径的编辑中常要将平滑节点与拐角节点进行相互转换，此时便要用到转换点工具 ，若要将平滑节点转换为拐角节点，直接用节点转换工具在其节点上单击即可，如图 7-23 所示。如果继续拖动手柄，则又可将其转换为平滑曲线。

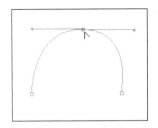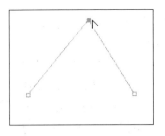

图 7-23　将平滑点转换为拐角节点

7.3.3　填充路径和描边路径

1. "路径"面板

有许多对路径的操作和编辑都要通过"路径"面板来执行，"路径"面板及各个功能按钮如图 7-24 所示。

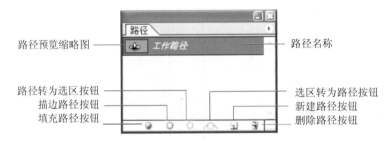

图 7-24　"路径"控制面板

2. 填充路径

填充路径是指用指定的颜色或图案填充路径所包围的区域。

要填充路径，只需在"路径"面板中选中需要填充的路径，然后单击"路径"面板底部的填充路径按钮，则用前景色填充整个路径所围成的区域，如图 7-25 所示。

图 7-25　填充路径

3. 描边路径

在 Photoshop 中创建好路径后，可以使用画笔、橡皮擦、图章等工具勾画路径，即对路径描边。具体操作方法如下：

（1）新建一个透明背景的图像文件，选择自定形状工具，在自定形状工具栏的属性栏中单击填充像素按钮 □（如图 7-26 所示），在"形状"中选择一个心形的形状，用这个形状工具画一个小的心形。

图 7-26　绘制心形形状

（2）在工具箱中选择矩形选区工具 ⬚，为所画的心形做一矩形选区，将此形状选中，选择"编辑"|"定义画笔预设"命令，弹出"画笔名称"对话框，单击"好"按钮，如图7-27 所示。关闭此图像文件（不用保存）。

图 7-27　"画笔名称"对话框

（3）新建一个白色背景的图像文件，选择自定形状工具 ⬚，再单击路径按钮 ⬚（如图7-28 所示），绘制一个心形的路径。

（4）在工具箱中选择画笔工具 ⬚，然后在"画笔"面板中设置好画笔的大小和间距，具体参数如图 7-29 所示。

图 7-28　自定义形状工具栏的设置　　　　　图 7-29　"画笔"面板

（5）单击"路径"面板底部的用画笔描边路径按钮 ◯，即可完成对路径的描边。在"路径"面板的空白处单击，取消对路径的选择可以看到描边后的效果，如图 7-30 所示。

图 7-30　选择画笔形状对路径描边

路径与文字

7.3.4 路径与选区的互换

通过以上创建路径的各种方法，可以制作出许多形状复杂的路径，而路径的一个较为重要的功能就是可以和选区进行相互转换，这样就能获得较为精确的选区了。

下面通过一个实例的学习与操作来进一步了解路径的创建、编辑、路径与选区间的相互转换关系。

（1）打开"第 7 章\图 7-31.jpg"文件，在工具箱中选择钢笔工具 ，再到钢笔工具属性栏中单击 按钮，沿鸽子的外形勾勒路径，如图 7-31 所示。

（2）新建一个 Photoshop 文档，用路径选择工具 选中刚才所勾勒的路径，拖动到新文档中，这样在新文档的"路径"面板中可以看到新建了一个路径。选中这个路径缩略图，将它拖动到"路径"面板底部的创建路径按钮 上，复制这个路径，如图 7-32 所示。

图 7-31　用钢笔工具创建路径　　　　　　　图 7-32　复制路径

（3）选择"编辑"|"变换路径"|"缩放"命令（也可按 Ctrl+T 组合键），调整路径 1 的大小并放到合适的位置。再将路径 1 副本选中，选择"编辑"|"变换路径"|"缩放"|"水平翻转"命令，将路径 1 翻转后排放到如图 7-33 所示的位置上。

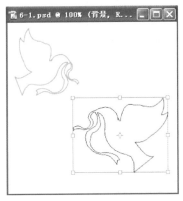

图 7-33　变换路径

（4）选中其中一个路径，单击"路径"面板底部的将路径转化为选区按钮 ，即将当前路径转化为了选区，如图 7-34 所示。设置前景色为蓝色，对该选区进行填充。

（5）对路径 1 副本也进行路径转化为选区的操作，用蓝-白径向渐变填充。最后用绿色画笔在背景层随意涂抹几笔，做个衬托效果，如图 7-35 所示。

图 7-34　路径转换为选区　　　　　　　图 7-35　选区填充后效果

7.4　文　字

在处理图像时文字往往是精美画面不可缺少的元素，近年来各种计算机艺术字、特效文字成为视觉传达设计的重要组成部分。

7.4.1　输入文字

工具栏中有一组文字工具，专门用来向图像中输入文字。该组工具如图 7-36 所示。

T 横排文字工具	T
IT 直排文字工具	T
T 横排文字蒙版工具	T
IT 直排文字蒙版工具	T

图 7-36　文字工具

1．横排文字

选择横排文字工具 T，在文字工具属性栏中设置好文字的字体、大小，对齐、颜色等参数（如图 7-37 所示）。输入完毕后，可以单击工具属性栏中的提交命令按钮 ✔，确认已输入的文字。如果单击取消当前编辑命令按钮 ⊘，则可取消输入操作。

图 7-37　文字工具属性栏

2．直排文字

选择直排文字工具 IT 可为设计作品添加垂直排列的文字，操作方法与横排文字的相同。对于已输入的文字可以在文字间通过插入光标再按 Enter 键，将一行文字打断进行换行处理，其效果图如图 7-38 所示。

3．创建文字选区

文字选区是一类特别的选区，此类选区具有文字的外形。在工具箱中选择文字蒙版工具 T，在图像中单击插入文本光标，此时图像背景呈现淡红色蒙版状态。输入完毕后单击提交按钮 ✔，即可得到如图 7-39 所示的文字选区。

图 7-38　直排文字效果

打开"第 7 章图 7-40.jpg"文件，按 Ctrl+A 组合键全选后，再复制到剪贴板。回到文字图像文件，按 Ctrl+Shift+V 组合键将其粘贴入选区，如图 7-40 所示。

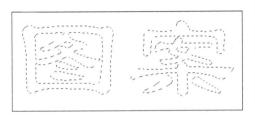

图 7-39　文字型选区　　　　　　　　　　　图 7-40　将图像粘贴入选区

4．创建变形文字

Photoshop 具有使文字变形的功能，输入文字后在文字工具属性栏中单击创建文字变形按钮，即可打开"变形文字"对话框，如图 7-41 所示。

系统中自带 15 种变形文字效果供用户直接使用。其中的四种变形效果如图 7-42 所示。

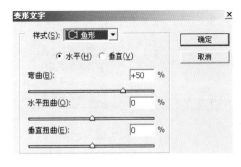

图 7-41　"变形文字"对话框

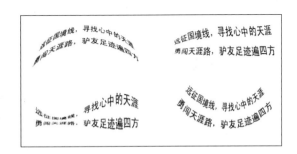

图 7-42　四种文字变形效果

7.4.2　文字转换为路径

在 Photoshop 中可以将文字转换为工作路径，通过对路径的编辑操作可得到具有特殊效果的变形文字。

（1）选择横排文字工具 T，在文字工具属性栏中设置好文字的字体和大小，输入文字"生日快乐"，形成文字图层，如图 7-43 所示。

图 7-43　文字图层

（2）将鼠标指针移动到"图层"面板的文字层，右击，在弹出的快捷菜单中选择"创建工作路径"命令，这时在"路径"面板中可看到创建了一个文字路径，如图 7-44 所示。

图 7-44　创建文字工作路径

（3）将文字层隐藏后便可清楚地看到文字形状路径，将文字转换为工作路径后，文字图层仍然存在，如图 7-45 所示。

图 7-45　隐藏文字层

（4）使用直接选择工具 和节点转换工具 ，对文字路径进行修改编辑，操作中注意将图像放大进行，同时还可配合增加、删除锚点工具的使用，如图 7-46 所示。

（5）在编辑中如遇到要将一个字中的某部分拆开移动，可先用路径选择工具 将这个文字路径选中，再按 Ctrl 键将工具切换到直接选择工具 ，将其中一部分路径框选后移开，如图 7-47 所示。

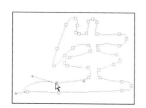
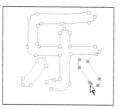
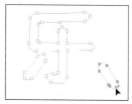

图 7-46　编辑锚点　　　　　　　　　图 7-47　编辑一个文字中的某部分

（6）最后完成的变形文字路径如图 7-48 所示。

图 7-48　变形文字路径

（7）修改好路径后按 Ctrl+Enter 键将路径转为选区，并在新建的图层中进行填充或描边等操作。变形文字的效果如图 7-49 所示。

图 7-49　变形文字效果

7.4.3　文字转换为形状

选择"图层"|"文字"|"转换为形状"命令，可以将文字转换为与其轮廓相同的形状，此时文字图层也变成相应的形状图层。

（1）选择文字工具 **T**，输入文字，将"H"的字号调节成较大字号，如图 7-50 所示。

图 7-50　输入文字

（2）在"图层"面板中，用鼠标按住文字层拖向下方的创建新图层按钮，复制文字层，生成"Happy 副本"文字层。

（3）在"图层"面板的"Happy 副本"文字层上右击，在弹出的快捷菜单中选择"转换为形状"命令，将文字层转换为形状层，如图 7-51 所示。

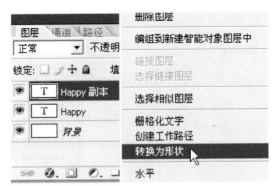

图 7-51　文字层转换为形状层

（4）在"图层"面板的"Happy 副本"文字层上双击图层缩略图，打开"拾色器"面板，将颜色换成白色。

（5）在工具箱中选择椭圆工具 ○，并在工具属性栏中单击形状图层按钮 □，绘制一个椭圆，将该形状层拖到"Happy 副本"文字层的下方。按 Ctrl+T 组合键调整它的大小，并旋转到合适位置，如图 7-52 所示。

图 7-52　调整椭圆形状层的位置

（6）用路径选择工具 ↖ 将椭圆选中，按 Ctrl+C 组合键复制该路径，单击"Happy 副本"文字层，再按 Ctrl+V 组合键粘贴路径到此层。在工具属性栏中单击交叉形状区域按钮 □，得到文字形状和椭圆形状的交叉区域，如图 7-53 所示。

图 7-53　文字与形状的组合

7.4.4　沿路径绕排文字

在路径上输入文字可以使文字沿路径的走向排列。

（1）利用自定义形状工具 ✿ 创建一个心形路径。工具属性栏设置如图 7-54 所示。

图 7-54　用自定义形状创建心形路径

（2）选择文字工具 **T**，将鼠标指针移动到路径上，当鼠标指针变成 ✈ 指示符时，在路径上单击产生一个文字插入点，即可输入文字，如图 7-55 所示。

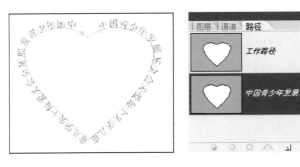

图 7-55　沿路径方向排列的文字

（3）在"字符"面板中设置"基线偏移"，可控制文字与路径的垂直距离，如图 7-56 所示为基线偏移 20 点和–20 点的情况。

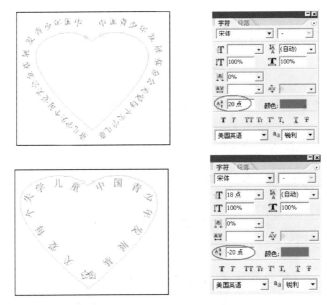

图 7-56　设置"基线偏移"

（4）当鼠标指针变成 时，文字将在路径内排列，再配合"段落"面板设置好"左缩进"、"右缩进"等参数，将文字全部落在路径内，如图 7-57 所示。

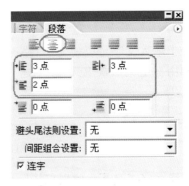

图 7-57　心形绕排文字

7.5 路径的应用实例

7.5.1 应用路径制作一枚邮票

下面应用路径制作一枚邮票。

（1）打开"第 7 章\图 7-58.jpg"文件（如图 7-58 所示），复制背景层，创建"背景副本"层，并用黑色填充背景层。新建图层 1，用白色填充。

（2）以"背景副本"层为当前工作图层，按 Ctrl+T 组合键将其调整到合适大小。

（3）选择矩形选框工具 ，在工具属性栏中设置羽化值为 20，建立矩形选区后，将选区反选（按 Ctrl+Shift+I 组合键），按 Delete 键将周边内容清除，如图 7-59 所示。

图 7-58　打开素材图　　　　　　　　图 7-59　矩形选区羽化

（4）以图层 1 为当前工作图层，按 Ctrl+A 组合键全选，打开"路径"面板，单击该面板下部的将选区转化为路径按钮 ，将选区转成工作路径。

（5）选择橡皮工具 ，在工具属性栏中打开"画笔"面板，设置画笔直径为 9，硬度为 100%，间距为 200%，设置参数如图 7-60 所示。

（6）在"路径"面板下部单击描边路径按钮 ，用橡皮工具对路径描边。效果如图 7-61 所示。

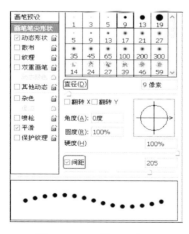

图 7-60　"画笔"面板　　　　　　　　图 7-61　路径描边

（7）将背景色设置为黑色，选择"图像"|"画布大小"命令，在出现的"画布大小"对话框中设置宽和高的百分比为 110%，将画布扩大。参数设置如图 7-62 所示。

（8）选择文本工具 **T**，在图像上添加"中国邮政"等文字，文字大小和排列方式如图 7-63 所示。

（9）制作邮戳，在"背景副本"层上方新建图层 2，用椭圆选框工具建立圆形选区，选择"编辑"|"菜单"|"描边"命令，打开"描边"对话框，参数设置如图 7-64 所示。

图 7-62　"画布大小"对话框　　　图 7-63　排列文字　　　图 7-64　"描边"对话框

（10）选择椭圆工具 ◯，在工具栏中设置路径 选项，按住 Shift 键画个圆路径，用文字工具在路径上单击，可沿路径输入文字，将制作好的邮戳摆放到合适位置，一枚邮票就制作完成了，最终效果如图 7-65 所示。

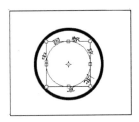

图 7-65　邮票效果

7.5.2　应用路径制作山水画

本例通过制作一幅山水画来介绍 Photoshop 中一些常用绘图工具以及绘图技巧。

（1）新建一个 800×600 像素的空白图像文件，命名为"山水画"，设置图像背景颜色。

单击工具箱中的前景色按钮 ，在打开的"拾色器"对话框中设置颜色。然后用工具箱中的油漆桶工具 在图像中单击，填充图像的背景颜色，如图 7-66 所示。

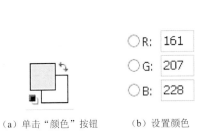

R: 161　G: 207　B: 228

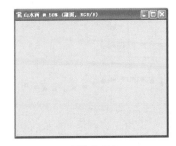

（a）单击"颜色"按钮　　　（b）设置颜色　　　（c）图像背景色

图 7-66　设置图像背景颜色

（2）制作湖水。

① 打开"图层"面板，新增一个图层，命名为"湖面"。

② 用工具箱中的矩形选框工具[]，在图层的下半部分绘制一选区，然后选择工具箱中的渐变工具▇，设置其属性为"从前景色到透明"，做线性渐变，如图 7-67 所示。

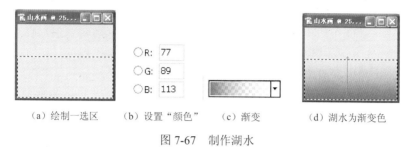

（a）绘制一选区　（b）设置"颜色"　（c）渐变　（d）湖水为渐变色

图 7-67　制作湖水

（3）制作山峰。

① 新建一图层，命名为"山峰 1"。

② 用工具箱中的套索工具，在图像画面的上半部分画一选区。

③ 设置好颜色，用颜料桶工具在选区上填充颜色，如图 7-68 所示。

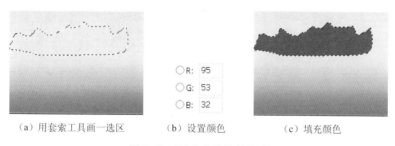

（a）用套索工具画一选区　（b）设置颜色　（c）填充颜色

图 7-68　画出山峰的外轮廓

④ 将"图层"面板中的"不透明度"设置为 60%，从而得到如图 7-69 所示的效果。

⑤ 再新建三个图层，重复上述步骤，得到多个层次的山峰，如图 7-70 所示。

（a）设置"不透明度"　（b）朦胧的远山

图 7-69　设置朦胧的效果　　　　图 7-70　多个图层的山峰

（4）制作湖上的人和小船。

① 新建一图层，命名为"人和船"。

② 在工具箱中选择钢笔工具✎，在其选项栏中单击添加到路径区域按钮。用钢笔工具✎绘出人和小船，这时绘制的是路径轮廓图形。再将其转换成选区，最后用油漆桶工具◊，选择黑色进行填充，如图 7-71 所示。

（a）用钢笔画锚点

（b）将路径转换为选区

（c）填充选区

图 7-71　制作人和小船

③ 复制"人和船"图层，按 Ctrl+T 组合键调整其大小，并将这两条小船调整到合适位置，整体结构如图 7-72 所示。

（5）最后可以再添加几个小山峰的倒影图层，分别对各图层设置合适的透明度，并进行局部调整和修饰，最后效果如图 7-73 所示。

图 7-72　调整两条小船位置

图 7-73　最后效果

课 后 习 题

1. 钢笔工具练习。应用"路径"绘制一个苹果。先使用钢笔工具 ✍ 绘制出一个心形，再按住 Ctrl 键，将钢笔工具转换为直接选择工具 ▶，在中心点上单击后，出现一对调整手柄。再按 Alt 键将工具转换为转换点工具 ▶，调整控制手柄的方向，使之形成苹果的轮廓。将路径转换成选区，最后用渐变工具填充，一个苹果就制作完成了，如图 7-74 所示。

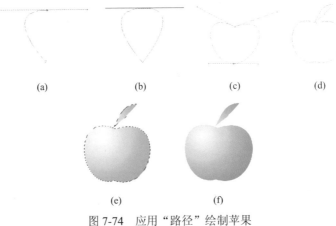

(a)　　　　(b)　　　　(c)　　　　(d)

(e)　　　　(f)

图 7-74　应用"路径"绘制苹果

2. 打开"第 7 章\图 7-74.jpg"文件，制作效果如图 7-75 所示的邮票。提示：使用图层样式"投影"、"描边"。

图 7-75　邮票效果

3. 试用自定义画笔描边路径，制作广告艺术效果字，如图 7-76 所示。

图 7-76　广告艺术效果字

操作提示：（1）输入文字后用矩形选框工具将文字选中，定义为画笔，如图 7-77 所示。

图 7-77　定义画笔

（2）用钢笔工具在画面中自上而下地创建一条直线路径，如图 7-78 所示。

第 7 章

路径与文字

（3）打开"画笔"面板，选择上步设置好的画笔笔尖，并按图 7-79 设置画笔动态。

（4）新建一个图层，用设置好的画笔描边路径。

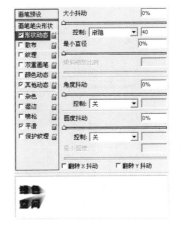

图 7-78　创建直线路径　　　　　　　　图 7-79　设置画笔

第8章   初识 Flash

Flash 是由 Macromedia 公司推出的网页动画制作软件，它可以在较低的数据传输速率下播放高品质的矢量动画。它支持动画、声音以及多媒体互动，因此，在互联网上得到了广泛的应用。

Flash 动画作为一种新兴的多媒体技术，应用非常广泛，具体应用范围为网站动画、片头动画、Flash 广告、Flash 贺卡、Flash 游戏、Flash MTV、教学课件等。其实 Flash 的应用远远不止这些，它在电子商务及其他媒体领域也得到了广泛的应用。相信随着 Flash 技术的发展，Flash 的应用将会越来越广泛。

8.1   初识 Flash 8

8.1.1   Flash 工作界面

1．"开始"页面

运行 Flash 8，首先出现的是"开始"页面。"开始"页面中列出了一些常用的任务，左边打开的是最近用过的项目，中间是创建各种类型的新项目，右边是从模板创建各种动画文件，如图 8-1 所示。

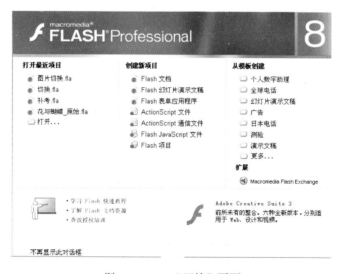

图 8-1   Flash "开始"页面

在"开始"页面上，单击"创建新项目"选项区域中的"Flash 文档"按钮，这样就创建了一个新的动画文件，并进入了 Flash 的工作界面。

2. 工作界面

Flash 8 的工作界面由几个主要部分组成：最上方的是主菜单栏，选择"窗口"|"工具栏"|"主工具栏"命令，可在主菜单栏下方打开主工具栏。主工具栏的下方是文档选项卡，用于切换打开的当前文档。"时间轴"面板和舞台位于工作界面的中心位置，左边是功能强大的工具箱，用于创建和修改矢量图形内容，多个面板围绕在舞台的下面和右面，包括常用的"属性"面板和"帮助"面板，还有"设计"面板和"开发"面板，如图 8-2 所示。

图 8-2　Flash 的工作界面

3. 文档选项卡

新建或打开一个文档时，在"时间轴"面板的上方会显示出文档选项卡。如果打开或创建多个文档，文档的名称将按文档创建的先后顺序显示在文档选项卡中，单击文件名称，可以在多个文档之间进行快速切换。

右击文档选项卡，在弹出的快捷菜单中可以快速实现"新建"、"打开"、"保存"等操作功能，如图 8-3 所示。

图 8-3　文档选项卡

4．"时间轴"面板

"时间轴"面板用于组织和控制文档内容在一定时间内播放的图层数和帧数。"图层"就像堆叠在一起的多张幻灯胶片一样，每个层中都排放着自己的对象。

提到动画，首先会使人联想到小时候最喜欢看的卡通影片，这些卡通影片都是事先绘制好的一幅一幅连续动作的图片，然后让它们连续播放，利用人的"视觉暂留"特性，在大脑中便形成了动画效果。

Flash 动画的制作原理就是把绘制出来的对象放到一格格的帧中，然后再进行播放。

"时间轴"面板的一些功能介绍如图 8-4 所示。

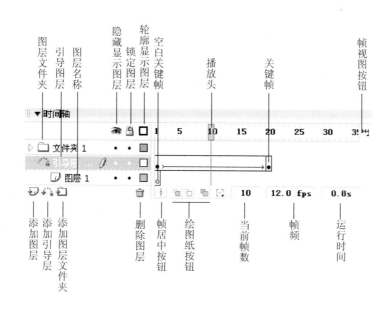

图 8-4 "时间轴"面板

5．工具箱

位于工作界面左边长条形状就是工具箱，工具箱是 Flash 最常用到的一个面板，用单击的方式能选中其中的各种工具，如图 8-5 所示。

6．舞台

舞台位于工作界面的正中间部位，是放置动画内容的区域。这些内容包括矢量插图、文本框、按钮、导入的位图图形或视频剪辑等。可以在"属性"面板中设置和改变舞台的大小。默认状态下，舞台的宽为 550 像素，高为 400 像素，如图 8-6 所示。

工作时根据需要可以改变舞台显示的比例大小，可以在"时间轴"面板右上角的"显示比例"中设置显示比例，最小比例为 8%，最大比例为 2000%。在下拉列表框中有三个选项："符合窗口大小"选项用来自动调节到最合适的舞台比例大小；"显示帧"选项可以显示当前帧的内容；"全部显示"选项能显示整个工作区中包括在舞台之外的元素，如图8-7 所示。

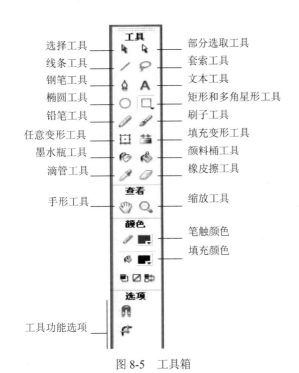

图 8-5　工具箱

图 8-6　舞台

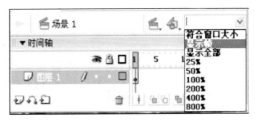

图 8-7　舞台显示比例

　　选择工具箱中的手形工具 🖑，在舞台上拖动鼠标指针可平移舞台；选择缩放工具 🔍，在舞台上单击可放大或缩小舞台的显示；选择缩放工具后，在工具箱的"选项"下会显示放大 🔍 和缩小 🔍 两个按钮，分别单击它们可在放大视图工具与缩小视图工具之间切换，选择缩放工具后，按住键盘上的 Alt 键，单击舞台，可快速缩小视图。

8.1.2　常用面板

　　Flash 8 有很多面板，默认状态下，在舞台的正下方有三个常用的浮动面板，分别是"动作"面板、"属性"面板和"滤镜"面板，单击面板的标题栏，可以依次展开它们，再次单击标题栏，可最小化面板。

　　拖动面板左侧的 ⠿ 到舞台上，可将面板独立出来，成为窗口显示模式。

　　展开面板后，单击面板右上角的 ⠿ 按钮，在弹出的面板选项菜单中选择"关闭面板"命令，可将面板关闭，想再次打开面板时，可选择"窗口"菜单中的相关命令即可。

　　如果要想回到默认时的面板布局状态，可选择"窗口"|"面板设置"|"默认布局"命令。

1．"动作"面板

　　"动作"面板是主要的开发面板之一，是动作脚本的编辑器，在后面的动作脚本章节中将进行具体讲解，如图 8-8 所示。

图 8-8　展开的"动作"面板

2. "属性"面板

"属性"面板可以很容易地访问舞台或时间轴上当前选定项的最常用属性，也可以在面板中更改对象或文档的属性，在后面的章节中将具体应用，如图 8-9 所示。

图 8-9　"属性"面板

在"属性"面板中单击"帮助"按钮 可打开"帮助"面板，如图 8-10 所示。

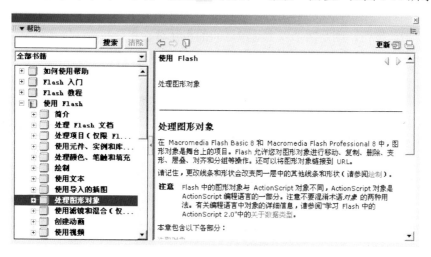

图 8-10　"帮助"面板

单击"展开/折叠信息区域"按钮 可将"属性"面板展开，如图 8-11 所示。

图 8-11　展开后的"属性"面板

初识 Flash

3."滤镜"面板

使用滤镜，可以为文本、按钮和影片剪辑增添有趣的视觉效果，使用"滤镜"面板，可以对选定的对象应用一个或多个滤镜。对象每添加一个新的滤镜，在"滤镜"面板中，就会将其添加到该对象所应用的滤镜的列表中。可以对一个对象应用多个滤镜，也可以删除以前应用的滤镜，如图 8-12 所示。

图 8-12 "滤镜"面板

8.1.3 设计面板

1."对齐"面板

多个对象的对齐操作可以通过"对齐"面板来完成。

"对齐"面板可以重新调整选定对象的对齐方式和分布。"对齐"面板分为如下五个区域。

相对于舞台：单击此按钮后，可以调整选定对象相对于舞台尺寸的对齐方式和分布；如果没有单击此按钮，则是两个以上对象之间的相互对齐和分布。

对齐：用于调整选定对象的左对齐、水平中齐、右对齐、上对齐、垂直居中和底对齐。

分布：用于调整选定对象的顶部、水平居中和底部分布，以及左侧、垂直居中和右侧分布。

匹配大小：用于调整选定对象的匹配宽度、匹配高度或匹配宽和高。

间隔：用于调整选定对象的水平间隔和垂直间隔，如图 8-13 所示。

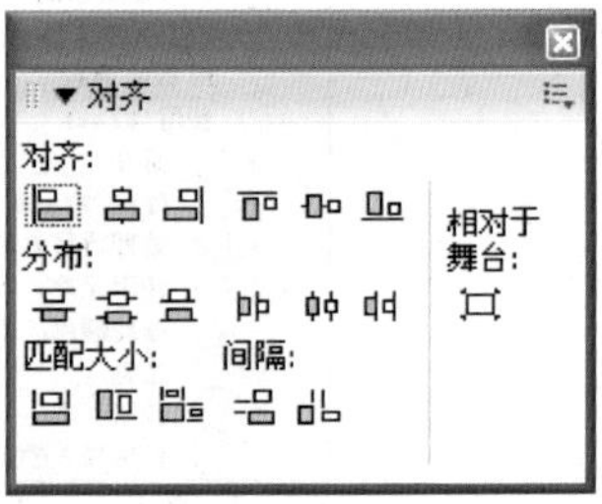

图 8-13 "对齐"面板

下面介绍使用"对齐"面板对齐对象的操作方法。

（1）打开"第 8 章\草莓.fla"文件。

（2）按 Ctrl+K 组合键，弹出"对齐"面板。

（3）选中最左侧的两个草莓图形，单击"对齐"面板中左对齐按钮 ，则左侧的两个图形以其中最左侧的图形左边来对齐。

（4）选中上方的三个图形，单击"对齐"面板中顶对齐按钮 ，则上面三个草莓图形以其中最顶端的图形为顶边来对齐。

（5）选中下方的三个图形，单击"对齐"面板中底对齐按钮 ，则下面三个草莓图形以其中最下面的图形为底边来对齐。

（6）选中上方的三个草莓图形，单击"对齐"面板中水平中间分布按钮 ╫，则上面三个草莓图形之间的间距相同，如图 8-14 所示。

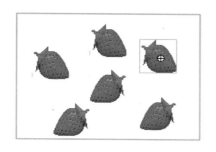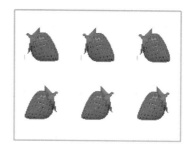

图 8-14 "对齐"操作前后的效果

2."颜色样本"面板

"颜色样本"面板提供了最为常用的颜色，并且能添加颜色和保存颜色。用单击的方式可选择需要的常用颜色，如图 8-15 所示。

3."混色器"面板

用"混色器"面板可以创建和编辑笔触颜色和填充颜色。默认为 RGB 模式，显示红、绿和蓝的颜色值，Alpha 值用来指定颜色的透明度，其范围在 0~100%，0 为完全透明，100% 为完全不透明。RGB 颜色值文本框显示的是十六进制模式的颜色代码（以#开头），可直接输入，如图 8-16 所示。

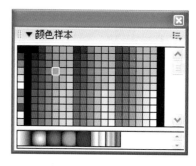

图 8-15 "颜色样本"面板

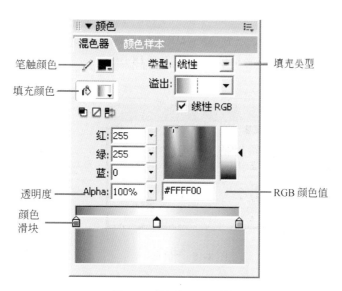

图 8-16 "混色器"面板

使用颜料桶工具 ◈，可利用"混色器"面板为图形填充纯色、渐变色。操作方法如下：
（1）选择工具箱中的椭圆工具 ◯，在舞台中绘制一个圆。

（2）在"混色器"面板中的"填充类型"下拉列表框中，选择"放射状"选项，"混色器"面板会显示放射渐变颜色设置模式。

（3）双击渐变颜色控制节点 🞑，会弹出"颜色设置"面板，设置为"黄色"。

（4）若要添加一个渐变颜色控制节点，只需将鼠标指针移到两个渐变颜色控制节点间，当鼠标指针变成 🞑 时单击，将颜色设置为"棕色"。

（5）将第三个颜色块设置为"黑色"，选择工具箱中的颜料桶工具 🞑，然后在绘制的圆上单击，如图 8-17 所示。

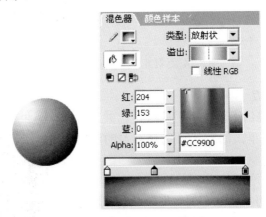

图 8-17　放射状渐变填充

4．"信息"面板

"信息"面板可以查看对象的大小、位置、颜色和鼠标指针的信息。面板分为四个区域：左上方显示对象的宽和高信息；右上方显示对象的 X 轴和 Y 轴坐标信息，要显示对象注册点（中心点）的坐标，单击"坐标网格"的中心方框，要显示左上角的坐标，单击"坐标网格"中的左上角方框；左下方显示舞台中鼠标指针位置处的颜色值与 Alpha 值；右下方显示鼠标指针的 X 轴和 Y 轴坐标信息，如图 8-18 所示。

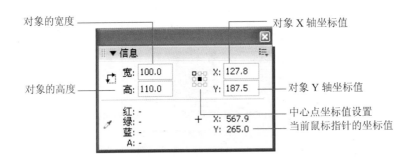

图 8-18　"信息"面板

使用"信息"面板可以以坐标值的方式改变对象的位置，还可以以绝对值的方式改变对象的大小。

5．"变形"面板

"变形"面板可以对选定对象执行缩放、旋转、倾斜和创建副本的操作。"变形"面板分为三个区域：最上面的是缩放区，可以输入垂直和水平缩放的百分比值，选中"约束"复选框，可以使对象按原来的长宽比例进行缩放；选中"旋转"单选按钮，可输入旋转角度，使对象旋转；选中"倾斜"单选按钮，可输入水平和垂直角度来倾斜对象；单击面板下方的复制并应用变形按钮 ，可执行变形操作并且复制对象的副本；单击重置按钮 ，可恢复上一步的变形操作。

　　选中一个对象，按 Ctrl+T 组合键可打开"变形"面板，输入高和宽的百分比值后可改变对象的大小，如图 8-19 所示。

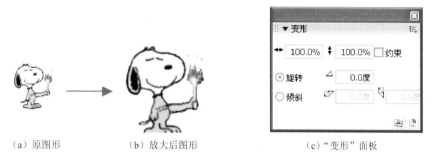

（a）原图形　　　　　（b）放大后图形　　　　　（c）"变形"面板

图 8-19　"变形"面板的设置

8.2　让物体动起来

　　Flash 8 是创作性的工具，可以创建简单的动画到复杂的交互式 Web 应用程序。在创作的过程中，可以发挥个人创意，并与 Flash 的技术相结合，做出有声有色的动画作品。下面通过制作一个简单的"变形动画"示例，让大家熟悉 Flash 8 的工作环境，掌握一些常用工具和功能菜单的使用方法，系统地学习应用 Flash 8 完成基本动画的全过程。

8.2.1　效果预览

　　本示例是一个小球变形为五角星的动画效果。紫色的小球在天空背景的衬托下，逐渐变形为闪亮的五角星。如图 8-20 所示为示例运行效果。

图 8-20　变形动画

　　下面详细讲解上述实例的制作方法，并通过该示例学习图层、帧、关键帧等概念。

8.2.2　创建文档及设置文档属性

1．新建文档

单击 Windows 系统桌面上的"开始"菜单，选择"开始"|"程序"|Macromedia|Macromedia Flash 8 命令，启动 Flash 8，系统弹出 Flash 8 的启动界面。

单击中间"开始页面"中"创建新项目"选项区域中的"Flash 文档"按钮，创建一个新的空白文档。

还有一种创建新文件的方法，启动 Flash 8，选择"文件"|"新建"命令，在"常规"选项卡上选择"Flash 文档"，打开一个新的空白文档。

2．设置文档属性

选择"窗口"|"属性"命令（快捷键为 Ctrl+F3），打开"属性"面板。在"属性"面板中设置文档的舞台大小、背景颜色、帧频（也就是播放速度）以及文档的发布设置等参数。

单击"属性"面板上"大小"右边的 $\boxed{550 \times 400\ 像素}$ 按钮，弹出"文档属性"对话框，最上面"尺寸"文本框是用来设定舞台大小尺寸的，输入宽度值为 550 px（像素），高度值为 400 px（像素），如图 8-21 所示。

图 8-21　设置文档属性

8.2.3　图像文件的导入与编辑

选择菜单栏中的"文件"|"导入"|"导入到舞台"命令，如图 8-22 所示。

图 8-22　选择"导入到舞台"命令

此时会弹出"导入"对话框（如图 8-23 所示），在这个对话框中选择"第 8 章\图 8-22bg.jpg"文件，单击 $\boxed{打开(O)}$ 按钮，将该图像文件导入到当前的舞台中。

图 8-23　"导入"对话框

在舞台中选择刚导入的图像文件，展开"属性"面板，设置图像文件的大小与舞台相同，所设参数中还有一个就是图像文件的原点坐标值，使其与舞台完全重合，如图 8-24 所示。

图 8-24　导入图像的位置

8.2.4 "时间轴"面板的操作

在 Flash 中，动画制作是通过"时间轴"面板来完成的，"时间轴"面板主要由两部分组成，一部分是图层，另一部分是贯穿时间轴的时间线。Flash 动画是按照时间线上的时间由左至右依次播放的。

1．帧

制作一个 Flash 动画，实际上就是对每一个帧进行操作设计，通过在"时间轴"面板中对帧的控制，就可以制作出丰富多彩的动画效果。所以对帧的理解与操作，在 Flash 动画制作中尤为重要。

（1）帧及帧频

在"时间轴"面板上的每一个影格，可以显示一个画面，把这一个影格称为一帧，一个动画具有多少个影格，就说这个动画的播放时间是多少帧，如果一个动画总共有 20 个影格，说明这个动画就有 20 帧，也就是动画的总播放时间为 20 帧，如图 8-25 所示。

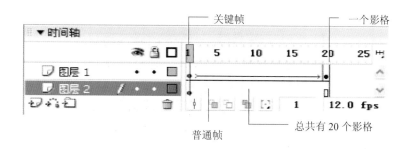

图 8-25　动画的帧数

在 Flash 中，还有一个与帧有关的概念，就是帧频。帧频是指 Flash 每秒可以播放几个帧画面，其单位为 fps。帧频数值越大，在每一秒表现的动画画面就越多，动画也就越流畅。

Flash 默认的帧频为 12fps。

（2）关键帧与普通帧

"时间轴"面板中的帧分为关键帧与普通帧，如图 8-25 所示。

关键帧是指在这一帧的舞台中真实存在的对象。如果关键帧的舞台是空的，那么这个关键帧就被称为空白关键帧。

普通帧是指在这一帧的舞台中可以看到的对象，但它是延续上一个关键帧的内容，如果上一个关键帧中的对象改变了，那么这个普通帧中的对象也随之改变。

在本例中，导入的图像文件在"时间轴"面板上只有一帧，现在，在时间轴上选择第120 帧，右击，选择"插入帧"命令。此时，在第 120 帧处插入了一个普通帧，并且在第1~120 帧之间也自动插入了普通帧，如图 8-26 所示。

图 8-26　关键帧与普通帧

2．图层

在 Flash 中，可以将不同的对象放置到不同的图层中，这样就可以在相同的时间段内让不同的动画一起播放。另外，还可以通过一些特殊的图层，制作出特殊的动画效果。

（1）图层命名

可以双击"时间轴"面板中左边的"图层 1"，将此图层重新命名为"背景"，如图 8-27所示。

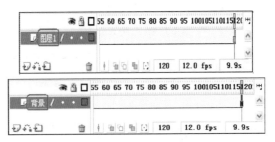

图 8-27　图层命名

（2）增加新图层

可以单击新增图层按钮 　，增加新的图层，并将此图层命名为"变形"，如图 8-28

所示。

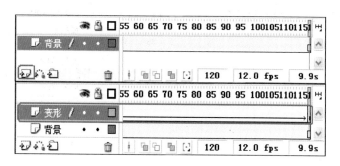

图 8-28　增加新图层

8.2.5　创建"变形动画"

"变形动画"是指对象从一种形态过渡到另外一种形态的动画，这个变化过程是 Flash 自动控制的，用户只需设计好动画初始帧与结束帧对象的形态。

本例创建"变形动画"的方法非常简单，只要设置"属性"面板的属性值就能实现。下面详细说明"变形动画"的制作过程。

（1）制作紫色小球，其步骤如下：

① 新增"小球"图层，单击第 1 帧。

② 选择工具箱中的椭圆工具○，在舞台的适当位置绘制一个圆。

③ 在"混色器"面板中选择"填充类型"下拉列表框中的"放射状"选项，如图 8-29 所示。

④ 选择工具箱中的颜料桶工具🖌️，然后在舞台中圆的左上角位置单击，给圆填充呈放射状的颜色，则一个紫色的小球就制作完成了，如图 8-30 所示。

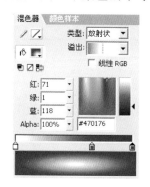

图 8-29　调配颜色　　　　　　　图 8-30　制作好的小球

（2）制作红五星，其步骤如下：

① 选择"小球"图层，单击第 35 帧，然后右击，在弹出的快捷菜单中，选择"插入空白关键帧"命令，则第 35 帧的小球对象将不存在了，如图 8-31 所示。

② 在工具箱中单击矩形工具▢，保持一秒，在下拉选项中选择"多角星形工具"命令，打开多角星形"属性"面板，单击右边的 选项... 按钮，弹出一个"工具设置"对话框，参数设置如图 8-32 所示。

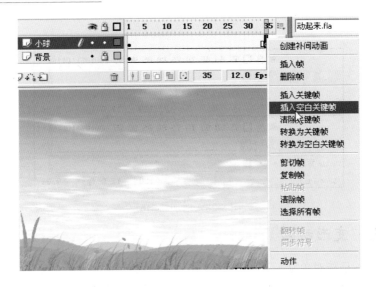

图 8-31　插入空白关键帧

图 8-32　设置多角星形属性

③ 在"混色器"面板中设置如图 8-33 所示的渐变填充色，再在舞台的左下角位置画一个五角星。

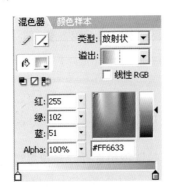

图 8-33　画五角星

（3）创建"形状补间动画"。

选择"小球"图层的第 1~35 帧间的任意一帧，在"属性"面板的"补间"下拉列表框中选择"形状"选项，创建出"形状补间动画"，即"变形动画"，如图 8-34 所示。

图 8-34　创建"形状补间动画"

8.2.6　测试和保存动画文档

1．测试影片

选择"控制"|"测试影片"命令（快捷键为 Ctrl+Enter），弹出影片测试窗口，可以观看整个动画的播放效果，测试动画效果是否满意。单击影片测试窗口的关闭按钮即可关闭。如果有不满意的地方可以继续回到场景，对动画进行编辑和调试，直到满意为止。

2．保存动画文档

选择"文件"|"保存"命令（快捷键为 Ctrl+S），弹出"另存为"对话框，指定文件保存的路径，输入文件名"小球变形"，保存类型为"Flash 8 文档（*.fla）"，即文件的扩展名为 .fla。最后单击"保存"按钮保存动画，如图 8-35 所示。

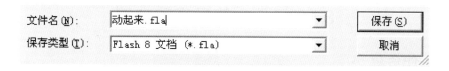

图 8-35　保存动画文档

3．导出影片

选择"文件"|"导出"|"导出影片"命令（快捷键为 Ctrl+Alt+Shift+S），弹出"导出影片"对话框，指定文件导出的路径和源文件保存在一个目录下，输入文件名"小球变形"，保存类型为"Flash 影片（*.swf）"，即文件的扩展名为 .swf。然后单击"保存"按钮，如图 8-36 所示。

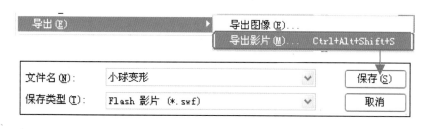

图 8-36　导出影片

单击"保存"按钮以后，弹出"导出 Flash Player"设置对话框，如图 8-37 所示。在这个对话框中可以设置导出动画文件的相关参数，本实例不进行改动，保持目前默认的参数，单击"确定"按钮，导出动画完成。

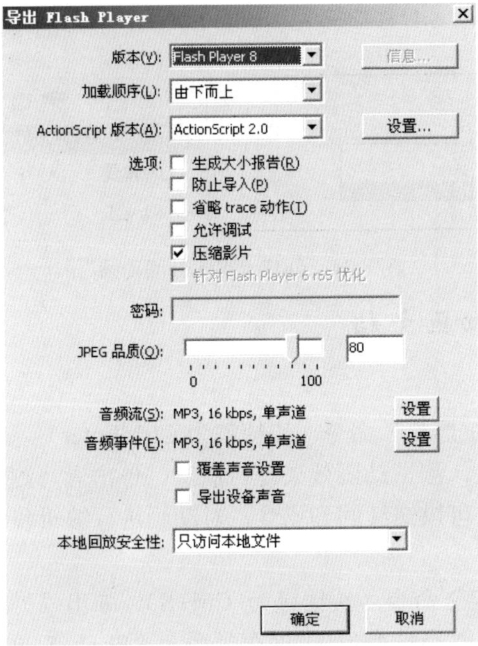

图 8-37 导出影片设置

8.3 元件、符号库和实例

8.3.1 元件的概念

元件是指在 Flash 中可以重复使用的一种特殊对象。Flash 之所以引入元件的概念，主要是为了能够有效地减少输出文件的大小。

元件分为图形、影片剪辑、按钮三种类型。

图形：图形元件是常用的图像符号，它本身是静态的，但是可以在不同的帧中以相同或不同的形态出现，因此它也是一种小型的时间线动画。由于图形元件是静态的，所以它不能使用其他的交互控件和 Action 命令，它的播放与主时间轴是同步的。

影片剪辑：影片剪辑元件是指一段单独的小型 Flash 动画，它的播放与舞台上的主时间线无关，是独立于时间线的电影片段，可供交互按钮与动作脚本 ActionScript 调用。

按钮：按钮元件是一种具有交互功能的图形元件，用于响应各种鼠标事件，以实现用户的相应动作。

8.3.2 创建图形元件

在 Flash 中有两种创建元件的方法，一种是新建元件，另一种是将导入的其他图像等转换成元件。

当要创建新的元件时，可以选择"插入"|"新建元件"命令，也可以按 Ctrl+F8 组合键，则会弹出"创建新元件"对话框。然后再根据需要，选择创建元件的类型并设置元件的名称。

1．创建新图形元件

（1）选择"插入"|"新建元件"命令。

（2）在弹出的"创建新元件"对话框中选中"图形"单选按钮，然后在"名称"文本框中给新建的元件命名，如图 8-38 所示。单击 确定 按钮后，该图形元件会进入编辑状态。

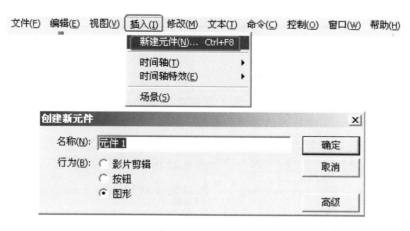

图 8-38　创建新元件

（3）按 Ctrl+L 组合键，调出"库"面板，可以看到刚才建立的图形元件（此时"库"面板中还没有任何对象），双击"库"面板中的元件名称或预览图可进入元件的编辑窗口。这时舞台编辑区是空白的，如图 8-39 所示。

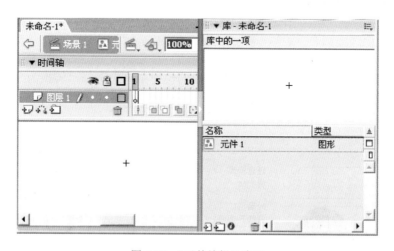

图 8-39　"元件编辑"窗口

（4）此时可以使用绘图工具栏中的工具，在元件编辑工作区内绘制所需的图形或输入文字，如图 8-40 所示。

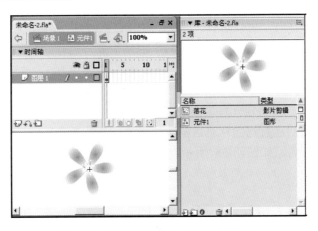

图 8-40　在元件编辑窗口绘制元件符号

2．将导入的图片转换成元件

元件符号的来源不局限于使用绘图工具亲手绘制，还可将其他的图像转换成图形元件。下面就详细说明如何将导入的图片转换成元件。

（1）选择"文件"|"导入"|"导入到舞台"命令，弹出"导入"对话框，选择要导入的图片文件，则将此图片导入到了舞台，如图 8-41 所示。

图 8-41　导入图片文件

（2）在舞台上选中该图片，右击，在弹出的快捷菜单中选择"转换为元件"命令，或按 F8 键，会弹出"转换为符号"对话框，单击 确定 按钮，一个用手工难以绘制的精美图形元件就制作好了，如图 8-42 所示。

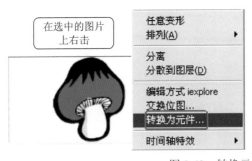

图 8-42　转换元件

8.3.3 创建按钮元件

按钮是元件的一种类型，它和图形元件符号有所不同，它可以有互动功能。当用户通过鼠标产生单击、按下和移过按钮等动作时，按钮可以分别显示不同的状态。可以通过在时间轴中创建关键帧来制作不同的按钮状态。

按钮的时间线只有四帧，分别是"弹起"、"指针经过"、"按下"、"点击"，这表示了按钮的四种形态，如图 8-43 所示。

图 8-43　按钮的四种形态

弹起：鼠标指针不在按钮上时的按钮外观。

指针经过：鼠标指针悬停在按钮上时的按钮外观。

按下：按钮被单击时的外观。

点击：定义鼠标指针的反应区，即鼠标指针的作用范围。

下面设计一个按钮，当鼠标指针经过时该按钮的颜色会发生变化，这在网页上是常见的。通过这个实例的讲解，来说明创建一个按钮元件的步骤。

（1）选择"插入"|"新建元件"命令，或按 Ctrl+F8 组合键建立一个按钮元件。

（2）在弹出的"创建新元件"对话框中选中"按钮"单选按钮，在"名称"文本框中输入 Button，单击 确定 按钮后，进入编辑窗口，如图 8-44 所示。

图 8-44　创建按钮元件

（3）双击"图层 1"，重命名为"按钮底色"，在"弹起"帧上按 F6 键，插入"关键帧"，如图 8-45 所示。

图 8-45　"弹起"状态上的关键帧

（4）在工具栏中选择矩形工具 ，再单击"选项"选项区域中的圆角矩形半径按钮 ，弹出"矩形设置"对话框，参数设置如图 8-46 所示。

图 8-46　圆角矩形半径设置

（5）在"混色器"面板中设置填充类型为"线性"，颜色为蓝色到白色的渐变，在舞台中画一个圆角矩形，单击工具栏中的 按钮，沿矩形垂直方向拖曳鼠标指针，如图 8-47 所示。

（6）单击"时间轴"面板中的添加图层按钮 ，新建一层并命名为"下边高光区"，用选择工具 在刚才画的矩形下部画个矩形选区，右击，在快捷菜单里选择"复制"命令，返回新建的图层，在这一层的"弹起"帧上按 F6 键插入关键帧，然后在舞台上按 Ctrl+Shift+V 组合键，原位粘贴下半截圆角矩形，如图 8-48 所示。

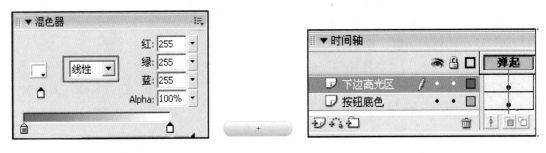

图 8-47　圆角矩形的颜色填充　　　　　图 8-48　新建"下边高光区"图层

（7）在"混色器"面板中设置填充类型为"线性"，渐变颜色为白色到透明色的渐变，单击右边的色块，把透明度 Alpha 值设为 10%。单击工具栏中的 按钮，在"下边高光区"图层，沿刚才粘贴的下半截圆角矩形的垂直方向拖曳鼠标指针，进行白色到透明色的线性渐变色填充，形成下底边的高光效果，如图 8-49 所示。

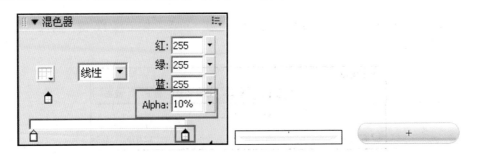

图 8-49　制作下边线高光效果

（8）单击"时间轴"面板中的添加图层按钮 🕢，新建第 3 层并命名为"高光亮点"，在这一层的"弹起"帧上按 F6 键插入关键帧，用椭圆工具 〇 画个小圆形，填充色类型为"放射状"，渐变色为白色到透明色。最终效果如图 8-50 所示。

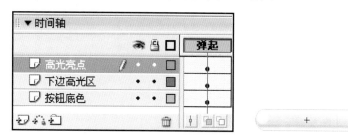

图 8-50　"弹起"状态的按钮效果

（9）在"按钮底色"图层的"鼠标经过"帧插入关键帧，开始制作鼠标指针经过时的按钮状态。制作方法与制作"弹起"帧的状态类似，只是将填充色改为白色到绿色的线性渐变。这里就不再进行阐述。有关面板的设置如图 8-51 所示。

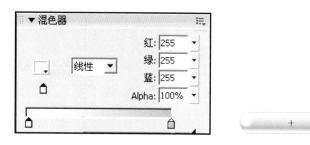

图 8-51　"指针经过"状态的按钮效果

（10）在三个图层的"按下"帧上插入普通帧（按 F5 键），最后在"按钮底色"层的"点击"帧上插入一个关键帧，目的是确定这个按钮的响应区域。一般来说，比较大的按钮或者实心图形按钮都没有必要创建"点击"帧。如果是用文字做按钮或者按钮很小，则当鼠标指针没有准确地移动到按钮上，而在文字的间隙处则该按钮不能被激活，这时就要设置"点击"区域，以保证按钮能正常工作，如图 8-52 所示。

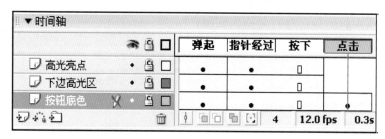

图 8-52　最终的"时间轴"面板

（11）一个动态按钮已经产生，单击"时间轴"面板上方的 场景1 按钮，回到主场景，按 Ctrl+L 组合键打开元件"库"面板，把刚才建立的按钮拖曳到场景工作区，创建按钮实例。按 Ctrl+Enter 组合键测试影片，如图 8-53 所示。

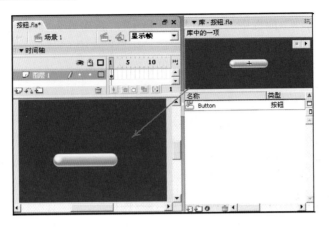

图 8-53　创建按钮实例

8.3.4　符号库

在 Flash 中，创建的元件都存放在符号库里。符号库可以存放图形元件、按钮元件、影片剪辑以及导入的位图文件、声音文件等。

通过"库"面板可以方便地管理各类符号元件，用户只需直接从库中反复调用所需的对象元件。

可以选择"窗口"|"库"命令，或者按 Ctrl+L 组合键调用"库"面板，如图 8-54 所示。

8.3.5　实例

1．实例

所谓实例，就是元件在舞台上的引用，它是元件的一

图 8-54　"库"面板

个具体的表现。从"库"面板中将元件直接拖曳到舞台中，就创建了这个元件的一个实例，如果修改了元件，那么应用于影片中的实例也将会相应地改变，即实例会继承元件的属性，但是对实例所做修改不会涉及实例所属的元件。

2．创建实例

在"库"面板中将元件符号直接拖入到舞台中，即创建了这个元件的实例，下面就来学习对实例的修改。

（1）导入"第 8 章\儿童.fla"文件。

（2）选中该图片后，按 F8 键，弹出"转换为符号"对话框，如图 8-55 所示。

（3）在"名称"文本框中输入"儿童"，在"行为"选项区域中选择"图形"单选按钮。

图 8-55　"转换为符号"对话框

（4）单击 确定 按钮，将"儿童.png"位图元件转换为图形元件，这时系统将在舞台中自动创建出这个元件的一个实例。

（5）为了在舞台上多创建几个同样的实例，可以从"库"面板中选择"儿童"图形元件，将其拖曳到舞台中，从而又再创建了一个实例，如图 8-56 所示。

（6）重复上一步骤的方法，继续从"库"面板中向舞台拖入元件，这样就在场景中创建出三个实例，如图 8-57 所示。

图 8-56　从"库"面板中拖入元件创建实例　　　　图 8-57　创建出的三个实例

3. 修改实例

如果只是想改变实例大小形状，只需进行以下几个步骤就可以完成。

（1）在"库"面板中双击"儿童"图形元件图标，切换到 🎬 场景 1 🖼 元件 1 元件编辑窗口。在图形编辑窗口选择儿童图像，选择"修改"|"变形"|"垂直翻转"命令，将此图像翻转 180°，如图 8-58 所示。

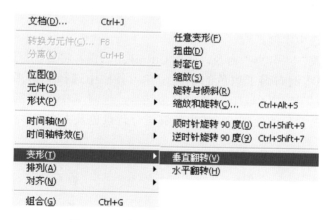

图 8-58　"变形"|"垂直翻转"命令

（2）在"时间轴"面板中单击 🎬 场景 1 按钮，切换到场景编辑窗口，可以看到三个元件实例都垂直翻转了。这是因为实例是元件的分身，它会受到元件符号的影响，如图 8-59 所示。

（3）在工具栏中，单击任意变形按钮 ▣，在舞台上将其中一个实例单击选中，图形四周出现八个黑色矩形控制点。

（4）若将鼠标指针指向垂直中心线上的黑色矩形点，鼠标指针变成垂直双向箭头 ↕，单击并拖动可在图形垂直方向上改变图形的大小。

若将鼠标指针指向水平中心线上的黑色矩形点，鼠标指针变成水平双向箭头 ↔，单击并拖动可在图形水平方向上改变图形的大小。

若将鼠标指针指向顶点上的黑色矩形点，鼠标指针变成倾斜的双向箭头↖↗，单击并拖动可任意缩放图形的大小，如图 8-60 所示。

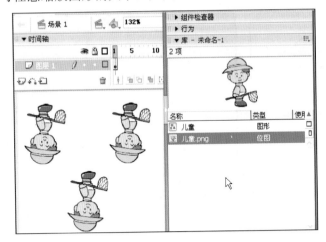

图 8-59　场景中的实例　　　　　　　　　　　图 8-60　改变实例大小形状

4．分离实例

有时要对舞台中的实例做一些修改而又不想影响到元件符号，这时就需要将实例与元件进行分离。我们要用打散实例的方法割断实例与元件符号的联系，使之成为一组独立的形状和线条，这时就可以选择绘制和填充工具来修改该实例了。下面详细说明将实例从元件中分离的步骤。

（1）在舞台中选中实例。

（2）选择"修改"|"分离"命令，或按 Ctrl+B 组合键，将实例打散，如图 8-61 所示。

（3）被打散的实例布满了黑色的小点，在工具栏中选择套索工具🔲，接着单击工具栏下方的"选项"选项区域中的魔术棒按钮🖌，选择其中的背景颜色后再按 Delete 键，可对它进行去背景色的处理。当然也能够进行背景色及大小、形状的修改，如图 8-62 所示。

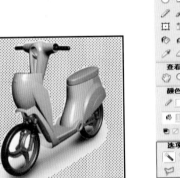

（a）分离前的实例　　　　　（b）分离后的实例

图 8-61　打散实例　　　　　　　　　　　图 8-62　分离后对实例去背景色、改变色调

课 后 习 题

1. 利用椭圆工具及填充渐变工具制作红樱桃，如图 8-63 所示。

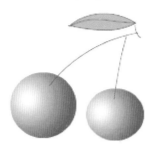

图 8-63　红樱桃

2. 利用形状补间制作日出的动画，如图 8-64 所示。

图 8-64　日出的动画

操作提示：

（1）打开第 8 章的"日出-原始.fla"，在第 1 帧用渐变工具画出深蓝色天空，在第 50 帧处插入关键帧，用渐变填充工具将天空的颜色变为浅蓝色。

（2）添加形状补间动画，完成天色由暗到亮的变化过程。

（3）新建"图层 2"，命名为"草地"，打开"库"面板，将"草地"元件拖入舞台。

（4）新建"图层 3"，用形状补间动画制作太阳由橙色变至红色并升上天空的变化过程（注意调整三个图层的上下位置关系）。

第9章　Flash 简单动画的制作

Flash 简单动画主要分为逐帧动画与补间动画两种类型，其中补间动画又可以再分为动作补间与形状补间两种类型。下面将分别学习这几种动画的设计制作方法。

9.1　逐 帧 动 画

逐帧动画又称为关键帧动画，它是一种比较原始的制作动画方式，先把构思好的动画中的每一个动作分解为一幅一幅的静止画面，分别制作好这些画面后，再连续播放，利用人们的视觉停留效果形成连续的动画效果。

在 Flash 中制作逐帧动画有两种方式，一种是在 Flash 中逐帧地制作分解动作的图形，在各关键帧中插入不同的动画对象；另一种方法是导入其他分解动作的连续图片文件，如导入分解动作的 GIF 文件等。

9.1.1　逐帧插入不同对象的制作方法

下面通过一个文字变化的具体例子来说明逐帧动画的制作方法，此例是在各关键帧处插入不同的文字，当连续播放时就会产生计算机打字的效果。

制作步骤如下：

（1）打开 Flash 8，创建一个空白新文档。

（2）单击"时间轴"面板中"图层 1"图层的第 1 帧，选择"文件"|"导入"|"导入到舞台"命令，将"第 9 章\图 9-1.jpg"图片文件导入到场景中作为背景。

（3）单击"时间轴"面板中"图层 1"图层的第 25 帧，按 F5 键，插入普通帧形成动画背景。

（4）在"时间轴"面板中选择"图层 1"图层，单击添加新图层按钮，在"图层 1"图层之上创建了一个新的图层，系统自动命名为"图层 2"。在"图层 2"图层的第 4 帧上按 F6 键，插入关键帧。

（5）选择文字工具，输入竖排文字"下雨了也··"。"文字属性"面板设置如图 9-1 所示。

图 9-1　文字"属性"面板

（6）按 Ctrl+B 组合键，将文字分离处理。用选择工具将"下"字后面所有内容选中，按 Ctrl+X 组合键将其剪切到剪贴板。

（7）在"时间轴"面板第 6 帧处按 F6 键，插入关键帧，再按 Ctrl+Shift+V 组合键原位粘贴，复原了"下雨了也••"，再用选择工具▶将 "下雨"两个字后面的内容选中并剪切掉。此时，"时间轴"面板和每帧处相对应的文字如图 9-2 所示。

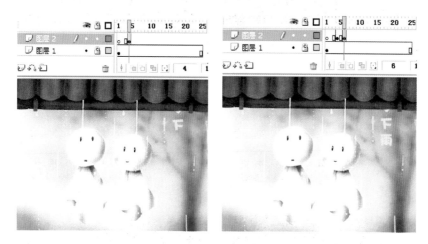

图 9-2　在第 4 帧和第 6 帧处添加的文字

（8）在"时间轴"面板第 8 帧处按 F6 键，插入关键帧，按 Ctrl+shift+V 组合键原位粘贴，再用选择工具▶将"下雨了"后面的内容选中剪切掉。

（9）在第 10 帧处插入关键帧，同样按 Ctrl+shift+V 组合键原位粘贴，此时，"时间轴"面板和每帧处相对应的文字如图 9-3 所示。

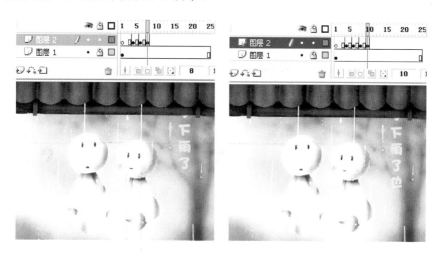

图 9-3　在第 8 帧和第 10 帧处添加的文字

（10）按照此方法继续完成另一句对话"是哦••"的逐帧动画。注意各帧所对应的文字，如图 9-4 所示。

（11）按 Ctrl+Enter 组合键，测试影片，可以看到，对话是一个字一个字的按顺序出现的，达到了计算机打字的动画效果，最后在第 32 帧的位置按 F5 键，插入普通帧，让出现的文字延长显示时间。

Flash 简单动画的制作

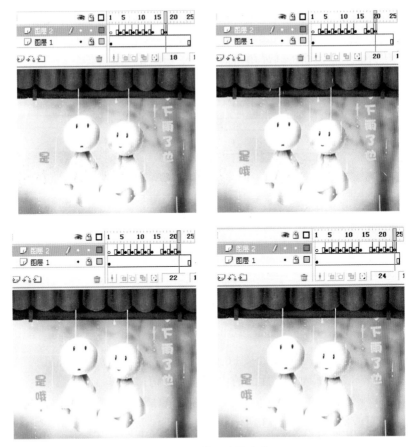

图 9-4　每帧对应的文字

9.1.2　导入图片制作逐帧动画的方法

下面将介绍通过导入一系列图片文件，建立逐帧动画的方法。示例的画面效果如图 9-5 所示。

图 9-5　导入图片制作逐帧动画的效果

具体操作步骤如下：

1．创建空白新文档

选择"文件"|"新建"命令，新建一个空白的影片文档。设置舞台的宽为 550 像素，高为 400 像素，背景颜色为白色，如图 9-6 所示。

2．导入背景图片

双击"图层 1"，"图层 1"文本处于可编辑状态，输入"背景"，按 Enter 键确认，将图层重新命名为"背景"图层，如图 9-7 所示。

图 9-6　新文档属性的设置

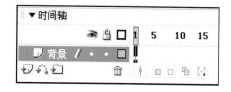

图 9-7　重新命名"背景"图层

选中"背景"图层的第 1 帧，选择"文件"|"导入"|"导入到舞台"命令，打开"导入"对话框，将"第 9 章\图 9-8.jpg"图片文件导入到场景中，如图 9-8 所示。

此时的背景图片如果没有与舞台的尺寸一致，可选取工具箱中的选择工具 ，单击舞台上的图片，将它选中，打开"属性"面板，把背景图片的宽度和高度设置为与舞台一样，即宽为 550 像素，高为 400 像素。再设置背景图片的 X 坐标为 0，Y 坐标为 0，使图片正好盖住整个舞台，如图 9-9 所示。

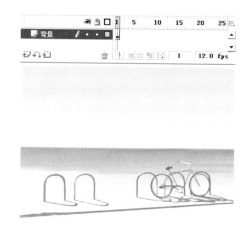

图 9-8　导入图片到舞台

图 9-9　设置图片尺寸与舞台一致

3．导入图片序列

（1）单击插入图层按钮 ，新增一个图层，双击"图层 2"，将图层重命名为"人物"。

（2）选中"人物"图层，选择"文件"|"导入"|"导入到舞台"命令，打开"导入"对话框，将"第 9 章\人物 1.png"图片文件导入到场景中。这时，系统会弹出一个提示对话框，询问"是否导入序列中的所有图像"，单击"是"按钮，Flash 系统将自动把图片按序列编号的顺序分配到各个关键帧中，如图 9-10 所示。

Flash 简单动画的制作

（3）在"时间轴"面板上的右侧有一个 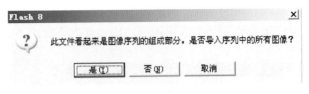 小按钮，单击这个小按钮后会弹出如图 9-11 所示的菜单，菜单中对时间轴的刻度提供了五种方式：很小、小、标准、中等、大。当选择"预览"方式时，就可以在每一帧的位置看到舞台上对象的每一个动作变化情况，如图 9-12 所示。

（a）询问"是否导入序列中的所有图像"

（4）通过以上的操作，虽然所有图片都被导入到舞台了，但这些图片的大小和位置可能不符合要求，因此可以对它们进行缩放变形与对齐操作。按 Ctrl+T 键打开"变形"面板，将每一帧人物对象缩小至原来的 50%，按下 Ctrl+K 组合键

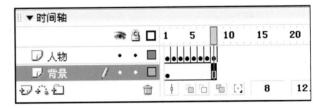

（b）系统把图片按顺序分配到各个关键帧中

图 9-10　导入图片序列

打开"对齐"面板，单击"相对于舞台"按钮，再分别单击"水平中齐"、"底对齐"按钮，如图 9-13 所示。

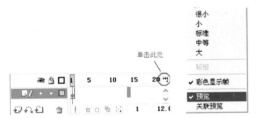

图 9-11　打开时间轴菜单

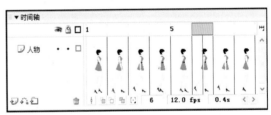

图 9-12　在"时间轴"面板上浏览逐帧动画

图 9-13　"变形"与"对齐"面板

（5）按 Ctrl+Enter 组合键测试影片动画效果。

4. 插入和删除帧

在上面的动画测试中可以发现，人物行走的速度太快，使人看得头晕，下面就来调整一下人物行走的速度。

在"人物"图层上从第 1 帧开始，在每一个关键帧上，按 F5 键，即在每一个关键帧的后面插入一个普通帧，如图 9-14 所示。

这时，人物的行走速度虽然放慢了，但后面几帧没有背景图像。因此要在"背景"图

层上增加普通帧。选中"背景"图层上对应"人物"图层中的最后一帧，按 F5 键，则背景图像一直延伸到了该帧处，如图 9-15 所示。

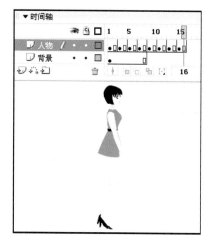

图 9-14　在时间轴上各关键帧处插入普通帧　　　图 9-15　在"背景"层上插入普通帧

最后保存文件为"海边漫步.fla"，按 Ctrl+Enter 组合键测试影片，可以看到一个女孩原地走路的逐帧动画就完成了。

9.2　动作补间动画

动作补间动画也是 Flash 中非常重要的表现手段之一，动作补间动画的对象必须是"元件"或"成组对象"。

运用动作补间动画，可以设置元件的大小、位置、颜色、透明度、旋转等属性，再配合其他的手法，甚至能做出令人称奇的仿 3D 的效果。本节详细讲解了动作补间动画的特点及创建方法，还将通过几个示例的讲解进一步加深对动作补间动画的了解。

9.2.1　动作补间动画的概念

1．动作补间动画

动作补间动画是在两个关键帧中创建出来的。在一个关键帧上放置一个元件，然后在另一个关键帧改变这个元件的大小、颜色、位置、透明度等，Flash 可在两帧之间根据它们的值创建一系列连续变化的过渡帧，这样所形成的动画被称为动作补间动画。

2．构成动作补间动画的元素

构成动作补间动画的元素是元件，包括影片剪辑、图形元件、按钮、文字、位图、组合等，但不能是形状，只有把形状"组合"或者转换成"元件"后才可以做动作补间动画。

3．创建动作补间动画的方法

在 Flash 动画中，创建动作补间动画的方法有两种，一种是右击后通过弹出的快捷菜单进行相关设置，另一种是使用"属性"面板进行相关设置，下面就这两种方法分别进行介绍。

Flash 简单动画的制作

（1）在快捷菜单中进行设置

仍然以上一例子"海边漫步"来讲述。

① 将舞台场景中逐帧动画转换为图形元件。

② 在第 1 帧处单击，按住 Shift 键，在 16 帧处单击，将"人物"图层的所有帧选中，右击，在弹出的快捷菜单中选择"复制帧"命令，如图 9-16 所示。

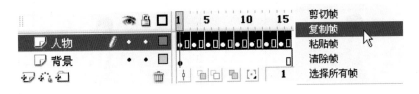

图 9-16　复制第 1～16 帧

③ 按 Ctrl+F8 组合键创建元件，在元件的"图层 1"图层的第 1 帧处右击，在弹出的快捷菜单中选择"粘贴帧"命令，将逐帧动画转换成了"元件 1"。

④ 单击 场景 1 按钮，回场景中，在"背景"图层中将背景图片选中，按 F8 键打开"转换为元件"对话框，单击"确定"按钮，双击图像进入"元件 2"编辑窗口，在"显示比例"下拉列表框中设置为 25%，如图 9-17 所示。

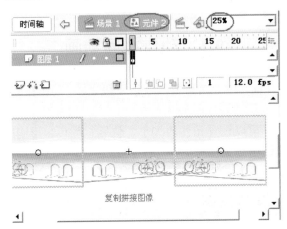

图 9-17　拼接背景图像

⑤ 单击选中的图像，按住 Alt 键，拖动复制一个图像对象，使用任意变形工具 ，对复制的图像进行水平翻转后再与原图像拼接成一张大的图像，如图 9-17 所示。这里复制了两个图像对象与原图像拼接而成。

⑥ 单击 场景 1 按钮，回场景中，在"显示比例"下拉列表框中设置为 50%。按住 Shift 键，将"人物"图层所有帧全选后，右击，在快捷菜单中选择"删除帧"命令。

⑦ 按 Ctrl+L 组合键，打开"库"面板，将元件 1 拖入舞台放在"人物"图层，并将该层锁定 。

⑧ 单击"背景"图层的第 1 帧，将背景图像的左侧与舞台左边缘对齐，单击"背景"图层的第 110 帧，按 F6 键，插入关键帧，并将背景图像的右侧与舞台右边缘对齐，如图 9-18 所示。

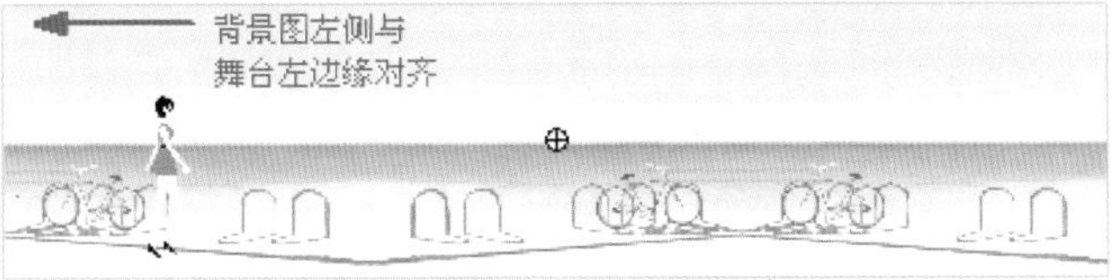

图 9-18　调整图像在第 1 帧的位置

⑨ 在这两个关键帧之间的任意一帧右击，在弹出的快捷菜单中选择"创建补间动画"命令，如图 9-19 所示。这时两帧之间会出现一个浅蓝色背景的实线箭头。

图 9-19　右击后弹出快捷菜单

⑩ 按 Ctrl+Enter 组合键测试影片，由于背景在向后运动而形成了人在向前走的动画效果。

（2）使用"属性"面板进行设置

① 将背景图像转换为元件后，同上面第⑧步操作，将元件的初状态（第 1 帧）和末状态（最后一帧）的位置摆好。

② 在两个关键帧之间的任意一帧单击，在"属性"面板的"补间"下拉列表框中选择"动作"选项，创建出动作补间动画，如图 9-20 所示。

图 9-20　帧"属性"面板设置

9.2.2　位移动画示例

位移动画是指对象从一个位置移动到另一个位置的动画，即动画过程中对象元件的初状态和末状态的位置是不同的。前一节中背景在第 1 帧与最后一帧的的位置变化而产生了人物在向前走的效果，就是一个简单的位移动画应用，这里的关键帧其实就是运动对象的不同状态点。在这种动画中两个关键帧中的对象必须是同一对象。

下面通过"花与蝴蝶"动画示例，来进一步说明位移动画的制作过程。

（1）效果预览：万花丛中，一只蝴蝶由远而近，翩翩起舞，效果如图 9-21 所示。

图 9-21 "花与蝴蝶"效果预览

（2）打开"第 9 章\花与蝴蝶-原始.fla"文件。

（3）创建"背景"图层。

选择"窗口"|"库"命令或按 Ctrl+L 组合键，打开"库"面板，将"花"图形元件拖入舞台创建图形实例。按住 Alt 键的同时用鼠标拖动"花"元件，复制多个元件实例，再选择任意变形工具 ▦ 调整元件的大小，并摆放在合适的位置，如图 9-22 所示。单击"时间轴"面板第 50 帧，按 F5 键，添加普通帧。

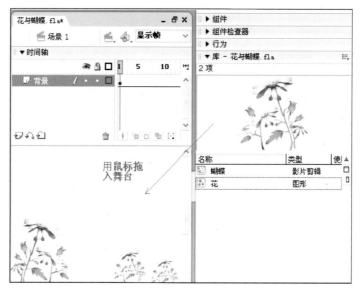

图 9-22 创建背景图层

（4）创建蝴蝶影片剪辑实例。

在"时间轴"面板中选择"背景"图层，单击添加新图层按钮 ▦ ，在背景层之上创建一个新的图层，将其命名为"蝴蝶"。在"库"面板中将"蝴蝶"影片剪辑拖入场景舞台，放置在舞台左上角位置，创建一个影片剪辑实例。

（5）制作蝴蝶运动补间动画。

单击"时间轴"面板的第 25 帧，按 F6 键插入关键帧，将"蝴蝶"实例从场景左上角的位置拖到右下角。选择任意变形工具 ▦ 将第 25 帧处的"蝴蝶"稍做放大处理，目的是表现蝴蝶在飞行的过程中由小变大的效果。在两关键帧处对象的位置不同，如图 9-23 所示。

（6）在第 1~25 帧处右击，从弹出的快捷菜单中选择"创建补间动画"命令，两帧之间会出现一个浅蓝色背景的实线箭头。"时间轴"面板如图 9-24 所示。

（a）第 1 帧蝴蝶位置 　　　　　　　　（b）第 25 帧蝴蝶位置

图 9-23　首尾两关键帧处蝴蝶的位置

图 9-24　"时间轴"面板

（7）测试影片及保存文件。

选择"控制"|"测试影片"命令，观察动画效果。如果满意，选择"文件"|"保存"命令，将文件保存成"花与蝴蝶.fla"，如果要导出 Flash 的播放文件，选择"文件"|"导出"|"导出影片"命令，保存为"花与蝴蝶.swf"文件。

9.2.3　变形动画示例

变形动画是指运动对象从一种形态过渡到另一种形态的动画，动画制作者可设置对象初始和结束时的大小、扭曲、翻转等不同状态变化。下面通过一个水波荡开的动画实例来讲解动作补间动画中的变形动画的制作方法，在下面这个例子中主要是通过元件形状大小的改变和透明度颜色的变化来实现动作补间动画。

（1）启动 Flash 8，创建一个新文档，打开文档"属性"面板，设置背景色为#003399（蓝色），如图 9-25 所示。

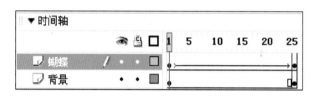

图 9-25　文档"属性"面板

（2）选择"时间轴"面板中的"图层 1"图层，将此图层命名为"水滴"。

（3）选择"插入"|"新元件"命令，或按 Ctrl+F8 组合键，弹出"创建新元件"对话框，将"名称"命名为"水滴"，创建一个图形元件，如图 9-26 所示。

（4）在元件编辑舞台中使用椭圆工具 ，将笔触颜色 设为白色，打开"混色器"

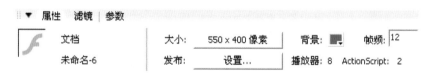

面板，将填充设置为"放射状"，左边色块颜色为#9E9FFE，并将透明度 Alpha 设置为74%；右边色块颜色为白色，透明度 Alpha 设置为100%。设置如图 9-27 所示。设置完后在舞台场景中画一个椭圆。

图 9-26 "创建新元件"对话框　　　　　　图 9-27 "混色器"面板

（5）利用选择工具 ➡ 移动鼠标指针到画好的椭圆上方，当鼠标指针变成 ➡ 形状时，向上拖动椭圆上方边线使其变成水滴状，如图 9-28 所示。

图 9-28　制作水滴元件

（6）单击 场景 1 按钮，回到场景中，在"图层 1"图层的第 1 帧处单击，将制作好的"水滴"元件拖入放置在舞台上方，并将该层重命名为"水滴"。

（7）在"水滴"图层的第 7 帧单击，按 F6 键插入关键帧，将"水滴"元件向下拖至舞台中下部位置。

（8）在第 1 帧与第 7 帧这两个关键帧之间的任意一帧右击，在弹出的快捷菜单中选择"创建补间动画"命令。由此完成水滴从上向下滴落的位移动画。

（9）按 Ctrl+F8 组合键，弹出"创建新元件"对话框，将元件名称命名为"椭圆"，创建一个椭圆图形元件。

（10）在元件编辑舞台中，选择椭圆工具 ◯，设置填充色 为无填充；笔触色 为 #33FFFF，Alpha 值为 60%，如图 9-29 所示。设置好后在舞台中画一个小的扁椭圆。

（11）单击 场景 按钮，回到场景中，单击新建图层按钮 ，并将该层重命名为"水波"。

（12）在该层"时间轴"面板的第 7 帧处按 F6 键，插入关键帧，将"库"面板中的"椭圆"元件拖入舞台中，创建水波实例，并在水滴的下方位置摆放好，如图 9-30 所示。

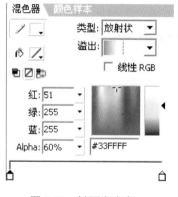

图 9-29　椭圆渐变色　　　　　　　　　图 9-30　创建水波实例

（13）在第 36 帧处单击，按 F6 键插入关键帧，用任意变形工具 🔲 将此帧的椭圆拉大，如图 9-31 所示。

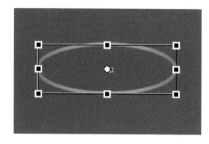

图 9-31　对元件进行大小形状的改变

（14）在第 7~36 帧任意一帧处右击，在快捷菜单中选择"创建补间动画"命令，创建该实例的形状变化动画。

（15）单击第 36 帧处的椭圆实例，打开"属性"面板，将"颜色"下拉列表框中的 Alpha 透明度设置为 0%，如图 9-32 所示。这样椭圆在变大的过程中将逐渐变为透明。

图 9-32　"属性"面板

（16）选择"水波"图层，单击插入图层按钮 🔲，在"水波"图层上方再创建一个新图层，命名为"水波 2"。

（17）在"时间轴"面板的"水波"图层第 7 帧处单击，按住 Shift 键，再在第 36 帧处单击，将第 7~36 帧全部选中，右击，在弹出的快捷菜单中选择"复制帧"命令，如图 9-33 所示。

（18）选择"时间轴"面板的"水波 2"图层，在第 13 帧处单击，按 F6 键插入关键帧，再右击，在弹出的快捷菜单中选择"粘贴帧"命令。

Flash 简单动画的制作

图 9-33　复制帧

（19）重复步骤（15）~（17）的操作，在"时间轴"面板中再新建"水波 3"和"水波 4"两个图层，每层间隔 6 帧，将"水波"图层的所有帧粘贴到各层。最终的"时间轴"面板如图 9-34 所示。

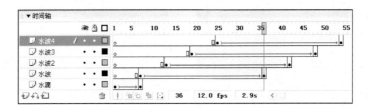

图 9-34　动画完成后最终的"时间轴"面板

（20）按 Ctrl+Enter 组合键测试影片，观看动画效果。动画效果如图 9-35 所示。最后保存文件为"水滴.fla"。

图 9-35　动画效果

9.2.4　旋转动画示例

旋转动画是指元件对象以某点为圆心进行旋转的动画。动画对象的圆心是元件的注册点。下面通过实例来介绍如何创建旋转动画。

（1）新建一个 Flash 文档，在"属性"面板中单击 550 x 365 像素 按钮，在"文档属性"对话框中设置舞台的宽为 550 像素，高为 365 像素，如图 9-36 所示。

（2）选择"文件"|"导入"|"导入到舞台"命令，将"第9章\图9-36.jpg"文件导入到场景中。选择"属性"面板，将图片的宽和高设定成与文档的大小一致，再将其坐标值设为 X=0 和 Y=0，如图9-37所示。

图9-36 "文档属性"对话框   图9-37 设置坐标值

（3）在"时间轴"面板中双击"图层1"，将该层命名为"背景"，在第120帧处右击，按F5键插入普通帧，设定动画播放的帧长。再单击⿴按钮将"背景"图层锁定。

（4）单击插入图层按钮⿴，在"背景"图层上创建一个新图层，命名为"风车"。

（5）选择"视图"|"标尺"命令，在窗口中显示标尺，将鼠标指针移到标尺处，按下鼠标键拉出水平和竖直两条垂直的辅助线，确定圆心。

（6）选择椭圆工具⟳，按 Shift+Alt 组合键，以辅助线的交点为圆心在图层的第1帧处画个圆。在"属性"面板中设置线条宽为3，设置圆直径为160，如图9-38所示。

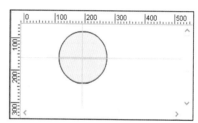

图9-38 使用辅助线确定圆心的位置

（7）使用直线工具 ╱ 在水平辅助线的位置画一条稍长于直径的直线。

（8）选中此线条，按 Ctrl+T 组合键打开"变形"面板，设置旋转为45°，并单击复制应用按钮 ⿴ 三次，复制三条直线，如图9-39所示。

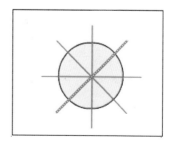

图9-39 复制直线并旋转变换方向

Flash 简单动画的制作

（9）利用选择工具 ![](将圆直径外的直线及部分圆内的填充色选中删除，当鼠标指针变成 ![](形状时按下鼠标左键拖动，将直线拉成弧线形，对图形进行调整变形，并分别填充不同的颜色，如图 9-40 所示。

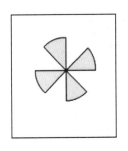

图 9-40　对圆进行形状和色彩的调整

（10）选择上一步制作好的风车图形，按 F8 键，将其转换为图形元件。

（11）单击插入图层按钮 ![](，在"背景"图层上创建一个新图层，命名为"风车杆"。在这个图层的第 1 帧处用矩形工具在舞台中绘制一个长矩形，并用线性渐变色进行填充。"混色器"面板如图 9-41 所示。至此风车就全部制作完毕，如图 9-42 所示。

图 9-41　"混色器"面板

图 9-42　在场景中制作风车

（12）选择"时间轴"面板中的"风车"图层，在第 200 帧处单击，按 F6 插入关键帧。

（13）在第 1~200 帧处单击，打开"属性"面板，在"补间"下拉列表框中选择"动画"选项，创建动作补间动画，如图 9-43 所示。

（14）在"属性"面板的"旋转"下拉列表框中选中"顺时针"选项，在右侧的文本框中输入 8，这样就创建出让风车顺时针旋转 8 次的动画。为了让风车旋转时产生越转越快效果，还可将"缓动"参数设置为–100，具体设置如图 9-44 所示。

图 9-43　在"属性"面板中创建动作补间动画

图 9-44　"属性"面板参数设置

（15）选择菜单栏中的"控制"|"测试影片"命令，弹出影片测试窗口，在此窗口中可以观看到风车旋转的动画效果，如图 9-45 所示。最后保存文件为"风车.fla"。

图 9-45　播放的动画效果

9.3　形状补间动画

形状补间动画是 Flash 中非常重要的表现手法之一。与动作补间动画不同的是形状补间动画的对象是形状而不是元件。在第 8 章中，已经介绍了一个制作形状补间动画的例子，下面继续对其做进一步的探讨，以帮助大家更深刻地理解形状补间动画。

9.3.1　形状补间动画的概念

形状补间动画其实就是让图形产生形变。在一个关键帧上绘制一个图形，然后在相隔数帧的另外一个关键帧上更改其形状或绘制另一个图形形状，Flash 将会在这两者之间的帧中自动创建一些过渡的形变过程，这个形变过程所形成的动画称为"形状补间动画"。

形状补间动画可以实现两个图形之间颜色、形状、大小、位置的相互变化。需要指出的是，如果使用图形元件、按钮、文字，则必先进行"打散"操作后，才能创建变形动画。

创建形状补间动画的方法很简单，只要通过设置"属性"面板就能实现。

（1）在"时间轴"面板上创建或选择一个关键帧，并设置好动画初状态的形状。

（2）在动画结束处创建或选择一个关键帧，并设置好动画最终结果的形状。

（3）在这两帧之间单击，再打开"属性"面板，在"补间"下拉列表框中选择"形状"命令，一个形状补间动画就创建完毕了，如图 9-46 所示。

图 9-46　"属性"面板

9.3.2　几何形变

下面就来创建一个简单的几何形变的形状补间动画。效果预览如图 9-47 所示。

（1）新建一个 Flash 新文档。

（2）在工具箱中选择多角形工具 ⬡，再在"属性"面板中单击 选项... 按钮，如图 9-48 所示。

图 9-47　简单的几何形变

图 9-48　在"属性"面板中单击"选项"按钮

（3）在弹出的"工具设置"对话框中，选择"样式"下拉列表框中的"星形"选项，在"边数"文本框中输入 8，这时在舞台当中就画出了八角形的图案，如图 9-49 所示。

图 9-49　画出八角形图案

（4）在时间轴的第 20 帧插入空白关键帧（按 F7 键），如图 9-50（a）所示。

（5）选择椭圆工具 ○ 画个椭圆，如图 9-50（b）所示。

 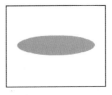

　（a）插入空白关键帧　　　　　　　　　　　　　　　　（b）绘制椭圆

图 9-50　在第 20 帧处画一个椭圆

（6）选中椭圆，并按 Ctrl+T 组合键，打开"变形"面板，在"旋转"文本框中输入 45，再连续单击复制并应用变形按钮，将椭圆变为一朵花的形状，如图 9-51 所示。

（7）单击"工具"面板中的无填充色按钮，将填充颜色设为"无色"。在花中画一个正圆，然后用选择工具 选中它，并按 Delete 键，删除所画的圆。最后一个图形如图 9-51 所示。

（8）在"时间轴"面板的第 1~20 帧的任意位置单击，打开"属性"面板，在"补间"下拉列表框中选择"形变"选项，创建形状补间动画。

图 9-51　复制多个旋转 45°的椭圆

（9）按 Ctrl+Enter 组合键测试影片，并保存文件。最终动画分解过程图如图 9-52 所示。

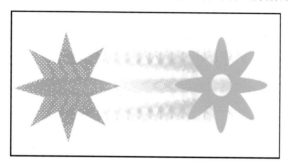

图 9-52　动画过程图

9.3.3　使用形状提示

1. 什么是形状提示

上一节中已经学习了形变动画的制作，但是形变的过渡过程能否由我们主动控制呢？为了说明这个问题，下面首先来做一个简单的三角形变化过程。

（1）新一个文件，在场景中用多角星形工具 ⬡ 画一个三角形，在第 15 帧处按 F6 键，插入关键帧，将这个三角形进行"水平翻转"变形。在"属性"面板的"补间"下拉列表框中，选择"形状"选项，创建形变动画。测试影片效果如图 9-53 所示。

图 9-53　形变动画过程

（2）这时变化过程是随机的，而且有点乱的感觉。接下来选择"修改"|"形状"|"添加形状提示"命令，为第 1 帧的三角形添加三个提示点，在第 15 帧处拖动三个提示点到相应的位置上，再来测试影片，发现形变过程很有规律，a、b、c 这三个点固定了三角形不发生变化，整个过程三角形的形状基本清晰，仅是位置发生翻转变化。效果如图 9-54 所示。

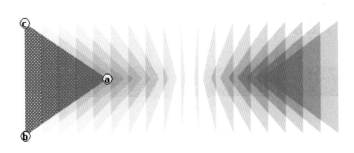

图 9-54　添加形状提示点后的动画过程

　　形状提示就是在"起始帧"和"结束帧"中添加相对应的"参考点"，使 Flash 在计算形变过渡时依据一定的规则进行，从而较有效地控制变形过程。利用形状提示的方法可以做很多更复杂的变形动画。例如打开"第 9 章\牛象互变.swf 文件"，可以看到变形过程如图 9-55 所示。

图 9-55　有形状提示的复杂动画

2．形状提示方法的应用

　　形状提示方法在制作 Flash 形变动画时应用非常多，一般可用在小草、衣裙、头发的飘动制作上。下面通过制作卡通动画中人物头发的飘动来讲解如何使用形状提示。

　　（1）新建一个 Flash 文档，用钢笔勾画好人物的脸、身体、头发，如图 9-56 所示。

图 9-56　制作卡通动画元件

　　（2）制作头发随风飘动的元件。在第 1 帧画好头发形状，在第 15 帧处按 F6 键，插入关键帧，当鼠标指针变成 图标时，将头发的发梢部分拖动改变扭曲方向，如图 9-57 和图 9-58 所示红笔圈出的地方。

　　（3）在第 1～15 帧任何一帧上单击，打开"属性"面板，在"补间"下拉列表框中选择"形状"选项，创建头发的形状渐变动画。测试影片时，可以发现整个动画全乱了套，不是我们所需的仅发梢有扭动，而是整个头部都在翻转。

图 9-57　第 1 帧发梢的方向　　　　　　　图 9-58　第 15 帧发梢的方向

（4）选择"修改"|"形状"|"添加形状提示"命令，或按 Ctrl+Shift+H 组合键，为变化的发根部分添加形状提示点，并在第 1 帧和第 15 帧处放置好各点的位置，如图 9-59 和图 9-60 所示。

图 9-59　第 1 帧形状提示点　　　　　　　图 9-60　第 15 帧形状提示点

（5）把制作好的头发和身体元件拖到场景中摆放好位置。现在再来测试影片，头发能按要求摆动了。一个头发会随风飘动的卡通动画制作完成，如图 9-61 所示。

图 9-61　头发飘动动画

（6）最后保存文件为"头发飘.fla"，一个形变动画就完成了。

Flash 简单动画的制作

课 后 习 题

1．运用图形的形状变化制作一个花朵绽放的动画。制作步骤提示如下：

（1）首先制作一个花绽放的图形元件：在"图层 1"图层的第 1 帧绘制一个水平方向的细长椭圆，并选择自己喜爱的颜色，用放射状渐变进行填充。

（2）在动画结束的位置插入关键帧，利用"变形"面板将椭圆旋转后复制变形为花的形状，创建形状补间动画。动画制作流程如图 9-62 所示。

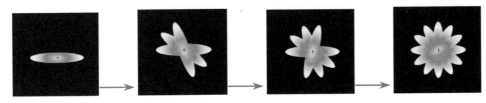

图 9-62　图形元件制作流程

（3）将制作好的绽放元件拖入场景，并摆放好，再设置每个元件的色调，如图 9-63 所示。

思考：如何用动作补间动画来制作？

图 9-63　拖入场景及最终效果

2．打开 "第 9 章\瓢虫-原始.fla" 文件，制作瓢虫绕着场景运动的位移动作补间动画。提示：在移动过程中的不同位置点处插入关键帧，在两个关键帧间建立位移动作补间动画。动画制作流程如图 9-64 所示。

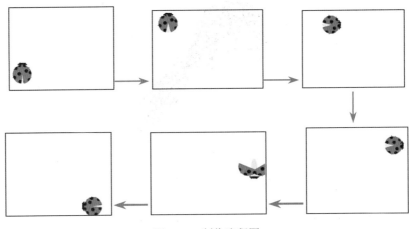

图 9-64　制作流程图

3. 打开 "第 9 章\倒影字-原始.fla" 文件，制作文字随花从右边进入舞台的动作补间动画；利用元件的透明度制作文字的倒影，以及倒影文字随文字跳动的动作。动画流程如图 9-65 所示。

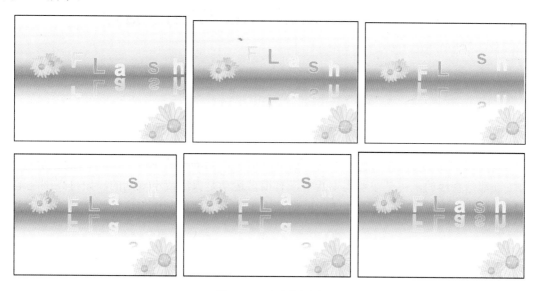

图 9-65　动画流程图

第 10 章　图层特效动画的制作

10.1　引导路径动画

在前面一章里已经学习了一些简单的动画效果，如蝴蝶从花丛中飞过。这些动画的运动轨迹都是直线的，可是在现实生活中，有很多运动是弧线或不规则的，如月亮围绕地球旋转、鱼儿在大海里遨游等，在 Flash 动画中也能很方便地制作出这种效果。这就是引导路径动画。

将一个或多个层链接到一个运动引导层，使一个或多个对象沿同一条路径运动的动画形式被称为"引导路径动画"。这种动画可以使一个或多个元件完成曲线或不规则运动。

引导路径动画也是属于运动补间动画的一种，在引导路径动画中，它的作用对象必须是元件。要实现动画对象按照某种特定的运动轨迹来进行位移的动画效果，则要用引导路径动画的方式来制作。引导路径是在引导路径图层中绘制的，此路径只有在设计制作时才可以看到，实际动画播放时是不可见的。

10.1.1　创建引导路径动画的方法

1．创建引导层和被引导层

一个最基本引导路径动画是由两个图层组成的，上面一层是"引导层"，它的图层图标为 ，下面一层是"被引导层"，图标为 ，同普通图层一样。

在普通图层上单击"时间轴"面板中的添加运动引导层 按钮，该层的上面就会添加一个引导层 ，同时该普通层缩进成为"被引导层"。在制作动画时，"引导层"和"被引导层"中的帧数应该相等，如图 10-1 所示。

图 10-1　引导路径动画

2．"引导层"和"被引导层"中的对象

"引导层"是一个特殊的图层，在这个图层中有一条辅助线作为运动路径，可以设置让某个对象沿着这条路径运动。"引导层"中的内容在动画播放时是看不见的。

"引导层"是用来指示元件运行路径的，所以"引导层"中的内容可以是用钢笔、铅笔、线条、椭圆工具、矩形工具或画笔工具等绘制出的线段。

而"被引导层"中的对象是跟着引导线走的，可以使用影片剪辑、图形元件、按钮、文字等，但不能应用形状。

由于引导线是一种运动轨迹，不难想象，"被引导层"中最常用的动画形式是动作补间动画，当播放动画时，一个或数个元件将沿着运动路径移动。

3. 向"被引导层"中添加元件

引导路径动画最基本的操作就是使一个运动动画附着在引导线上。所以操作时特别得注意被引导的元件对象在运动时间轴上的第 1 帧和最后一帧，注册点一定要分别吸附在起始端和结束端的引导线上。如图 10-2 所示，元件中心的十字星正好吸附在线段上。这一点非常重要，是引导线动画顺利运行的前提。

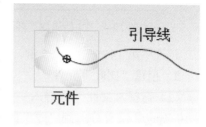

图 10-2　元件中心十字星对准引导线

下面通过几个示例来说明引导路径动画的制作方法。

10.1.2　秋

上面讲解了创建"引导层"的方法，下面通过一个示例来介绍引导路径动画的制作方法。这个示例的运行效果如图 10-3 所示。

图 10-3　"秋"动画效果

1. 创建背景层

（1）创建新文档

选择"文件"|"新建"命令，在弹出的对话框中选择"常规"|"Flash 文档"选项后，单击"确定"按钮，新建一个影片文档，在"文档属性"对话框中设置文件大小为 550×400 像素，背景色为白色，如图 10-4 所示。

（2）创建背景图层

选择"文件"|"导入"|"导入到舞台"命令，将 "第 10 章\图 10-3.jpg"文件导入到场景中。用箭头工具调整图片在舞台上的位置，使其居于舞台的中央。如果图片大小不合适，则打开"属性"面板，将图片的宽和高设置成与文档的大小一致，再将其坐标值定为 X=0 和 Y=0，如图 10-5 所示。

图层特效动画的制作

图 10-4 "文档属性"对话框　　　　　　图 10-5 调整图片的大小及位置属性

再选中第 145 帧，按 F5 键，添加普通帧。背景图层就创建完成了，如图 10-6 所示。

2．创建"树叶"元件

（1）选择"文件" | "导入" | "导入到库"命令，打开"导入"对话框，将"第 10 章\
图 10-7.png"文件导入到"库"面板中，这是一幅树叶图像。

（2）按 Ctrl+F8 组合键创建"飘落的树叶"影片剪辑元件，如图 10-7 所示。

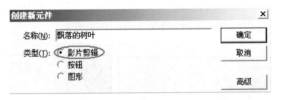

图 10-6 创建背景图层　　　　　　图 10-7 "创建新元件"对话框

（3）打开"库"面板，将树叶图像拖入影片剪辑编辑窗口，按 Ctrl+B 组合键做打散分
离处理，使用魔术棒工具 ✎ 将树叶的背景色选取后删除。再设置线性渐变填充，如
图 10-8 所示。

图 10-8 对树叶做线性渐变填充

（4）按 F8 键将填充好的树叶转换为图形元件，并且命名为"树叶"，如图 10-9 所示。

3．创建引导路径动画

下面就来创建一个运动引导层，来规定树叶的飘落路径。

图 10-9 转换为图形元件

（1）绘制引导线

在"飘落的树叶"影片剪辑编辑窗口，单击添加运动引导层按钮 ，在"图层1"图层的上方新增加了一个"引导层"图层。

选中"引导层"图层的第 1 帧，选取铅笔工具 ，在"工具"面板的下方"选项"选项区域中选择"平滑"画笔，如图 10-10 所示。在场景中绘制出一条曲线状引导线，作为树叶飘落下来的路径，如图 10-11 所示。

图 10-10 选择"平滑"画笔

图 10-11 在"引导层"绘制引导线

（2）完成引导路径动画

① 在"图层1"图层的第 100 帧处单击后，按 F6 键插入关键帧，右击，在快捷菜单中选择"创建补间动画"命令。

② 在"引导层"图层的第 100 帧处按 F5 键，插入普通帧。

③ 在运动的起始帧（第 1 帧）处，用选择工具 把 "树叶"实例移到运动引导线的起始端，并使它的中心与曲线的起点对齐。再到运动的结束帧（第 100 帧）处，用选择工具 把场景中的"树叶"实例移到运动引导线的结束端上，使它的中心与曲线对齐，如图 10-12 所示。

④ 移动"时间轴"面板上的播放头可观察到树叶沿引导线运动，但是树叶的方向始终朝一个方向运行。打开"属性"面板，选中"调整到路径"复选框，让它能随路径改变运动方向，如图 10-13 所示。

（3）在场景中制作多片树叶飘落动画

单击场景按钮 ，回到场景窗口，新建图层，将制作好的"飘落的树叶"影片剪辑元件拖入，在新建的图层的第 145 帧处按 F5 键，将动画播放时间定为 145 帧。

图层特效动画的制作

（a）树叶在第 1 帧的位置　　　　　　　（b）树叶在第 100 帧的位置

图 10-12　树叶在不同关键帧的位置

要制作多片树叶的飘落效果可再创建几个图层，分别命名为"落叶 1"、"落叶 2"、……，每隔 20~30 帧拖入一个"飘落的树叶"影片剪辑元件，如图 10-14 所示。

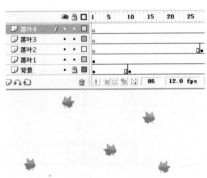

图 10-13　选中"调整到路径"复选框　　　　图 10-14　最终"图层"面板

最后，把文件保存为"秋.fla"。

10.1.3　封闭引导路径动画

引导路径动画分为两类，上例所讲述的是"非封闭引导路径动画"，接下来看看另一种类型的引导路径动画——"封闭引导路径动画"，它们都要通过"引导层"来完成。

封闭引导路径动画的制作过程其实也和非封闭引导路径动画的方法相同，只是在制作时用到了一点小技巧而已。下面来制作一个环绕形轨迹运动的动画。

（1）打开"第 10 章/环绕运动-原始.fla"文件。

（2）在"时间轴"面板中选择"背景"图层，单击添加新图层按钮 ，在背景层之上创建一个新的图层，将其命名为"地球"。

（3）选择菜单栏中的"插入"|"新元件"命令，或按 Ctrl+F8 组合键，打开"创建新元件"对话框。创建一个名称为"地球"的图形元件，如图 10-15 所示。

（4）选择菜单栏中的"窗口"|"库"命令，打开"库"面板，将"地球.bmp"元件拖曳到"地球"图形编辑舞台中，如图 10-16 所示。

图 10-15 "创建新元件"对话框

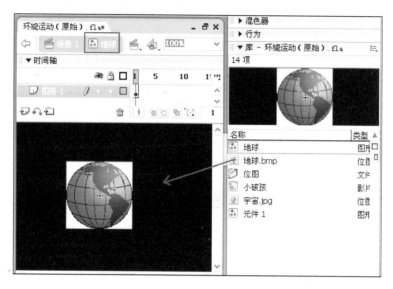

图 10-16 将"库"面板中的位图拖曳到图形编辑舞台

（5）用选择工具 ➤ 将拖入的图片选中，选择菜单栏中的"修改"|"分离"命令，或按
Ctrl+B 组合键将它打散处理，如图 10-17 所示。

（6）选择套索工具 ⟟，在选项栏中选中魔术棒工具 ✎，将图片周围的白色背景选取，
再按 Delete 键将其删除，如图 10-18 所示。

图 10-17 打散处理

图 10-18 删除背景色

（7）单击"时间轴"面板上的 场景 按钮，切换到当前场景。将刚才制作好的图形元
件"地球"拖曳到后台中来，创建出一个图形元件实例。再选择任意变形工具 ⊞，将图形
元件缩放到合适大小。

图层特效动画的制作

（8）在"时间轴"面板中选择"地球"图层，在第 50 帧处按 F6 键，插入关键帧，在第 1~50 帧的任意位置右击，在弹出的快捷菜单中选择"创建补间动画"命令。"时间轴"面板如图 10-19 所示。

图 10-19　"时间轴"面板

（9）在"属性"面板中设置"旋转"为顺时针方向 1 次。这时按 Ctrl+Enter 组合键测试影片，可以看到，地球会沿顺时针方向做自转运动。"属性"面板设置如图 10-20 所示。

（10）在"时间轴"面板中选择"地球"图层，单击添加新图层按钮 ，在"地球"图层的上方新建一个图层，并命名为"小破孩"。"时间轴"面板如图 10-21 所示。

图 10-20　"属性"面板

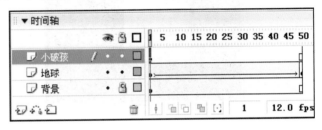

图 10-21　"时间轴"面板

（11）将"库"面板中的"小破孩"影片剪辑元件拖动到场景舞台，创建影片剪辑实例，选择任意变形工具 ，将实例的注册点从中心的位置拖动到脚底，如图 10-22 所示。

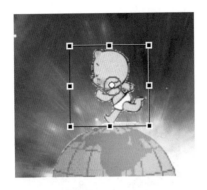
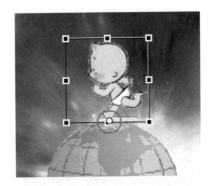

图 10-22　注册点从中心的位置拖曳到脚底

（12）在"时间轴"面板中选择"小破孩"图层，单击添加运动引导层按钮 ，在"地球"图层的上方新建一个"引导层"图层。"时间轴"面板如图 10-23 所示。

（13）选择椭圆工具 ，将填充色设置为"无填充" 。在"引导层"图层上按住 Shift 键，画个比地球略大的正圆，调整好位置。用橡皮擦工具将圆形擦去一个小缺口，如图 10-24

所示。

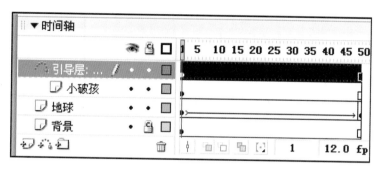

图 10-23 "时间轴"面板

（a）在"引导层"上画个正圆

（b）将圆形擦去一个小缺口

图 10-24 "引导层"上擦去缺口的圆

（14）单击"小破孩"图层，在第 50 帧处按 F6 键插入关键帧。在第 1~50 帧处任意位置右击，在弹出的快捷菜单中选择"创建补间动画"命令。

（15）在第 1 帧处移动"小破孩"实例的注册点，对准圆形的开始端口，此时可以利用吸附工具 配合操作。在第 50 帧处将该实例的注册点对准圆形的结束端口。图 10-25 显示了局部放大这两个端口注册点与引导线的吸附情况。

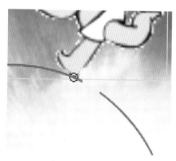

（a）第 1 帧注册点的位置

（b）第 50 帧注册点的位置

图 10-25 引导线的两个端点与注册点的关系

图层特效动画的制作

（16）调整好位置后就可以测试影片了。可以看到，人物能够沿地球环绕运动，但方向不对。这时还有一个工作要做，那就是要将运动的实例调整到路径方向上来。选择"小破孩"图层第 1 帧，在"属性"面板中选中"调整到路径"复选框，可使影片剪辑实例沿着路径做相切的运动，如图 10-26 所示。

（17）再次测试影片可看到可爱的小破孩环绕着地球跑的动画效果，如图 10-27 所示。

图 10-26 "属性"面板设置

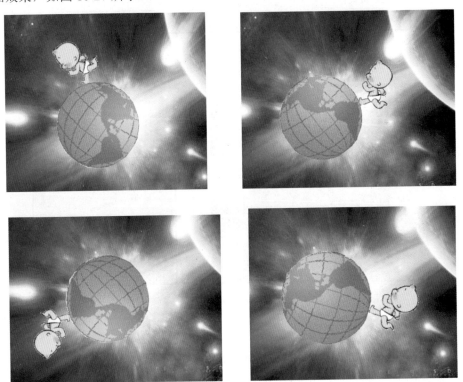

图 10-27 动画效果

10.1.4 激光笔写字

前面的例子中制作的是一个简单的封闭引导路径动画，下面将要制作一个按规定的形状轨迹运动的动画。首先来看一下"激光笔写字"的动画演示效果，如图 10-28 所示。在这个例子中，运动轨迹是文字的外轮廓形状。

（1）新建 Flash 文档，选择"修改"|"文档"命令，打开"文档属性"对话框，设置背景色为黑色，如图 10-29 所示。

（2）制作激光笔图形元件，按 Ctrl+F8 组合键，打开"创建新元件"对话框，在"名称"文本框中输入"激光笔"为元件命名，并选中"图形"单选按钮，设置如图 10-30 所示。单击 确定 按钮，进入元件编辑舞台中。

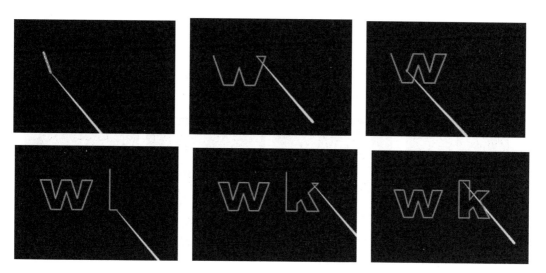

图 10-28　激光笔写字效果

图 10-29　"文档属性"对话框

图 10-30　"创建新元件"对话框

（3）在工具箱中选择矩形工具 □，设置"笔触颜色"为无色 ✐✐。打开"混色器"面板，设置填充为"放射状"，并将渐变色设置为黄色到白色的渐变，如图 10-31 所示。设置完成后在舞台中画一个长矩形　如图 10-32 所示。

图 10-31　"混色器"面板

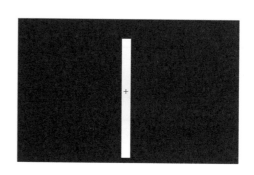

图 10-32　画个长矩形

（4）用移动工具 ↖ 将矩形拖动变形为一个尖角矩形，再选择任意变形工具 ▥ 对矩形进行旋转处理，用移动工具 ↖ 将激光笔的尖角拖动至与舞台中的"+"对准。至此，激光

图层特效动画的制作

笔图形元件制作完成，具体操作如图 10-33 所示。

（5）单击 场景 1 按钮，返回到场景中的舞台，打开"库"面板，将"激光笔"元件拖曳到场景舞台中，创建元件实例并将该实例的注册点拖放至笔尖处。双击"图层 1"，将该图层重新命名为"激光笔"，如图 10-34 所示。

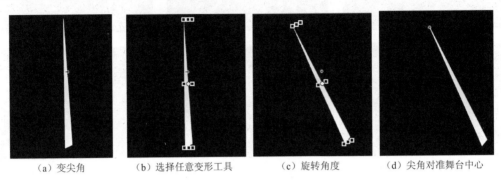

（a）变尖角　　　（b）选择任意变形工具　　　（c）旋转角度　　　（d）尖角对准舞台中心

图 10-33　激光笔的制作过程

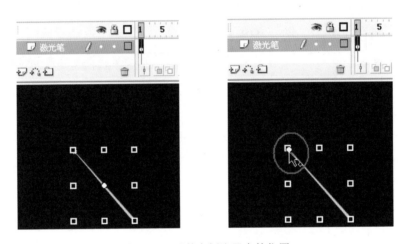

图 10-34　元件实例注册点的位置

（6）选择文本工具 **A**，在相应的"属性"面板内进行文字字体和字号的设置，如图 10-35 所示。

图 10-35　文字"属性"面板

（7）在"图层"面板中单击添加新图层按钮 ，新建一个图层，并命名为"文字"。在舞台中输入文字，选择"修改"|"分离"命令，或按 Ctrl+B 组合键将文字分离打散，如图 10-36 所示。

（8）选择工具箱中的墨水瓶工具 ，设置"笔触颜色"为橘红色 ，在文字上单击，对打散的文字进行描边处理。按 Delete 键，将白色的文字填充色删除，如图 10-37 所示。

（a）输入文字

（b）打散文字

图 10-36　输入并打散文字

（a）描边文字

（b）删除填充色

图 10-37　描边文字效果

（9）用选择工具 选取已描好边的文字，按 Ctrl+C 组合键复制，单击添加运动引导层按钮 ，在"激光笔"图层的上方新增一个引导图层，在这层的第 1 帧处单击，按 Ctrl+Shift+V 组合键，将刚才复制的文字粘贴到"引导层"图层中，这样就将一个文字的轮廓外形作为动画的运动路径了。

（10）调整各层的上下位置，让文字层处于最上层。单击"文字"图层的眼睛图标，将该层隐藏，此时"图层"面板如图 10-38 所示。

（11）选择橡皮擦工具 ，将"引导层"的文字左上角擦出一个小缺口，如图 10-39 所示。

（a）创建引导层

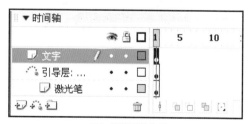
（b）调整层的位置

图 10-38　创建"引导层"并调整好各层的位置

图层特效动画的制作

（12）单击"激光笔"图层的第 20 帧，按 F6 键，在此处插入一个关键帧；在"引导层"图层的第 20 帧单击后，按 F5 键插入一个普通帧；在"文字"图层的第 20 帧也按 F5 键，插入一个普通帧。"时间轴"面板如图 10-40 所示。

图 10-39　引导层文字的小缺口

图 10-40　在"时间轴"面板上为各层添加普通帧

（13）在"激光笔"图层的第 1 帧右击，在弹出的快捷菜单中选择"创建补间动画"命令。此时"时间轴"面板如图 10-41 所示。

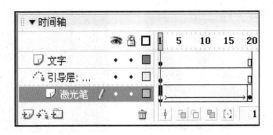

图 10-41　创建补间动画

（14）在"激光笔"图层的第 1 帧，用选择工具将"激光笔"实例的注册点拖曳到引导线文字的开始端，选择吸附工具 ，将该实例的注册点与引导线对齐。单击第 20 帧，将实例拖曳到引导线文字的结束端，选择吸附工具 ，使其注册点与引导线对齐，如图 10-42 所示。

（a）元件在第 1 帧的位置

（b）元件在第 20 帧的位置

图 10-42　调整元件在首尾帧关键的位置

（15）按 Ctrl+Enter 键测试影片。如果"激光笔"实例不能按文字轨迹运动，则要重新调整实例的注册点与引导线端点的位置，只有当注册点与引导线端点对齐了，引导线才能起到作用。测试影片时注意要将隐藏的文字层显示出来。

（16）单击"激光笔"图层的第 1 帧，按住 Shift 键，再到第 20 帧处单击，将"时间轴"

面板上的第1~20帧选中，右击，在弹出的快捷菜单中选择"翻转帧"命令，如图10-43所示。这样激光笔将会沿着文字方向运动。

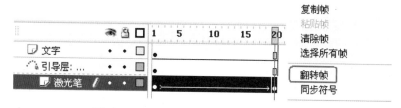

图10-43 "时间轴"面板的"翻转帧"命令

（17）单击"文字"图层的第1帧，选择橡皮擦工具 ◎，将文字擦除到激光笔所在的位置处，如图10-44所示，在"文字"图层的第2帧处按F6键插入关键帧，这时激光笔又运行到了一个新位置，继续用橡皮擦工具 ◎ 跟着激光笔擦除走过的文字部分，就这样不断地在"文字"图层的每一帧处添加关键帧，并在每一帧都用橡皮工具擦除，最终将文字全部擦除，注意在最后一帧处要留一点点不能完全擦干净，否则这一帧将是个空帧。

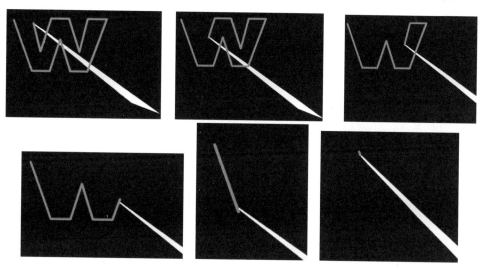

图10-44 在每一帧处擦除文字

（18）在"文字"图层的第1帧处单击，再按住Shift键，在第20帧处单击，将第1~20帧选中，右击，在弹出的快捷菜单中选择"翻转帧"命令。用同样的方法将"激光笔"图层的帧也翻转过来，此时"时间轴"面板如图10-45所示。

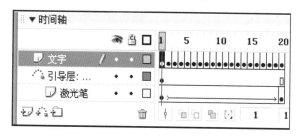

图10-45 "时间轴"面板

图层特效动画的制作

（19）现在来测试影片效果。按 Ctrl+Enter 组合键测试影片，可以看到文字被激光笔"写"了出来。

（20）要继续制作第二个文字的运动，可以在"文字"图层和"引导线"图层中再添加一个文字，在"激光笔"图层的第 24 帧处按 F6 键插入关键帧，后面所有的操作与前面第一个文字的步骤相同。最后完成的"时间轴"面板如图 10-46 所示。

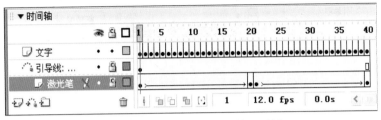

图 10-46　完成后的"时间轴"面板

10.2　遮　罩　动　画

遮罩是制作 Flash 高级动画的必备技术，通过遮罩配合前面的动画制作技术，可以制作出出神入化的动画作品。

在本节，除了要介绍"遮罩"的基本知识，还提供了三个很有意思的范例，以加深对"遮罩"原理的理解。

10.2.1　遮罩动画的概念

1．什么是遮罩

遮罩动画是 Flash 中一个很重要的动画类型，很多效果丰富的动画都是通过遮罩动画来完成的。遮罩动画是通过两个图层来实现的，一个是遮罩层，另一个是被遮罩层。在 Flash 中遮罩图层是一种特殊的层，为了得到特殊的显示效果，可以在遮罩层上创建一个任意形状的"视窗"，这个"视窗"可以被想像成一块镂空板，遮罩层下方的对象可以通过该镂空板显示出来，而"视窗"之外的对象将不会显示。

2．有什么作用

在 Flash 动画中，"遮罩"主要有两种用途：一是用在整个场景或一个特定区域，使场景外的对象或特定区域外的对象不可见；二是用来遮罩住某元件的一部分，从而实现一些特殊的效果，比如常见的对象淡入淡出效果等。

3．遮罩的基本原理

在动画播放的过程中，可以透过遮罩层中的对象观看到被遮罩层中的对象（包括它们的变形效果），这时遮罩层中的对象中的许多属性如渐变色、透明度、颜色和线条样式等全被忽略了，处于一种透明状态。比如，不能通过遮罩层的渐变色来实现被遮罩层的渐变色变化。

10.2.2　创建遮罩动画的方法

1．创建遮罩层

在 Flash 中，遮罩层是由普通图层转化而来的。只要在某个图层上右击，在弹出快捷菜单中选择"遮罩层"命令，使命令的左边出现一个小钩，该图层就会生成遮罩层，层图标就会从普通层图标 □ 变为遮罩层图标 ▒，系统会自动把遮罩层下面的一层关联为被遮罩层，在缩进的同时图标变为 ▒。如果要关联更多层被遮罩，只要把这些层拖到被遮罩层下面就行了，如图 10-47 所示。

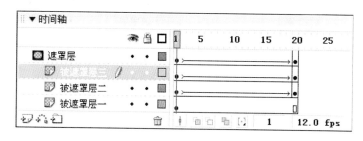

图 10-47　多层遮罩动画

2．构成遮罩和被遮罩层的元素

遮罩层中的图形对象在播放时是看不到的，遮罩层中的内容可以是按钮、影片剪辑、图形、位图、文字等，但不能使用线条。如果一定要用线条，可以将线条转化为"填充"。被遮罩层中的对象只能透过遮罩层中的对象被看到。在被遮罩层，可以使用按钮、影片剪辑、图形、位图、文字、线条等。

3．遮罩中可以使用的动画形式

可以在遮罩层、被遮罩层中分别或同时使用形状补间动画、动作补间动画、引导线动画等动画手段，从而使遮罩动画变成一个可以施展无限想像力的创作空间。

下面就通过一些示例来感受遮罩动画的神奇！

10.2.3　创建遮罩动画的示例

1．利用遮罩制作卷轴动画

本节通过一个简单的实例来讲解图层中的遮罩与被遮罩关系，帮助读者尽快理解遮罩层的原理，为后面进一步学习遮罩动画打下基础。

创建"遮罩动画"需要两个图层，即遮罩层与被遮罩层。下面通过实例来讲解这两个特殊层的创建。

（1）创建新文档，参数使用默认值。将"图层 1"命名为"背景"，设置工具箱中的"笔触颜色"为"无笔触色" ✏ ✏，填充类型为"线性"。渐变色的设置如图 10-48 所示，在背景层中绘制一个矩形，并用油漆桶工具 ◇ 从右下角往左上角拉进行渐变填充。

（2）选择"文件"/"导入"菜单中选择"导入到舞台"命令，打开"导入"对话框，将"第 10 章\图 10-48.jpg"图片文件导入到场景中来，并将该层命名为"图"。

（3）连续单击 3 次 ➥ 按钮创建三个新图层，分别命名为 "遮罩层"、"卷轴 1"、"卷轴 2"如图 10-49 所示。

（4）选择"卷轴 1"图层，使用矩形工具绘制一个线性渐变色的长方形，再在此长方形的两端绘制两个小长方形，渐变色的填充如图 10-50 所示。绘制完成后按下 F8 键，将它转换为图形元件并命名为"卷轴"。在时间轴的第 60 帧按下 F6 键插入关键帧。

（5）选择"卷轴 2"图层，在库面板中将"卷轴"元件拖入。

图层特效动画的制作

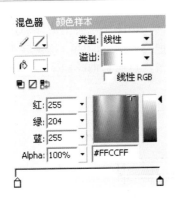

图 10-48 绘制渐变矩形背景

图 10-49 各图层的命名

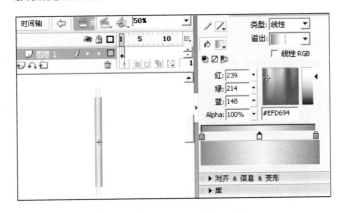

图 10-50 绘制好的卷轴元件

（6）在"卷轴 1"和"卷轴 2"两个图层上，分别调整好第 1 帧和第 60 帧卷轴放置的位置如图 10-51。

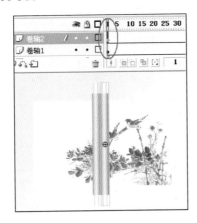

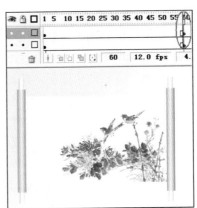

图 10-51 第 1 帧和第 60 帧卷轴的位置

（7）在"卷轴 1"和"卷轴 2"两个图层的时间轴上，分别单击右键在弹出的快捷菜单中选择"创建补间动画"命令。

（8）选择"遮罩"图层第 60 帧，按 F7 键插入空白关键帧，用矩形工具▢绘制一个和图像一样大的矩形，将整个图全部遮挡住，如图 10-52 所示。

（a）第 1 帧的长方形 （b）第 60 帧的大矩形

图 10-52 "遮罩"层第 1 帧和第 60 帧的矩形

在"属性"面板的"补间"下拉列表框中选择"形状"选项，创建形状补间动画。

（9）单击"遮罩"图层第 1 帧和第 60 帧之间的任意帧，在"属性"面板的"补间"下拉列表框中选择"形状"选项，创建出"形状补间动画"。

（10）在"时间轴"面板中选择"遮罩"图层，右击，在弹出的快捷菜单中选择"遮罩层"命令，将"遮罩"图层转换为遮罩层，"图层"面板如图 10-53 所示。

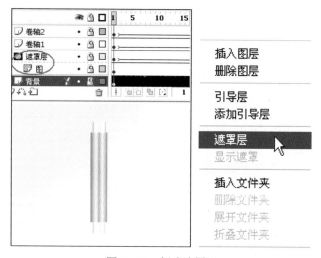

图 10-53 创建遮罩层

（11）现在来测试影片效果，按 Ctrl+Enter 组合键测试影片，可以观看到遮罩的动画效果，如图 10-54 所示。

2．水乡

下面再制作"水乡"动画，进一步学习遮罩动画的制作技巧。

（1）启动 Flash 8，创建一个新文档，单击"属性"面板中的 [550 × 400 像素] 按钮，在弹出的"文档属性"对话框中，设置舞台的宽为 450 像素，高为 600 像素。

（2）选择菜单栏中的"文件"|"导入"|"导入到舞台"命令，在弹出的"导入"对话框中，将"第 10 章\图 10-55.jpg"文件导入到场景中来。

（3）选择"时间轴"面板中的"图层 1"图层，将此图层命名为"背景"。

（4）选择舞台中导入的图像，选择"编辑"|"复制"命令，或按 Ctrl+C 组合键复制。

图层特效动画的制作

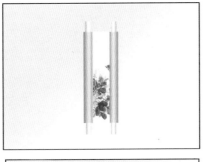

图 10-54　动画效果

（5）在"时间轴"面板中将"背景"图层锁定，隐藏。单击插入图层按钮 ，在"背景"图层上创建一个新图层，命名为"背景2"。"时间轴"面板如图 10-55 所示。

（6）选择菜单栏中的"编辑"|"粘贴到当前位置"命令，或按 Ctrl+Shift+V 组合键，将复制的图像按原位粘贴到"背景2"图层。

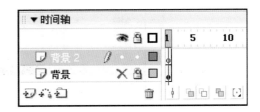

图 10-55　"时间轴"面板设置

（7）选择"背景2"中的图像，选择"修改"|"分离"命令，或按 Ctrl+B 组合键，将所选的图像打散。

（8）使用铅笔工具 沿着水面勾勒，将图像中水面与图像的其他部分分离，如图 10-56 所示。用选择工具 单击图像上半部将其选中，按 Delete 键删除这部分图像。

图 10-56　分离并删除上半部图像

（9）选择剩下的图像，按 F8 键弹出"转换为符号"对话框，将选中的水面图像转换为元件，"名称"命名为"遮罩"，在"类型"选项区域选择"图形"单选按钮，如图 10-57 所示。

图 10-57　"转换为符号"对话框

（10）按下方向键两次，让图像向下移动两个像素。再打开"属性"面板，在"颜色"下拉列表框 颜色: 无 中选择 Alpha 选项，将其值设为 72%，"属性"面板设置如图 10-58 所示。

图 10-58　"属性"面板设置

（11）在"时间轴"面板中将"背景 2"图层锁定。单击插入图层按钮，在"背景 2"图层上创建一个新图层，命名为"矩形"。

（12）使用矩形工具在舞台中绘制细条间隔矩形，如图 10-59 所示。按 F8 键弹出"转换为符号"对话框，将所绘矩形转换为元件，"名称"命名为"矩形"。

（13）在"背景"图层和"背景 2"图层的第 60 帧，按 F5 键插入普通帧，在"矩形"图层按 F6 键插入关键帧，在第 1~60 帧任意一帧处右击，选择"创建补间动画"命令。"时间轴"面板如图 10-60 所示。

图 10-59　绘制细条矩形

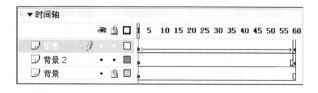

图 10-60　"时间轴"面板

（14）单击"矩形"图层的第 1 帧，将矩形元件拖放到图像的上部，单击第 60 帧，将矩形元件拖放到图像的下部，让它从上至下地做直线运动，如图 10-61 所示。

（a）第1帧矩形的位置　　　　　　　　（b）第60帧矩形的位置

图 10-61　移动矩形

（15）右击"矩形"图层，在弹出的快捷菜单中选择"遮罩层"命令，将图层转换为遮罩层，此时"背景 2"图层就自然成为被遮罩层，"时间轴"面板如图 10-62 所示。

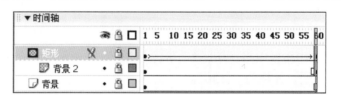

图 10-62　"时间轴"面板

（16）按 Ctrl+Enter 组合键测试影片。可以看到一幅水波荡漾的水乡动画效果，如图 10-63 所示。

3．闪闪的红星

我们经常可以在电影的片头中看到一颗红五星闪闪的镜头，本例就应用遮罩技术制作一个动画来模仿这种效果，如图 10-64 所示。

图 10-63　水乡动画效果　　　　　　　　图 10-64　红星闪闪

制作步骤如下：

（1）创建影片文档

选择"文件"|"新建"命令，新建一个影片文档，在"文档属性"对话框中设置文件大小为 550×400 像素，"背景色"为黑色，如图 10-65 所示。

图 10-65　"文档属性"对话框

（2）创建"光线"图形元件

按 Ctrl+F8 组合键，新建一个图形元件，名称为"光线"。选择工具箱中的线条工具 ，设置"笔触颜色"为黄色（#FFFF00），在场景中画一条直线，在"属性"面板中设置线型为"实线"，线宽为 3，如图 10-66 所示。

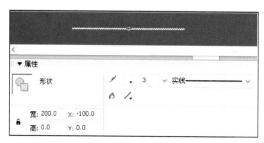

图 10-66　光线的"属性"面板参数设置

（3）创建"光线组合"图形元件

① 按 Ctrl+F8 组合键，新建一个图形元件，名称为"光线组合"，如图 10-67 所示。

② 从"库"面板中将名为"光线"的图形元件拖入新元件编辑舞台中，选择工具箱中的任意变形工具 ，此时元件实例的中心会出现一个小圆点，它就是对象的注册点，拖动其到场景的中心"+"处。如图 10-68 所示的是注册点在元件中心时的状态和注册点已拖到舞台中心时的状态。

图 10-67　创建"光线组合"元件

图 10-68　变形点所处的不同位置

③ 选择"窗口"|"设计面板"|"变形"命令，打开"变形"面板，在"旋转"数值框内设置角度为 15°，连续单击复制并应用变形按钮 ，复制出的效果如图 10-69 所示。

④ 在"时间轴"面板的关键帧上单击一下，选中全部线条，按 Ctrl+B 组合键把线条打散分离，再选择"修改"|"形状"|"将线条转化为填充"命令，将线条转变为形状。

图层特效动画的制作

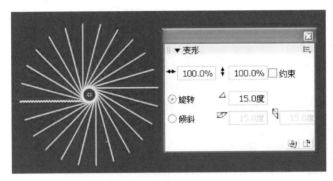

图 10-69　"变形"面板及复制完后的效果

这是因为遮罩层中的内容可以是按钮、影片剪辑、图形、位图、文字等，但不能使用线条，如果一定要用线条，可以将线条转化为"填充"，所以应该将线条转换为填充形状。

（4）创建"光辉"影片剪辑元件

① 按 Ctrl+F8 组合键新建一个影片剪辑元件，名称为"光辉"，单击"确定"按钮后进入影片剪辑编辑舞台。

② 把"库"面板中的"光线组合"图形元件拖到舞台中，并将该层命名为"光芒"。

③ 按 Ctrl+K 组合键，将元件实例的中心点与舞台中心对齐，如图 10-70 所示。

④ 新增一个图层，命名为"遮罩"。将"库"面板中的"光线组合"元件再拖入一个放在第 1 帧，按 Ctrl+K 组合键，打开"对齐"面板，将元件实例的中心点与舞台中心对齐。这样两个元件就完全重合了。此时"图层"面板如图 10-71 所示。

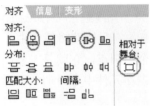

图 10-70　将元件与舞台中心对齐

图 10-71　"图层"面板

⑤ 选择"修改"|"变形"|"水平翻转"命令，让第二层元件的线条方向和第一层的线条方向相反，在场景中形成交叉的图形，如图 10-72 所示。

（a）两个图层元件重合后的效果

（b）第二层水平翻转后成交叉的效果

图 10-72　光线组合效果

⑥ 在该层选中第 30 帧，按 F6 键插入关键帧，在第 1～30 帧处右击，选择"创建补间动画"命令，建立动作补间动画。

⑦ 切换到"属性"面板，设置"旋转"为"顺时针"旋转一周，如图 10-73 所示。

⑧ 在"时间轴"面板中，在"遮罩"图层上右击，在弹出的快捷菜单中选择"遮罩层"命令，将"遮罩"图层转换为遮罩层，"图层"面板如图 10-74 所示。

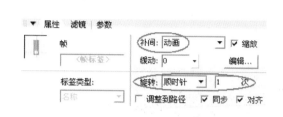

图 10-73 "属性"面板   图 10-74 "图层"面板

（5）创建主场景动画

① 单击 🖼 场景 按钮，切换到场景中，把"光辉"影片剪辑元件拖入"图层 1"图层中，并将该图层命名为"光辉"。

② 单击插入图层按钮 🗗，新建"图层 2"图层，将此图层命名为"红星"。

③ 选择多角星形工具 ◯，打开"属性"面板，单击 选项... 按钮，打开"工具设置"对话框，如图 10-75 所示。

图 10-75 "工具设置"面板和绘制的五角形

④ 在舞台中用红色绘制一个五角形，选择直线工具，用白色线条将五角形各顶点连接起来，再使用放射状渐变填充，如图 10-76 所示。

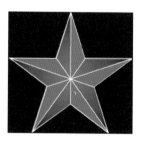

图 10-76 用直线连接各顶点并用渐变色进行填充

图层特效动画的制作

⑤ 新建第三个图层，命名为"文字"，使用文字工具**A**输入白色的"思维电影制片厂"文字。完成后的"时间轴"面板与场景如图 10-77 所示。

按 Ctrl+Enter 组合键测试动画。最后，将文件保存为"闪闪的红星.fla"。

图 10-77　时间轴及场景

课 后 习 题

1. 导入"第 10 章\图 10-78.gif"文件（如图 10-78 所示），利用遮罩原理制作一个"旋转的地球"动画。最终效果如图 10-79 所示。

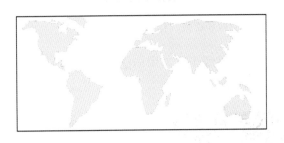

图 10-78　导入文件

图 10-79　"旋转的地球"最终效果

2. 导入"第 10 章\图 10-80a.jpg"、"第 10 章\图 10-80b. jpg"、"第 10 章\图 10-80c. jpg"、"第 10 章\图 10-80d. jpg"、"第 10 章\图 10-80e. jpg"、"第 10 章\图 10-80f. jpg"六个文件，利用遮罩原理制作图片页面切换动画。最终效果如图 10-80 所示。

3. 导入"第 10 章\图 10-81.jpg"文件，运用引导路径方法制作蒲公英随风飘舞的情景动画，效果如图 10-81 所示。

图 10-80　页面切换动画效果

图 10-81　蒲公英飘舞

图层特效动画的制作

第 11 章   声音和视频

11.1   Flash 应用声音效果

Flash 提供了许多使用声音的方式。在 Flash 中，既可以为整部影片添加声音，也可以单独为影片中的某个元件添加声音。例如，可以向按钮添加声音，当按钮被触摸或按下时，就会发出设定的声音，使按钮具有更强的感染力。另外，通过设置淡入淡出效果还可以使声音更加优美。

一般情况下，在 Flash 中应用声音主要包括以下几个重要内容：导入声音、引用声音、编辑声音、压缩声音。本节就从这几个方面来讨论声音在 Flash 中的应用。

下面通过一个实例来说明导入声音、引用声音，包括给动画添加声音、给按钮添加声效的方法。

11.1.1   应用声音效果实例

打开"第 11 章\水滴.swf"文件。首先运行这个实例，观赏一下具体的效果：一滴清泉从高处落下来，当落到水面上时，发出声响，并溅起几滴水花，激起几层涟漪，如图 11-1 所示。

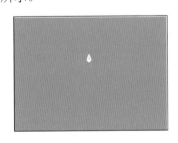  

图 11-1   水滴效果

下面是在动画中应用声音的具体过程。

1. 导入声音

（1）选择"文件"|"导入"|"导入到库"命令，将外部声音导入到当前影片文档的"库"面板中，如图 11-2 所示。

（2）在"导入到库"对话框中，选择要导入的声音文件（"第 11 章\滴水声.wav"），然后单击"打开"按钮，将声音导入到"库"面板中，如图 11-3 所示。

当导入声音操作完后，就可以在"库"面板中看到刚才导入的声音，今后就可以像使用其他元件一样使用声音对象了，如图 11-4 所示。

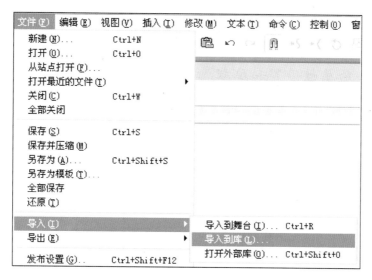

图 11-2 导入声音到"库"面板中

图 11-3 在"导入到库"对话框中选择声音文件

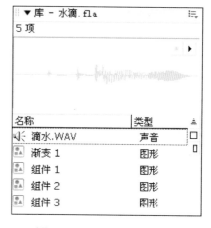

图 11-4 "库"面板中的声音

2．引用声音

在"时间轴"面板上新建一个图层，并重新命名为"声音"，选择这个图层的第 1 帧，然后将"库"面板中的"滴水"声音对象拖放到场景中，这时在"声音"图层上有了声音对象的波形，这说明声音已经被引用到"声音"图层了，如图 11-5 所示。

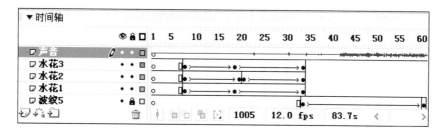

图 11-5 将声音引用到时间轴上

至此，这个实例就制作完成了。可以按键盘上的 Enter 键，来试听一下刚才引入到场景中的声音。还可以按 Ctrl+Enter 组合键测试一下，这样效果更完整。

11.1.2 声音的属性设置和编辑

被引用到"时间轴"面板上的声音，往往还需要在声音"属性"面板中对它进行恰当的属性设置，才能更好地发挥声音的效果。下面详细介绍声音属性的设置以及声音的编辑。

1．声音"属性"面板

选择"声音"图层的第 1 帧，打开"属性"面板，如图 11-6 所示。

图 11-6　声音"属性"面板

其中在"声音"下拉列表框中可以选择要引用的声音对象，这也是另一个引用"库"面板中声音的方法。其他参数将在下面详细讲解。

（1）声音效果属性

声音效果属性的设置选项如图 11-7 所示。

声音效果选项说明：

无：不设置任何应用效果。

左声道或右声道：只在左或右声道中播放声音。

从左到右淡出或从右到左淡出：会将声音从一个声道切换到另一个声道。

淡入：会在声音的持续时间内逐渐增加其幅度。

淡出：会在声音的持续时间内逐渐减小其幅度。

自定义：可以使用"编辑封套"创建声音的淡入和淡出点。

（2）同步效果属性

打开"同步"下拉列表框，这里可以设置"事件"、"开始"、"停止"和"数据流"四个同步选项，如图 11-8 所示。

图 11-7　声音效果设置

图 11-8　同步属性

"事件"选项会将声音和一个事件的发生过程同步起来。事件声音在它的起始关键帧开始显示时播放，并独立于时间轴播放完整声音，即使 SWF 文件停止也还会继续播放。

"开始"与"事件"选项的功能相近，但如果声音正在播放，使用"开始"选项则不会播放新的声音实例。

"停止"选项将使指定的声音静音。

"数据流"选项将同步声音，强制动画和音频流同步。与事件声音不同，音频流随着 SWF 文件的停止而停止，而且音频流的播放时间绝对不会比帧的播放时间长。

（3）重复和循环属性

通过"同步"下拉列表框还可以设置"重复"和"循环"属性。为"重复"选项输入一个值，可指定声音循环播放的次数，或者选择"循环"选项连续重复播放声音，如图 11-9 所示。

图 11-9　设置"重复"或"循环"属性

2．利用"声音编辑控件"编辑声音

虽然 Flash 处理声音的能力有限，没有办法和专业的声音处理软件相比，但是在 Flash 内部还是可以对声音做一些简单的编辑，实现一些常见的功能，比如控制声音的播放音量、改变声音开始播放和停止播放的位置等。

编辑声音文件的具体操作如下：

（1）首先要在帧中添加声音，或选择一个已添加了声音的帧，如图 11-10 所示。

（2）打开"属性"面板，单击右边的"编辑"按钮，如图 11-11 所示。

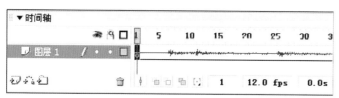

图 11-10　选择"时间轴"面板上的声音　　　　图 11-11　单击"编辑"按钮

（3）这时弹出"编辑封套"对话框。在"编辑封套"对话框中可以改变播放声音的开始位置和结束位置，这样可以去掉声音中不用的部分，减小文件的体积。在操作时，只需要拖动"编辑封套"对话框中"声音播放起始控制"滑块和"声音播放结束控制"滑块，以调整"开始时间"和"停止时间"，如图 11-12 所示。

（4）如果想调整音量的大小，只需在左右声道的波形区域中单击，添加音量控制手柄，然后通过调整左右声道音量控制手柄的上下位置来控制音量，如图 11-13 所示。

单击放大按钮 ⊕ 或缩小按钮 ⊖，可以改变对话框中显示声音的范围。

单击秒按钮 ⊙ 和帧按钮 ⊞，可以在秒和帧之间切换时间单位。

单击播放按钮 ▶，可以试听编辑后的声音。

声音和视频

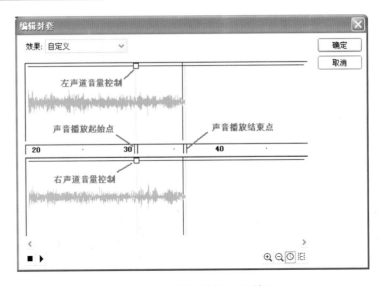

图 11-12　"编辑封套"对话框

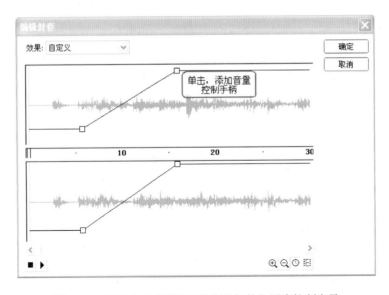

图 11-13　调整左右声道音量控制手柄的位置来控制音量

11.1.3　压缩声音

Flash 动画在网络上流行的一个重要原因就是因为它的体积小，当输出动画时，Flash 会采用很好的方法对输出文件进行压缩，包括对文件中的声音进行压缩。但是，如果对压缩比例要求得很高，那么就应该直接在"库"面板中对导入的声音进行压缩。

在"库"面板中直接将声音"减肥"的具体操作方法如下。

1. 打开"声音属性"对话框

双击"库"面板中的声音图标，打开"声音属性"对话框，如图 11-14 所示。

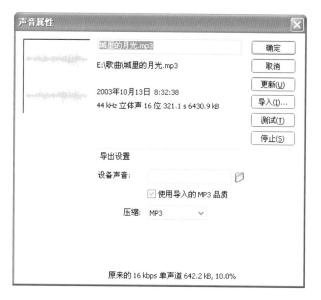

图 11-14 "声音属性"对话框

在这个"声音属性"对话框中,就可以对声音进行"压缩"了,其中有"默认"、ADPCM、MP3、"原始"和"语音"压缩模式,如图 11-15 所示。

在这里,主要介绍 MP3 压缩选项,通过对它的学习可以掌握其他压缩选项的设置。

2. 进行 MP3 压缩设置

如果要导出一个 MP3 格式的文件,可以使用与导入时相同的设置来导出文件,在"声音属性"对话框中,从"压缩"下拉列表框中选择 MP3 选项,选中"使用导入的 MP3 品质"复选框。

如果不选中"使用导入的 MP3 品质"复选框,则会出现几个选项,如图 11-16 所示。

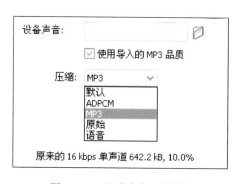

图 11-15　几种声音压缩模式

图 11-16　声音压缩设置

3. 设置比特率

"比特率"下拉列表框用于确定导出的声音文件中每秒播放的位数。Flash 支持 8~160 kbps(恒定比特率),值越低,声音压缩的比例就越大,但是在导出音乐时,需要将比特率设为 16 kbps 或更高,如果设得过低,将很难获得好的声音效果。

声音和视频

4．设置"预处理"选项

选择"将立体声转换为单声道"复选框，表示将混合立体声转换为单声（非立体声）。这里需要注意的是，"预处理"选项只有在选择的比特率为 20 kbps 或更高时才可用。

5．设置"品质"选项

选择一个"品质"选项，以确定压缩速度和声音品质。

快速：压缩速度较快，但声音品质较低。

中：压缩速度较慢，但声音品质较高。

最佳：压缩速度最慢，但声音品质最高。

6．进行压缩测试

在"声音属性"对话框里，单击"测试"按钮，可以测试播放当前编辑的声音。如果感觉已经获得了理想的声音品质，就可以单击"确定"按钮了。

11.1.4 给按钮添加声效

下面介绍一个给按钮添加声效的示例。当把鼠标指针移到按钮上时，发出一种声音，当单击时，发出另一种声音，且按钮颜色改变，如图 11-17 所示。

图 11-17 给按钮添加声效

具体操作步骤如下：

1．创建空白新文档

选择"文件"|"新建"命令，新建一个空白的影片文档。设置舞台的宽为 650 像素，高为 450 像素，"背景颜色"为#000099，如图 11-18 所示。

2．导入影片剪辑

双击"图层 1"图层的名称，将图层重命名为"背景"，如图 11-19 所示。

选择"文件"|"导入"|"导入到库"命令，打开"导入"对话框，将"第 11 章\水滴_2.swf"文件导入到当前影片文档的"库"面板中。然后，选中"背景"图层的第 1 帧，将"库"面板中的"水滴_2.swf"影片剪辑拖到场景中，如图 11-20 所示。

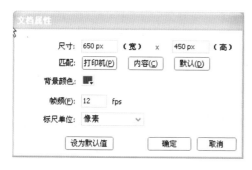

图 11-18　新文档属性的设置

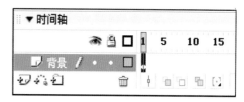

图 11-19　重命名为"背景"图层

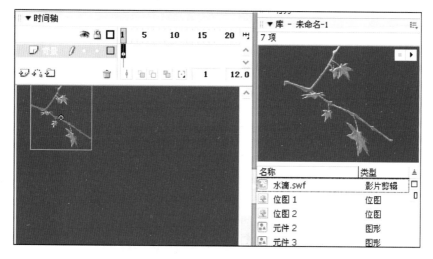

图 11-20　将导入到"库"面板中的"水滴.swf"影片剪辑拖到场景中

3．制作按钮

选择"插入"|"新建元件"命令，打开"创建新元件"对话框，选择"行为"选项区域中的"按钮"单选按钮，将名称改为"声效按钮"，如图 12-21 所示。

单击"确定"按钮后，进入"声效按钮"元件的"时间轴"面板中，如图 11-22 所示。

图 11-21　"创建新元件"对话框

图 11-22　"时间轴"面板

选中"弹起"帧，在按钮编辑舞台中制作一呈放射状渐变颜色的圆。将这个圆选中，再复制一个圆，并到"属性"面板中，将该圆的颜色设置为 Alpha，透明度值为 44%，从而制作成一个倒影，如图 11-23 所示。

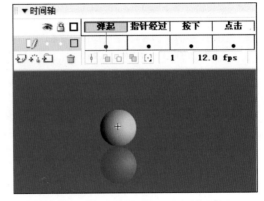

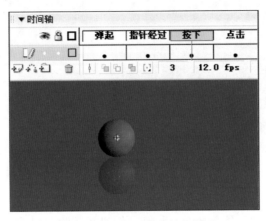

图 11-23　按钮及倒影

选中"指针经过"帧，按 F6 键，将"指针经过"帧设为关键帧，并把按钮图形复制到该帧的画面中。用同样的方法，将"按下"帧设为关键帧，并把按钮图形的颜色更改成红色，如图 11-24 所示。

图 11-24　"按下"帧的按钮图形

再用同样的方法，将"点击"帧设为关键帧，并把按钮图形复制到该帧的画面中。

4．导入声音

仍在"声效按钮"元件的"时间轴"面板上进行操作。选择"文件"|"导入"|"导入到库"命令，打开"导入"对话框，将"第 11 章\声效 1.wav"和"第 11 章\声效 2.wav"声音文件导入到当前影片文档的"库"面板中。然后，选中"指针经过"帧，将"库"面板里的"声效 1.wav"声音元件拖到按钮编辑舞台中。这时，在"时间轴"面板的"指针经过"帧上，会出现声音波形，如图 11-25（a）所示。用同样的方法，再选中"按下"帧，将"库"面板里的"声效 2.wav"声音元件拖到按钮编辑舞台中，在"时间轴"面板的"按下"帧上出现声音波形，如图 11-25（b）所示。

5．将按钮拖到场景

从"声效按钮"元件的"时间轴"面板切换到"场景 1"的"时间轴"面板上，如图 11-26 所示。

在"场景 1"的"时间轴"面板上新建一个图层，重新命名为"按键层"。再将"库"面板中的"声效按钮"元件拖到"按键层"图层的第 1 帧的场景中，如图 11-27 所示。

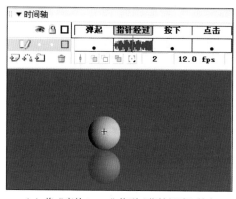
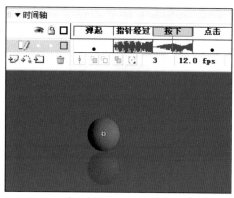

（a）将"声效 1.wav"拖到"指针经过"帧上　　　　（b）将"声效 1.wav"拖到"按下"帧上

图 11-25　导入声音

图 11-26　切换到"场景 1"

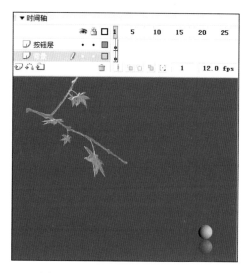

图 11-27　"按钮层"图层的场景

至此，已经在按钮的不同状态添加了不同的声效。选择"控制"|"测试影片"命令，影片开始播放。当鼠标指针经过按钮时，发出"声效 1.wav"的声音，当单击按钮时，发出"声效 2.wav"的声音。

11.2　视频的导入与控制

Flash 动画是一种基于"流"技术的交互式矢量动画，可以通过把视频文件嵌入到 Flash 动画中，使视频文件成为动画的一个组成部分，以增加 Flash 动画的真实性。

下面结合一个示例来学习视频的导入及对视频文件的编辑。

11.2.1　利用"视频向导"导入视频文件

在导入视频时，"视频导入向导"提供了便捷的操作方式。

选择"文件"|"导入"|"导入到库"命令，打开"导入到库"对话框，选择 "第 11

章\飞花.mpg"视频文件，如图 11-28 所示。

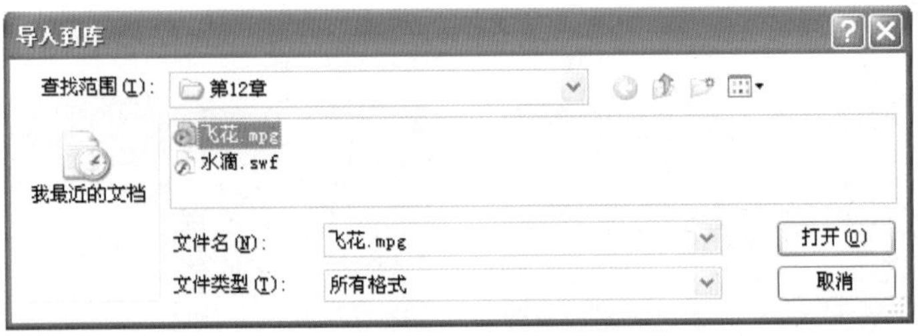

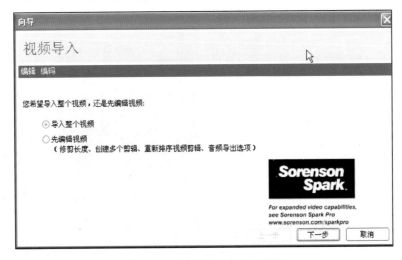

图 11-28　选择视频文件

单击"打开"按钮，弹出视频导入向导对话框，在该对话框中有两个选项，一个是"导入整个视频"，另一个是"先编辑视频"，如图 11-29 所示。

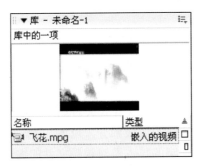

图 11-29　视频导入向导对话框

如果选择"导入整个视频"单选按钮，则把整个视频文件全部导入到"库"面板中。这时，可以像使用其他"库"元件一样，把视频元件拖到场景中，进行 Flash 动画设计，如图 11-30 所示。

图 11-30　视频文件被导入到"库"面板中

11.2.2　对视频文件进行编辑

如果在"视频导入向导"对话框中选择了"先编辑视频"单选按钮，则弹出一个编辑窗口，如图11-31所示。

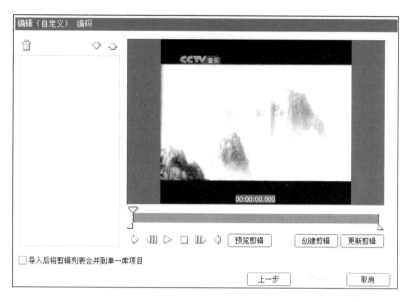

图 11-31　视频导入向导的编辑窗口

在这个编辑窗口中，可以进行以下几个操作：

1．预览视频剪辑

（1）拖动播放进度栏上的播放指针，可以快速浏览视频剪辑内容。

（2）也可以单击从当前位置播放按钮，播放视频文件；单击停止播放按钮，可停止视频的播放；单击"控制器"中的后退一帧按钮和前进一帧按钮，可以向后或向前移动一帧。

2．创建视频剪辑

（1）在播放进度栏拖动视频剪辑的"起始"标志和"终止"标志。

（2）单击将输入点设为当前位置按钮或将输出点设为当前位置按钮，可以在播放指针的当前位置设置开始帧或结束帧。

（3）单击"控制器"中的播放按钮，可以从播放指针当前所在位置处开始播放准备剪辑的视频。

（4）经过预览，如果编辑结果符合需要，就可以创建视频剪辑了，单击"创建剪辑"按钮，一个新的剪辑出现在左侧的滚动窗口中，如图11-32所示。

（5）如果要从同一个文件中创建其他剪辑，则可以重复上述步骤。

（6）如果要重新编辑剪辑，在滚动窗口中选择该剪辑，重新选择开始和停止点，然后单击"更新剪辑"按钮。

（7）如果创建了多个视频剪辑，并且想将所有剪辑合并为单一剪辑以便导入，可以选中"导入后将剪辑列表合并到单一库项目"复选框。

（8）如果要更改左侧滚动窗口中的视频剪辑的顺序，可以在滚动窗口中选择一个剪辑并单击将剪辑上移按钮或将剪辑下移按钮。

（9）如果要删除某个剪辑，可以在左侧窗口中选择某个剪辑，单击删除按钮。

图 11-32　创建视频剪辑

至此，视频导入的编辑与设置全部完成，可以在 Flash 文档中使用已经导入的视频文件了。

11.2.3　控制视频播放

Flash 对导入到文档中的视频提供了很多控制方式，如可以利用"时间轴"、"行为"、"视频组件"、"视频模板"控制视频回放等。

"行为"是系统预先编写好的一段一段"动作脚本"，它们分别能实现诸如播放、停止、暂停、后退、快进、显示及隐藏视频剪辑等行为效果。

在 Flash 中，"视频行为"是通过"行为"面板进行设置的。表 11-1 列出了用于控制视频的"行为"。

表 11-1　Flash 中的"视频行为"

行　　为	目　　的	参　　数
播放视频	在当前文档中播放视频	目标视频实例名称
停止视频	停止该视频	目标视频实例名称
暂停视频	暂停该视频	目标视频实例名称
后退视频	按指定的帧数后退视频	目标视频实例名称、帧数
快进视频	按指定的帧数快进视频	目标视频实例名称、帧数
隐藏视频	隐藏该视频	目标视频实例名称
显示视频	显示视频	目标视频实例名称

下面通过制作一个视频播放器，介绍嵌入视频的"行为"控制操作方法。

1．创建影片文档并导入背景图像

（1）创建影片文档。打开 Flash 8，新建一个 Flash 文档，设置舞台尺寸为 397×185 像素，设置背景颜色为黑色，其他参数保持默认。

（2）导入背景图像。将"图层 1"图层命名为"背景图"，选择"文件"|"导入"|"导入到舞台"命令，导入"播放器.png"文件作为背景图像（文件路径为"第 11 章\播放器.png"），如图 11-33 所示。

2．导入视频文件

新增一个图层，命名为"视频"，选择"文件"|"导入"|"导入到舞台"命令，导入"飞花.mpg"视频文件。

将导入的视频文件放置到适当的位置，并在"背景图"图层第 52 帧上按 F5 键添加普通帧，延伸背景图像。效果如图 11-34 所示。

图 11-33　播放器背景图片　　　　　　　　图 11-34　安排视频文件的位置

在视频对象的"属性"面板里，输入实例名称为"飞花.mpg"，设置宽度为 380 像素，高度为 300 像素，如图 11-35 所示。

3．创建控制按钮

新建一个圆形的按钮元件，命名为"透明按钮"。新增一个图层，从"库"面板中将这个按钮连续两次拖到舞台中，创建两个按钮实例，实例名称分别为"播放"和"暂停"。调整它们的大小和位置，与背景图片画面中的"播放"和"暂停"按钮重合，并将颜色设置为 Alpha，透明度为 0%（即完全透明）。效果如图 11-36 所示。

图 11-35　设置视频对象的属性

图 11-36　制作两个控制按钮

声音和视频

4．设置按钮的控制"行为"

先选中舞台上的"播放"按钮，打开"行为"面板，单击 ✚ 按钮，在弹出菜单里选择"嵌入的视频"|"播放"命令，如图 11-37 所示。

弹出"播放视频"对话框，在其中选择要播放的视频对象，单击"确定"按钮，如图 11-38 所示。

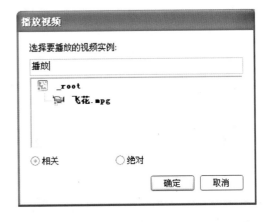

图 11-37　为按钮添加控制"行为"　　　　图 11-38　为"行为"指定控制按钮的实例名

这时，"行为"面板中增加了一个事件，如图 12-39 所示，表示已经给按钮赋予了控制动作的行为。

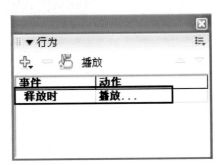

图 11-39　添加了控制动作的"行为"面板

"暂停"按钮添加"行为"的过程与上面的"播放"按钮完全一样，即在"行为"面板中为"暂停"按钮添加"暂停"的行为。按 Ctrl+Enter 组合键测试效果，单击"暂停"、"播放"按钮，可以看到，现在已经可以控制视频的播放了。

课 后 习 题

找一首 MP3 歌曲，制作一个具有停止、播放功能的 MP3 歌曲播放器。

第 12 章　　　Flash 行为动画

12.1　关于 ActionScript 脚本

Flash 动画与其他一般动画相比有两个最大区别：一是 Flash 动画具有多媒体的特性，在动画中可以同时有图像、声音、视频的变化；二是 Flash 动画具有交互性，这也是 Flash 最重要的特性，它可以由用户控制动画的运行过程，控制动画播放的内容，用户由被动接受转变为主动获取所需信息。Flash 动画中的互动是通过 ActionScript 脚本语言来实现的。

ActionScript 是一种"面向对象"的编程语言，它的语法结构与 JavaScript 类似。所谓"面向对象"就是将一组相关联的信息放在一个被称为类（Class）的集合里，然后为这个类创建实例（Instance），这些实例就被称为"对象"，集合中的信息则被称为"属性"和"方法"。

12.1.1　ActionScript 脚本的语法结构

ActionScript 脚本中定义了数据类型、构造函数、事件处理函数等，与任何语言一样，ActionScript 脚本具有一定的语法规则，只有遵守这些语法规则才能创建可正确编译和运行的脚本。

1．变量

顾名思义，变量就是程序运行中可以改变的量。变量好比一个容器，里面可以装载各种各样的数据。

变量使用前，一般要使用 var 命令先加以声明。

例如：

```
var myNumber = 6;
var myString = "Flash MX 2004 ActionScript";
_global.my_var=1
```

2．"."语法结构

"."是一种特殊的语法结构，它指向了一个影片剪辑实例的某个属性或方法。

例如，一个影片剪辑的实例名称为 mymc，它的 X 轴坐标属性值为 200，那么这条语句可以写为：

```
mymc._x=200;
```

3．控制语句

Flash 在处理 ActionScript 动作脚本时，从第一个语句开始执行，然后按顺序继续执行，直到最后一条语句为止。但也可由控制语句指引动作脚本跳转至别处执行另外的语句。

ActionScript 的控制语句分为条件控制语句和循环控制语句两类。

（1）条件控制语句 if

if 语句是 ActionScript 中使用最频繁的语句之一，它根据判断条件来决定下一步执行哪一种操作语句，如图 12-1 所示。

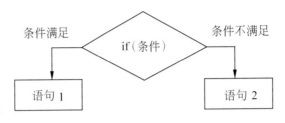

图 12-1　if 语句语法结构

其语法结构如下：

```
if(条件)
{ 语句1 }
else
{ 语句2 }
```

（2）循环控制语句 while

循环控制就是通过一定的条件控制脚本中某一语句反复执行，直到条件不满足为止。其语法结构如下：

```
while (条件)
{ 语句 }
```

12.1.2　"动作"面板

Flash 提供了一个专门处理 ActionScript 动作脚本的编辑环境——"动作"面板。默认情况下，"动作"面板自动出现在 Flash 窗口的下方，如果"动作"面板没有显示出来，那么可以通过选择"窗口"|"开发面板"|"动作"命令来显示。

1．"动作"面板的组成

"动作"面板是 Flash 的程序编辑环境，它由两部分组成。右侧部分是"脚本窗口"，这是输入代码的区域。左上角部分是"动作工具箱"，每个动作脚本语言元素在该工具箱中都有一个对应的条目。左下角部分为"脚本导航器"，在这里可以浏览 Flash 文件中的对象，以查找动作脚本代码。如果单击"脚本导航器"中的某一项目，则与该项目关联的脚本将出现在"脚本窗口"中，如图 12-2 所示。

2．动作脚本的编写

（1）处理事件

事件是推动 Flash 程序运行的灵魂，可以说，没有事件就没有 Flash 程序，正是因为有了丰富的事件，Flash 程序的交互性才能够得以实现。

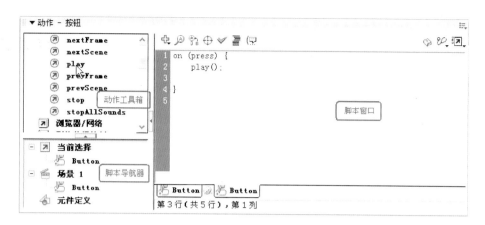

图 12-2 "动作"面板

　　Flash 程序可以处理的事件可谓多如牛毛，这里不可能将它们一一罗列，其实这些事件的名称、作用和处理方法是相似的，只要掌握基本的原理，就可以一通百通了。

　　在以后的示例中，将要使用代码处理一些事件，事件处理代码的结构都是一样的，用自然语言描述就是：

当这个事件发生时（事件名称）

{
执行这些操作
}

　　（2）鼠标事件

　　鼠标按下的事件：on（press）。

　　如果某个实例元件的代码中含有 on（press）的事件代码，那么当用户在这个实例元件上按下鼠标键时，on（press）后面的大括号中的代码就会被执行。

　　鼠标释放的事件：on（release）。

　　这个事件在鼠标键释放的时候发生，这个事件通常都是在 on（press）之后发生的。举个例子来说，当需要处理用户单击某个按钮的事件时，就可以为这个按钮添加一个 on（release）事件处理。尽管在这种情况下 on（press）和 on（release）的作用是相似的，因为通常 press 之后总会有 release，但是还是应当尽量使用 on（release）。为什么呢？因为如果使用 on（press）会让按钮"过于敏感"——轻轻一按，代码立刻就被执行了，如果用户发现自己按错了，可就没有后悔药吃了。而当使用 on（release）时，一旦用户发现按错了，可以按住鼠标键不放，将鼠标指针移动到按钮之外释放，代码就不会被执行，这才是比较人性化的按钮行为。

12.1.3　常用的 ActionScript 脚本

　　制作 Flash 动画时，有些动作脚本经常要用到，它们的语法结构也较简单，不需要编程知识也能很快掌握。下面介绍常用的 ActionScript 脚本。

218

1．控制动画的播放和停止

Flash 动画在没有人为参与的情况下，它是从头到尾循环播放的。只要利用动作脚本中的 play 和 stop 命令，就能控制动画的"播放"和"停止"。

下面用一个示例来说明其用法。

（1）打开"第 10 章\卷轴画.fla"文件。

（2）新建一个图层，把它重新命名为"按钮"。选中"按钮"图层的第 1 帧。选择菜单栏的"窗口"|"其他面板"|"公用库"|"按钮"命令，从"库"面板中拖出两个按钮元件放到舞台。再到"属性"面板将它们的"实例名称"分别命名为"播放"和"停止"，如图 12-3 所示。

（3）选中舞台中"播放"按钮，在"动作"面板中输入如下语句，如图 12-4 所示。

```
on (release) {
    play( );
}
```

（4）选中舞台中"停止"按钮，在"动作"面板中输入如下语句，如图 12-5 所示。

```
on (release) {
    stop();
}
```

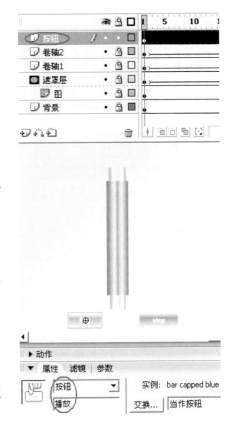

图 12-3　添加"按钮"图层

图 12-4　输入"播放"按钮的动作脚本

图 12-5　输入"停止"按钮的动作脚本

（5）选择"控制"|"测试影片"命令，影片开始播放。单击"停止"按钮，动画停止播放，单击"播放"按钮，又开始播放。

2．跳转到帧或场景

在 Flash 中可以通过按钮控制当前动画跳转到某一帧上播放或停止，使用的动作脚本是 gotoAndPlay()或者 gotoAndStop()。其语法形式如下：

```
gotoAndPlay(场景，帧)
```

其中：场景指要跳转到影片场景的名称，场景名称要用字符串形式，即用双引号。帧指要跳转到帧的帧数或帧标签。

下面用一个示例来说明其用法。

（1）打开"第12章\跳转播放.fla"文件。这是一个由三个场景构成的动画，如图12-6（a）所示。如果没有 ActionScript 命令控制，三个场景动画将按顺序播放。

（2）单击"白天"场景中"图层 3"图层的第 60 帧，打开"动作-帧"面板，可以看到这样一句命令"gotoAndPlay(1);"，它表示动画播放到此帧后要跳转到场景 1 的第 1 帧播放，而不会按顺序向场景 2 运行。要想进入场景 2，则必须通过 ActionScript 命令来执行。

（3）选择舞台中的"天黑了"按钮，打开"动作-帧"面板，输入以下命令：

```
on (release) {
    gotoAndPlay("晚上",1);
}
```

"晚上"是第 2 个场景的名称，这里用双引号括住了。后面的"1"表示场景 2 的第一帧。当单击这个按钮时动画会跳到第 2 个场景"晚上"播放。场景 2 如图 12-6（b）所示。

（4）在场景 2 中单击"天亮了"按钮，可以看到动画会播放到第 3 个场景，因为在场景 2 中"图层 3"的最后一帧也加入了命令 gotoAndPlay(1)，动画在播放到最后一帧会从第 1 帧开始循环播放，而不会向第 3 个场景运行。

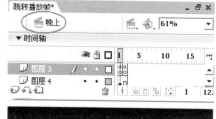

（a）具有三个场景的动画　　　　　　　　　（b）场景 2

图 12-6　跳转播放

（5）选择舞台中的"天亮了"按钮，打开"动作-帧"面板，输入命令：

```
on (release) {
    gotoAndPlay("过渡",1);
}
```

"过渡"为第 3 个场景的名称，当执行了鼠标事件后，动画会转到第 3 个场景的第 1 帧，实现场景的跳转。

3. 控制 Flash 播放器

在 Flash 的动作脚本中使用 Fscomment 命令可以控制 Flash 的播放器，如全屏播放、退出动画等。注意：此项动作脚本的效果只能在 Flash 动画播放器中才能显示出来，在影片测试窗口中是看不到效果的。

用于"全屏播放"的命令如下：

```
Fscomment("fullscreen","true");
```

用于"退出动画"的命令如下：

```
Fscomment("quit");
```

下面用一个示例来说明其用法。

（1）打开一个制作完成的 flash 文件。

（2）新建一个图层，把它重新命名为"动作脚本"。选中"动作脚本"图层的第 1 帧。打开"动作"面板，在"动作"面板中输入如下语句，如图 12-7 所示。

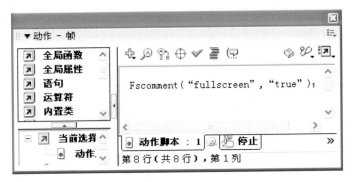

图 12-7 在"动作"面板中输入"全屏播放"的脚本

```
Fscomment("fullscreen","true");
```

（3）选中"动作脚本"图层的第 60 帧。打开"动作"面板，在"动作"面板中输入如下语句，如图 12-8 所示。

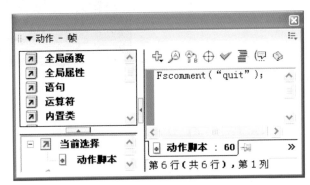

图 12-8 在"动作"面板中输入"自动退出动画"的脚本

```
Fscomment("quit");
```

（4）导出影片后双击 SWF 动画影片文件，这时打开的动画是全屏播放的，动画播放完后自动退出。

12.2　精 彩 示 例

12.2.1　瑞雪纷飞

先来看一下"瑞雪纷飞"的演示效果，白雪皑皑的大地，天空中正纷纷扬扬地飘洒着漫天大雪，如图 12-9 所示。天上飘洒的这么多雪花，都是由动作脚本自动产生的，我们只是制作了其中的一朵。

下面来详细讲解制作过程。

1．创建影片文档并导入背景图像

（1）创建影片文档。打开 Flash 8，新建一个 Flash 文档，设置舞台尺寸为 550×400 像素，设置背景颜色为白色，其他参数保持默认。

（2）导入背景图像。将"图层 1"图层命名为"背景图"，选择"文件"|"导入"|"导入到舞台"命令，导入"第 12 章\山中小屋.jpg"文件，作为背景图像，如图 12-10 所示。

图 12-9　"瑞雪纷飞"的演示效果　　　　　图 12-10　"山中小屋"背景图片

2．制作"雪花"影片剪辑

（1）制作"雪花"元件

选择"插入"|"新建元件"命令，打开"创建新元件"对话框，选择"行为"选项区域中的"图形"单选按钮，将名称改为"雪花"，如图 12-11 所示。

图 12-11　创建"雪花"图形元件

221

第
12
章

Flash 行为动画

单击"确定"按钮后，进入"雪花"元件"时间轴"面板，先用椭圆工具○在编辑舞台中画一个圆，再打开"混色器"面板，将填充色设置为"放射状"，再把"颜色渐变条"的左边设为白色，右边颜色的 Alpha 值设置为 0%。"雪花"元件就制作完了，如图 12-12所示。

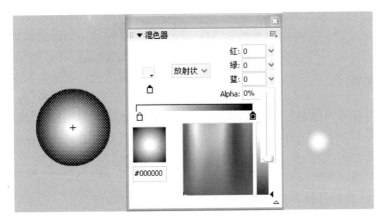

图 12-12　制作"雪花"元件

（2）制作"雪花"影片剪辑

选择"插入"|"新建元件"命令，打开"创建新元件"对话框，选择"行为"选项区域中的"影片剪辑"单选按钮，将名称改为"飞舞的雪花"，如图 12-13 所示。

图 12-13　创建"飞舞的雪花"影片剪辑元件

单击"确定"按钮后，进入"飞舞的雪花"元件"时间轴"面板，选中"图层 1"图层，将"库"面板中的"雪花"元件拖到影片剪辑编辑舞台中。建立从第 1~50 帧的动作补间动画，让雪花从上往下运动。再建立一个运动引导层，让雪花沿着弯曲的运动引导线飘然落下，如图 12-14 所示。

这样，"飞舞的雪花"影片剪辑制作完成了。

3. 制作"瑞雪纷飞"的动画

（1）导入影片剪辑

从"飞舞的雪花"影片剪辑元件的时间轴切换到"场景 1"的时间轴上。新增一个图层，命名为"雪花剪辑"，将"飞舞的雪花"影片剪辑元件从"库"面板拖到"雪花剪辑"图层的场景中。打开"属性"面板，将这段影片剪辑的实例名称命名为 snow，如图 12-15所示。

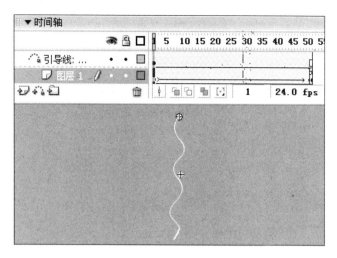

图 12-14　建立雪花的运动引导层

（2）编写动作脚本

目前，只有一朵雪花从天上孤单地飘落下来。下面就用动作脚本制作出一场漫天大雪。新增一个图层，命名为"动作脚本"，如图 12-16 所示。

图 12-15　将影片剪辑的实例名称命名为 snow

图 12-16　"图层"面板

选中第 1 帧，打开"动作"面板，编写一行动作脚本命令：

```
i=1;
```

在这个图层的第 2 帧处插入关键帧，单击第 2 帧，打开"动作"面板，编写如下命令：

```
if (i<100)
{
 duplicateMovieClip("_root.snow", "snow" + i, i);
 setProperty("snow" + i, _x, random(800));
 setProperty("snow" + i, _y, random(200));
 setProperty("snow" + i, _xscale, a=random(100));
 setProperty("snow" + i, _yscale, a);
 i++;
}
else
{
gotoAndPlay(1);
}
```

其中：duplicateMovieClip（）是复制影片剪辑函数，在这个函数中，复制了 100 个 snow 影片剪辑到场景中（这里的 i 为计数器，i<100，将做 100 次循环，i++为 i 每次自动加 1）。

_x、_y 是影片剪辑的坐标位置。后面的 random（800）为随机函数，从 0~800 随机取值，random（200）为从 0~200 随机取值；_xscale、_yscale 为影片剪辑的水平和垂直方向缩放，后面的 a 为缩放百分比。"动作"面板如图 12-17 所示。

```
1  if (i<100)
2  {
3     duplicateMovieClip("_root.snow", "snow"+i, i);
4     setProperty("snow"+i, _x, random(800));
5     setProperty("snow"+i, _y, random(200));
6     setProperty("snow"+i, _xscale, a=random(100));
7     setProperty("snow"+i, _yscale, a);
8     i++;
9  }
10 else
11 {
12 gotoAndPlay(1);
13 }
```

图 12-17 复制 100 个 snow 影片剪辑的动作脚本

在这个图层的第 3 帧再插入关键帧，打开"动作"面板，编写如下命令：

```
gotoAndPlay(2);
```

为了能使影片全屏播放，在"背景图"的第 1 帧上，编写如下的动作脚本：

```
fscommand("fullscreen", "true");
```

最后将其他两个图层的帧都延长到3帧，此时"图层"面板如图12-18所示。

全部设计制作工作已经完成了。选择"控制"|"测试影片"命令，影片开始播放。这时就可以看到漫天飞舞的雪花了。将源程序保存为"瑞雪纷飞.fla"，导出的动画影片命名为"瑞雪纷飞.swf"。

图 12-18 完成的的"图层"面板

12.2.2 拖放动画

在网上经常看到 Flash 影片中有的对象可以利用鼠标进行拖动。例如，类似七巧板的拼图游戏、控制音量的滑杆等，所使用的就是 Flash 中的拖曳动作。

下面就来制作一个"美女换衣"的游戏。游戏画面如图 12-19 和图 12-20 所示。

（1）创建影片文档

打开"第 12 章\美女换衣.fla"源文件。

（2）导入背景图像

将"图层 1"图层命名为"美女"，将"库"面板中的"美女"图形元件拖到场景中作为背景图像。

图 12-19 "美女换衣"游戏画面 1　　　　　　图 12-20 "美女换衣"游戏画面 2

（3）导入衣裤裙帽图像

新建第二个图层，命名为"衣裤裙帽"。首先将"库"面板中的"衣服"、"裙子"、"长裤"、"短裤"、"帽子"等图形元件一一转换成影片剪辑元件，然后把它们全部都拖到场景之中，如图 12-21 所示。

图 12-21　导入衣裤裙帽图像

（4）编写"拖放动画"脚本

在"衣裤裙帽"图层中，逐一选中各个元件，并打开"动作"面板，编写一段动作脚本命令，就可以实现利用鼠标在影片剪辑中的拖放操作。脚本命令如下（如图 12-22 所示）。

```
on (press) {
  this.startDrag(false);
 }
on (release) {
  this.stopDrag();
 }
```

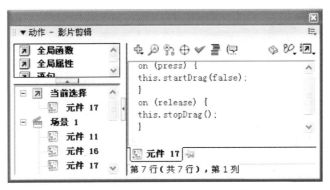

图 12-22　编写"拖放动画"脚本

其中：on (press)　表示按下鼠标键时的状态；

on (release)　表示鼠标键释放时的状态；

this.startDrag(false)　表示当鼠标键在影片剪辑上按下时，可以拖曳该元件；

this.stopDrag()　表示当鼠标键释放时，停止对影片剪辑的拖曳。

对每一个要拖放的元件都编写与上面完全相同的动作脚本。

选择"控制"|"测试影片"命令，将鼠标指针移动到衣服上，按下左键不放，衣服将会跟着鼠标指针移动。把衣服拖到美女身上，释放鼠标键，这时，衣服就停留在美女身上了。

12.2.3　鼠标跟随动画

在 Flash 中，把物体随着鼠标指针移动的方式称为"鼠标跟随"。"鼠标跟随"的制作方法有很多种，现在介绍一种有多种变化的"鼠标跟随"。本例要制作的效果是，在浩瀚的太空有一群星星，而这些星星紧随鼠标指针转动，如图 12-23 所示。

图 12-23　星星紧随着鼠标转动

下面具体介绍动画的制作过程。

1．创建影片文档

（1）创建影片文档

新建一个 Flash 文档，设置舞台尺寸为 550×400 像素，设置背景颜色为深蓝色

（#003366），其他参数保持默认。

（2）从菜单栏中选择"插入"|"新建元件"命令，打开"创建新元件"对话框，选择影片剪辑，命名为"星星"，如图 12-24 所示。

图 12-24　建立名为"星星"的影片剪辑

2．制作星星

（1）选择多角星形工具，打开"属性"面板，单击 选项… 按钮，弹出"工具设置"对话框，设置参数如图 12-25 所示。

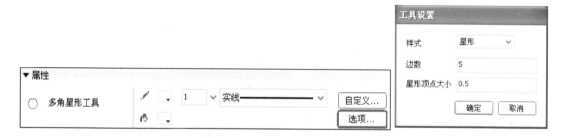

图 12-25　设置多角星形工具的参数

（2）用多角星形工具在影片剪辑编辑器中画一颗星星，颜色为白色，如图 12-26 所示。

图 12-26　绘制一颗星星

3．让星星产生形变

（1）在第 20 帧处插入关键帧，选中第 20 帧处的星星，打开"混色器"面板，将透明（Alpha）值调为 0%，并且将星星横向拖动到适当位置，如图 12-27 所示。

（2）选中第 20 帧，打开"动作"面板，在该帧加入 stop（停止）命令，如图 12-28 所示。

（3）选中第 1 帧，打开"属性"面板，将"补间"设置为"形状"，如图 12-29 所示。

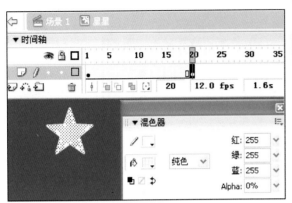

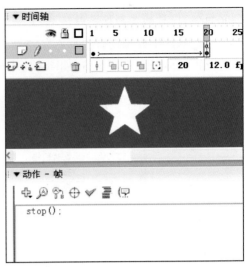

图 12-27　将星星的透明（Alpha）值调为 0%　　　　图 12-28　加入 stop（停止）命令

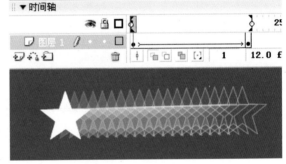

图 12-29　将"补间"设置为"形状"

4．编写动作脚本

（1）创建七个影片剪辑的实例

返回到"场景 1"，选中第 1 帧，从"库"面板中把制作好的"星星"影片剪辑元件拖到场景中，就创建了这个影片剪辑的实例。打开"属性"面板，把该影片剪辑的实例名称命名为 s1，如图 12-30 所示。

用同样的办法，再创建"星星"影片剪辑的六个实例，实例名称分别为 s2、s3、s4、s5、s6、s7。

（2）编写第 1 帧的动作脚本

选中第 1 帧，打开"动作"面板，编写动作脚本：

```
startDrag("/s1",true);
```

这里 startDrag("/s1",true)是设置当鼠标指针移动时，实例 s1 可以被拖动，即可以跟着鼠标指针运动，如图 12-31 所示。

（3）让其余星星也能跟着运动的动作脚本

在上面为帧编写的动作脚本中，只是实例 s1 跟着鼠标指针运动。为了让其余星星也能

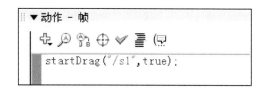

图 12-30　命名影片剪辑的实例名称为 s1　　图 12-31　设置实例 s1 可以被拖动的动作脚本

跟着运动，设计思想是这样的：让 s2 跟着 s1 运动，s3 跟着 s2 运动，如此下去，一个跟着一个运动。

首先，选中舞台中的实例 s2，打开"动作"面板，编写动作脚本：

```
onClipEvent (enterFrame) {
    ax = _root.s1._x;
    ay = _root.s1._y;
    bx = _x;
    by = _y;
    cx = (ax - bx )*0.5;
    cy = (ay - by )*0.5;
    _x = _x+cx;
    _y = _y+cy;
}
```

其中：onClipEvent (enterFrame)为事件处理函数，触发影片剪辑实例定义的动作；

　　　root.s1._x 为影片剪辑实例 s1 的水平坐标位置；

　　　root.s1._y 为影片剪辑实例 s1 的垂直坐标位置；

　　　_x、_y 为当前影片剪辑实例的水平、垂直坐标值。

上面脚本实现了 s2 跟着 s1 运动，如图 12-32 所示。

再选中舞台中的实例 s3，打开"动作"面板，编写动作脚本：

```
onClipEvent (enterFrame) {
    ax = _root.s2._x;
    ay = _root.s2._y;
    bx = _x;
    by = _y;
    cx = (ax - bx )*0.5;
    cy = (ay - by )*0.5;
    _x = _x+cx;
    _y = _y+cy;
}
```

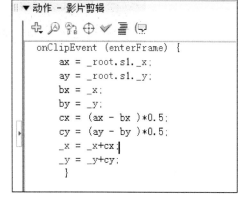

图 12-32　实例 s2 的动作脚本

从动作脚本可以看到，与前面那段脚本相比，这里只是在前两条命令中，将 s1 修改为 s2，即 s3 跟着 s2 运动，其余命令都是一样的。

其他的几个影片剪辑实例，也都这样编写动作脚本。

s4 跟着 s3 运动，只要选中实例 s4，把上面那段脚本的前两条命令中的 s2 的坐标值改成 s3 的坐标值，其余命令都不变，就可实现 s4 跟着 s3 运动。

s5 跟着 s4 运动，只要选中实例 s5，把上面那段脚本的前两条命令中的 s2 的坐标值改成 s4 的坐标值，其余命令都不变，就可实现 s5 跟着 s4 运动。

以此类推，不再一一赘述。

（4）再新增一个关键帧，打开"动作"面板，编写动作脚本，如图 12-33 所示。

```
gotoAndPlay(1);
```

最后，按 Ctrl+Enter 组合键，就可测试鼠标跟随效果。

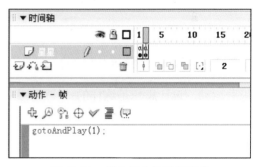

图 12-33　第 2 帧上的动作脚本

课 后 习 题

1. 用黑色作为背景，制作一颗雨滴下落的影片剪辑，再利用动作脚本的命令，产生一场倾盆大雨的动画效果，如图 12-34 所示。

图 12-34　倾盆大雨效果图

2. 打开"第 12 章\枫叶下落_原始.fla"源文件，制作当鼠标指针经过枫叶时，枫叶会落下的动画，效果如图 12-36 所示。

制作提示：

（1）制作枫叶透明按钮，在"点击"帧上放入枫叶，如图 12-37 所示。

（2）制作枫叶下落的影片剪辑。各层分布如图 12-38 所示。

选择"枫叶按钮"实例，在"动作"面板中输入如下脚本：

```
on(rollOver){
    gotoAndPlay(1);
}
```

图 12-35　素材图片　　　　　　　　　　图 12-36　枫叶下落的效果

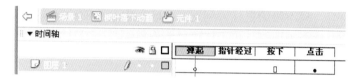

图 12-37　"点击"帧

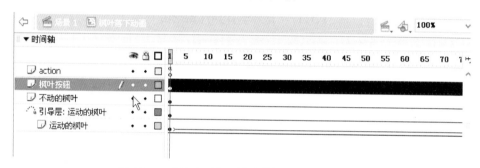

图 12-38　"枫叶下落"影片剪辑"时间轴"面板

action 层第 1 帧，在"动作"面板中输入以下脚本：

```
stop();
```

（3）回到场景，将"枫叶下落动画"影片剪辑拖入已经绘制好的树枝上，如图 12-39 所示。

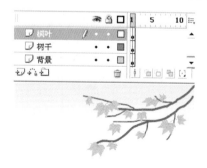

图 12-39　在树枝上摆放制作好的影片剪辑

第13章　鼠绘技术

我们在网上看到很多缤纷多彩的 Flash 动画，相信很多人都会产生想自己亲手制作一个动画片的愿望。但是大多数人并没有学过绘画，虽然有很多想法却无法用自己的画笔表达出来。其实只要有一只不错的鼠标，利用好 Flash 中自带的绘画工具，再加上细心与耐心，即使没有受过专业绘画训练，也一样可以制作出很漂亮的动漫画效果来。这就是所谓的"鼠绘"技术。

下面简单介绍鼠绘的一些基本知识。

13.1　憨厚的机器猫

这里要利用椭圆和直线工具，在 Flash 中绘制一个可爱的机器猫头像。

（1）新建一个 Flash 文档，设置舞台尺寸为 550×400 像素，设置背景颜色为白色，其他参数保持默认。

（2）选择椭圆工具 ◯，在舞台上画一个蓝色的椭圆，再画一个白色的椭圆。

（3）通过放缩、旋转命令将两个椭圆调整到合适的位置，如图 13-1 所示。

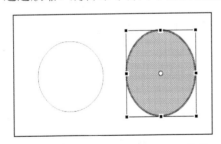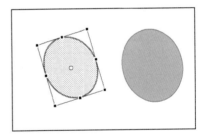

图 13-1　放缩、旋转两个椭圆

（4）将白色椭圆放置到蓝色椭圆之上，并调整白色椭圆的大小和位置，如图 13-2 所示。

（5）再画两个白色的小椭圆，将它们移到合适的位置，作为大眼球，并在其中画上眼睛的状态。

（6）在大眼球下面绘制一个红色的椭圆，作为猫的鼻子。

（7）利用直线工具拉出一条竖线，用鼠标将其稍稍拉弯，放在红鼻子下面，如图 13-3 所示。

（8）这里说明一下"直线拉弯"技术，选取工具箱中的黑箭头 �，当黑箭头 ↖ 靠近直线时，箭头会变成 ↘，这时，拖动鼠标，就可以将直线拉弯，如图 13-4 所示。

（9）制作两条直线，用鼠标拉弯，放到竖线下面，中间涂上颜色，然后在嘴巴边上用直线拉弯，再利用颜色填充的方法绘制机器猫的舌头，如图 13-5 所示。

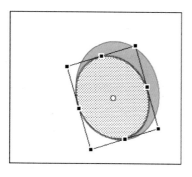 

图 13-2　将白色椭圆放置到蓝色椭圆之上　　　　图 13-3　画两个白色椭圆作为大眼球

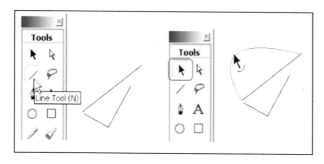

图 13-4　直线拉弯

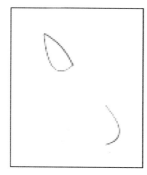 

图 13-5　绘制机器猫的舌头

（10）利用直线工具拉出几条线，并调整形状，然后放到机器猫嘴巴两侧，作为机器猫的胡须，如图 13-6 所示。做到这一步，可爱的机器猫的大致外观就完成了。

图 13-6　画上机器猫的胡须

作为初学者，每画一个部件，都应该新建一个图层，把要画的部件画到新建的图层上，这样就不会破坏其他已经画好的图形，如图 13-7 所示。

所有工作完成后，按 Ctrl+A 组合键选中所有图层，再按 Ctrl+G 组合键将其组合成一个图形，再右击，在弹出的快捷菜单中选择"转换元件"命令，然后将其作为一个图形元件保存到"库"面板中。

图 13-7　每一个部件都画在不同的图层上

13.2　卡通人物画法

下面将通过绘制一个卡通人物来进一步学习鼠绘的一些基本方法。效果如图 13-8 所示。

具体制作过程如下：

（1）选择"文件"|"新建"命令，新建一个默认设置的 Flash 文件。

（2）选择"修改"|"文档"命令，在打开的"文档属性"对话框中修改文档尺寸为 500×400 像素，如图 13-9 所示，并将"图层 1"图层重新命名为"轮廓"。

图 13-8　绘制的卡通人物

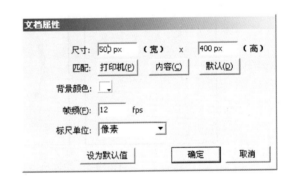

图 13-9　设置文档属性

（3）选择工具箱中的钢笔工具，在工具箱的"颜色"选项区域中设置笔触颜色为黑色（#000000），填充色为"无"，如图 13-10 所示。

（4）将光标移至页面适当位置，通过单击并拖动各个锚点，创建一个闭合的脸的轮廓。然后选择工具箱中的部分选取工具，单击锚点，并拖动锚点控制柄进行调整，效果如图 13-11 所示。

图 13-10　设置笔触颜色和填充色

（5）选择工具箱中的线条工具，用连续的直线勾勒出人物的衣领，如图 13-12（a）所示。然后使用选择工具向内或向外拖动线条，调整各直线段的弯曲度，得到如图 13-12（b）所示的效果。

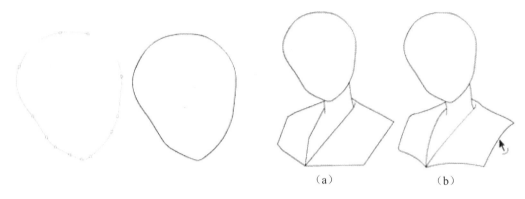

图 13-11　绘制人物脸型　　　　　　　　　图 13-12　绘制衣领

（6）参照步骤（5）的方法，继续使用线条工具 ✐，并结合选择工具 ✎ 绘制出衣领上的条纹、蝴蝶结和人物的肩部轮廓，得到人物的上半身，如图 13-13 所示。

（7）选择墨水瓶工具 ✎，将人物头部和脖子的轮廓线颜色更改为深棕色（#550000），然后选择颜料桶工具 ✎，分别将人物的头部和脖子填充为浅粉色（#FAD9CF），衣服填充为紫色（#8E4CE7），条纹填充为白色（#FFFFFF），蝴蝶结填充为红色（#F85359），得到如图 13-14 所示的效果。

图 13-13　绘制人物的上半身　　　　　　图 13-14　填充绘制的人物

（8）在"时间轴"面板中，将"轮廓"图层的内容锁定，然后单击面板左下角的 ✎ 按钮，新增一个图层，命名为"五官"，用于绘制人物五官，如图 13-15 所示。

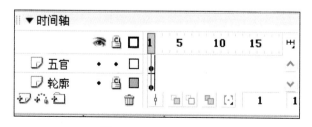

图 13-15　创建新图层

（9）单击"眼睛"图层的第 1 帧，使用线条工具 ✐ 在脸部的适当位置绘制出如图 13-16（a）所示的两个黑色边线的三角形，并使用颜料桶工具 ✎ 将它们填充上棕红色（#680000），

然后使用选择工具 ![] 调整直线段的弯曲度，即完成眉毛的绘制，如图 13-16（b）所示。

（a）　　　　　　　　　　　　　（b）

图 13-16　绘制眉毛

（10）参照前面介绍的绘制方法，结合使用线条工具和选择工具先绘制出眼睛的整体轮廓；然后逐步勾绘出的眼中的各个区域，填充上不同的颜色，并删除不需要的线条；最后勾出眼睫毛，如图 13-17 所示。

图 13-17　绘制眼睛

（11）将绘制的眼睛全部选中，按 Ctrl+G 组合键将其组合为一个整体，然后用同样的方法绘制出另一只眼睛并进行组合，如图 13-18 所示。

（12）整体效果如图 13-19 所示。

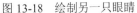

图 13-18　绘制另一只眼睛　　　　　图 13-19　整体效果

（13）用相同的方法，绘制出轮廓线颜色为深棕色（#550000）的鼻子、嘴和耳朵，并分别将它们进行组合。然后适当调整它们各自在脸部的位置。为了增加图像的立体感，再使用粉红色（#FE9293）对颈脖下、鼻梁旁、耳廓部分进行填充，得到如图 13-20 所示的面容。

（14）考虑到添加了头发以后，额头上应该有些阴影。因此，这里将"五官"图层锁定，然后选中"轮廓"图层，解除其锁定，选取脸部的上半部分，使用颜色（#FDAE88）进行填充，将脸部填充成如图 13-21 所示的效果。

图 13-20　增加了鼻子、嘴和耳朵　　　图 13-21　在额头上添加阴影

（15）将"轮廓"图层重新锁定，并在"五官"图层上面新建一图层，命名为"头发"，用于绘制额前的头发与发带。它们的绘制仍可参照前面的方法：先绘制出大概轮廓并进行填充，然后具体刻画细节，填充不同深浅的同色系颜色，增加层次感。发带的颜色为紫色（#961AE4），头发的颜色为棕色（#8D4F43），头发下端颜色为深棕色（#63372F），效果如图 13-22 所示。

图 13-22　绘制前额的头发及发带

（16）完成后所有的图层及最终效果如图 13-23 所示。选择"文件"|"保存"命令，将 Flash 文档命名为"卡通人物.fla"进行保存。

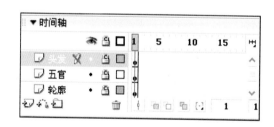

图 13-23　显示图层及最终效果

13.3　聊斋故事片段

下面介绍一个"聊斋"故事片段的动画制作过程。

这个故事片段的梗概为：月光初照，一只有灵性的狐狸在荷塘边快乐地嬉水，闲暇之余，变幻成一位美丽的小姐，在一座小桥与一位公子不期而遇。为了表现这个故事片段，要将动画分成几个场景来制作。其效果如图 13-24 所示。

图 13-24 "聊斋"故事片段

在这个 Flash 动画中，要用到大量的类似国画风格的图形，为了制作这些图形元件，这里采用了临摹图形轮廓的办法，具体制作过程详述如下：

1. 准备素材

对大多数初学者来说，在计算机上绘画比较难控制。因此，可以事先在纸上画好底稿，或找到相关素材，用扫描仪将底稿或素材扫描进计算机。

2. 基本技法

（1）直线拉弯。用铅笔工具画的线条是线形的，可以使用选择工具 将其拉弯。当箭头 靠近直线时，变成 形状，按下鼠标左键的同时拖动鼠标，就可以将直线拉弯，如图 13-25 所示。

（2）用毛笔工具画的线条是一个区域，可以使用选择工具 将其区域拉大变形，如图 13-26 所示。

图 13-25 铅笔工具画的直线可拉弯

图 13-26 毛笔工具画的直线可将其拉大变形

（3）用填充变形工具 给某些部件填充渐变颜色，如图 13-27 所示，狐狸的尾巴就使用了渐变颜色填充。

图 13-27　填充渐变颜色

3．临摹图形的轮廓

把扫描到计算机里的图像导入到"库"面板中，再将其拖到"图层 1"图层的舞台中。新建一个图层，在新建的图层上用绘图工具沿着底稿图形的边缘勾勒出轮廓线。再使用选择工具 对线条进行调整。对多余的辅助线，用选择工具 选中，再按 Delete 键将其删除，如图 13-28 所示。

图 13-28　临摹图形的轮廓

4．动画片段的几个主要元件

在这个动画片段中有狐狸、公子、小姐、山石、小桥、荷莲等元件，要在元件编辑界面中分别制作好，保存到"库"面板中备用。

（1）狐狸

为了使狐狸的头部能活动，在绘制时，可以把头部和身体分别放在两个不同的图层中绘制。在动画制作时，可以灵活地对它们制作动作补间动画，如图 13-29 所示。

（2）荷塘

荷塘中的荷叶及莲蓬分两个步骤绘制：先用稍淡的颜色（#999999）画底，再用深颜色勾边和画出叶脉。最后，把它们和狐狸组合到一个图形元件中，如图 13-30 所示。

最后，把它们和狐狸组合到一个图形元件中。当双击这个图形元件，打开图形元件编辑器，可以对各个组成部分进行编辑修改，如图 13-31 所示。

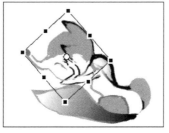

图 13-29　狐狸的头部和身体分别在两个不同的图层中绘制

浅色打底　　　　　　　　　　　　　　　　　深色勾边

图 13-30　荷莲

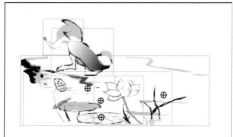

图 13-31　狐狸戏水

（3）小姐

为了表现小姐行走时的飘逸，要让她的腰带能自由飘动。因此，腰带和人的身体要分别在三个不同的图层中进行绘制，如图 13-32 所示。

（4）公子

为了使公子的头部能活动自如，要把公子的头部和身体分别在两个不同的图层中进行绘制，如图 13-33 所示。

图 13-32　飘逸的腰带

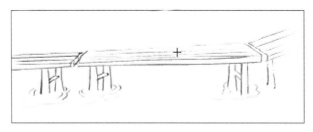

图 13-33　公子的头部和身体在两个不同的图层中

（5）小桥

使用铅笔工具画小桥，将"铅笔"设置为墨水模式 墨水 ，在小桥的桥柱旁画几条曲线，显示出流水的状态。把小桥作为背景图层，将小姐和公子分别放在另外两个不同的图层中，制作动作补间动画，如图 13-34 所示。

图 13-34　小桥

（6）山石

使用毛笔工具画山石，在有粗细变化的地方，要用选择工具 拖拉，将其拉成需要的形态，如图 13-35 所示。

5．制作多场景动画

一个场景就好像话剧中的一幕，多场景动画的播放过程与一个场景的动画效果是一样的，但在制作过程中，能为我们提供很大的方便。在这个动画中，由于要用到多个背景，因此，要把它制作成多场景的动画。

图 13-35　山石

（1）认识"场景"面板

打开"第 13 章\聊斋片段.fla"文件。

选择"窗口"|"设计面板"|"场景"命令，就能打开"场景"面板。可以看到，动画中共有四个场景，分别是"篇头"、"变身"、"月夜"、"偶遇"。单击这些场景项，可以进行场景切换，如图 13-36 所示。

单击添加场景按钮 **+**，可添加一个场景，与图层一样，双击场景的名称，可对场景进行重新命名。

单击重置场景按钮 ，可复制出一个所选的场景。

单击删除场景按钮 ，可删除掉选中的场景。

在编辑一个场景的动画时，不会影响其他场景中的内容。因此，可以很方便地修改各个场景中的内容。

播放多个场景的动画时，将按照场景在"场景"面板中的顺序，从上到下一个接一个地播放。如果要改变场景的播放次序，只要拖动它们的上下位置就可以实现。

另外，也可以在"时间轴"面板上，单击编辑场景按钮 ，在弹出的菜单中对场景进行切换，如图 13-37 所示。

图 13-36　"场景"面板

图 13-37　在"时间轴"面板上进行场景切换

（2）制作"篇头"场景

在"场景"面板中，新建一个场景，命名为"篇头"。

在 "篇头"场景中选择"插入"|"新建元件"命令，与制作单场景动画一样，先制作一个名称为"封面"的影片剪辑，如图 13-38 所示。

再切换回"篇头"场景，将"封面"影片剪辑元件从"库"面板中拖到"图层 1"舞台中的合适位置，如图 13-39 所示。

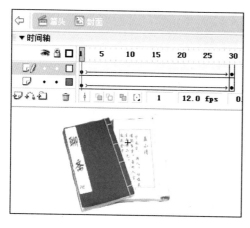

图 13-38 "封面"影片剪辑

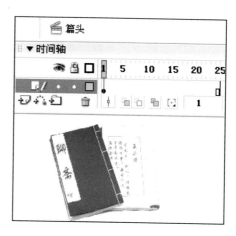

图 13-39 将"封面"影片剪辑从"库"面板中拖到场景中

（3）制作"月夜"场景

在"场景"面板中，新建一个场景，命名为"月夜"。

在"月夜"场景中选择"插入"|"新建元件"命令，制作一个"狐狸戏水"的影片剪辑。

先制作一个名为"月夜"的背景图层，用浅灰色（#CCCCCC）填充整个图层，再在上面画一个白色的圆，当作月亮。

再新建第二个图层，命名为"乌云"，将事先已经制作好的"乌云"图形元件从"库"面板中拖到影片剪辑编辑器中。制作一个动作补间动画，让乌云图形从舞台的左边慢慢运动到右边。

然后新建第三个图层，命名为"狐狸"，将事先已经制作好的狐狸、荷叶及莲蓬、荷花、倒影等组合图形元件从"库"面板中拖到影片剪辑编辑器中，如图 13-40 所示。

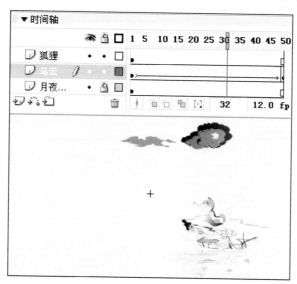

图 13-40 "狐狸戏水"的影片剪辑

再切换回"月夜"场景，将"狐狸戏水"影片剪辑元件从"库"面板中拖到"图层 1"舞台中的合适位置。

（4）制作"变身"场景

在"场景"面板中，新建一个场景，命名为"变身"。

在"变身"场景中选择"插入"|"新建元件"命令，制作一个名为"思凡"的影片剪辑。在这个影片剪辑中，要表现一个狐狸从沉思到渐隐变身，最后变成一位美貌小姐的故事情节。

将"图层1"图层重新命名为"狐狸身"，将事先已经制作好的"狐狸身体"图形元件从"库"面板中拖到影片剪辑编辑器中，如图13-41所示。

新建第二个图层，命名为"狐狸头"，将事先已经制作好的"狐狸头"图形元件从"库"面板中拖到影片剪辑编辑器中，并安排其头部做动作补间动画，如图13-42所示。

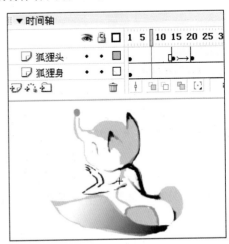

图13-41　"狐狸身体"图形元件　　　　图13-42　狐狸头部做动作补间动画

再新建第三个图层，命名为"山石"，将事先已经制作好的"山石"图形元件从"库"面板中拖到影片剪辑编辑器中，如图13-43所示。

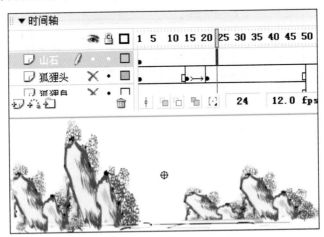

图13-43　"山石"图形元件

再新建第四个图层，命名为"变身"。在该图层上，将事先已经制作好的"狐狸"组合图形元件从"库"面板中拖到第50帧处。然后，在第60帧处按F6键建立关键帧，建立从第 50~60 帧的动作补间动画。选中第 60 帧处的"狐狸"元件,在"属性"面板中,将颜色设置为 Alpha,其值为 36%,使"狐狸"图像逐渐变淡,如图 13-44 所示。

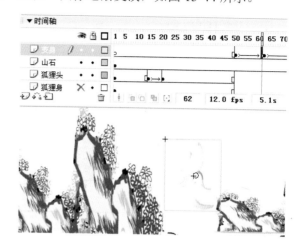

图 13-44 "狐狸"图像逐渐变淡

仍然在"变身"图层上操作,在该图层的第 61 帧处,建立空白关键帧(按 F7 键)。将事先已经制作好的"小姐"组合图形元件从"库"面板中拖到该帧的舞台中,再到第 100 帧处建立关键帧(按 F6 键)。建立从第 61~100 帧的动作补间动画。选中第 61 帧处的"狐狸"元件,在"属性"面板中,将颜色设置为 Alpha,其值为 31%,使"小姐"图像由模糊逐渐变为清晰,并从画面的中央逐渐走出画面,如图 13-45 所示。

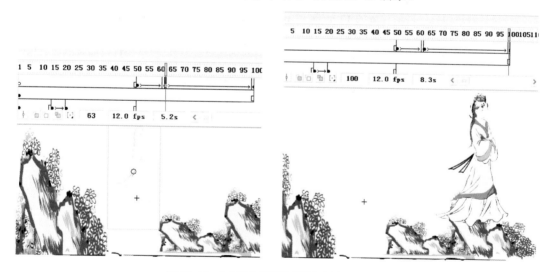

图 13-45 "小姐"图像逐渐清晰并走出画面

最后,切换回"变身"场景,将"思凡"影片剪辑从"库"面板中拖到"图层 1"舞台中的合适位置,如图 13-46 所示。

(5)制作"偶遇"场景

在"偶遇"场景中选择"插入"|"新建元件"命令,制作一个名为"小桥相遇"的影片剪辑。在这个影片剪辑中,有小桥流水,有小姐和公子出场,他们在小桥上相遇。

图 13-46 将"思凡"影片剪辑拖到场景中

将"图层 1"图层重新命名为"小桥"，将事先已经制作好的"小桥"图形元件从"库"面板中拖到影片剪辑编辑器中。

新建第二个图层，命名为"公子"，将事先已经制作好的"公子"组合图形元件从"库"面板中拖到影片剪辑编辑器中，并应用动作补间动画，使"公子"图像从画面的最右边运动到画面中央，如图 13-47 所示。

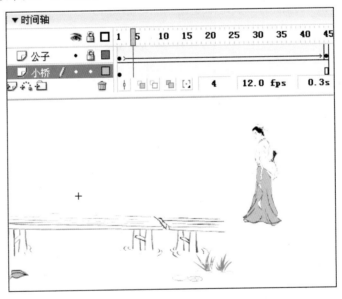

图 13-47 "公子"从最右边走到画面中央

新建第三个图层，命名为"小姐"，将事先已经制作好的"小姐"组合图形元件从"库"面板中拖到影片剪辑编辑器中，并应用动作补间动画，使"小姐"图像从画面的最左边运动到画面中央，如图 13-48 所示。

最后，切换回"偶遇"场景，将"小桥相遇"影片剪辑元件从"库"面板中拖到"图层 1"舞台中的合适位置，如图 13-49 所示。

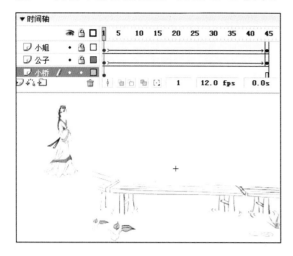

图 13-48 "小姐"从最左边走到画面中央

图 13-49 "偶遇"场景

6．测试与保存文件

按 Ctrl+Enter 组合键测试影片，可以看到，影片按照场景顺序一个接一个地播放。最后将文件保存为"聊斋片段.fla"。

课 后 习 题

应用鼠绘技术，制作一只憨态可掬的大熊猫，如图 13-50 所示。

图 13-50 大熊猫

第
13
章

鼠绘技术

读者意见反馈

亲爱的读者：

感谢您一直以来对清华版计算机教材的支持和爱护。为了今后为您提供更优秀的教材，请您抽出宝贵的时间来填写下面的意见反馈表，以便我们更好地对本教材做进一步改进。同时如果您在使用本教材的过程中遇到了什么问题，或者有什么好的建议，也请您来信告诉我们。

地址：北京市海淀区双清路学研大厦 A 座 602　　　计算机与信息分社营销室　收

邮编：100084　　　　　　　　　电子邮件：jsjjc@tup.tsinghua.edu.cn

电话：010-62770175-4608/4409　　邮购电话：010-62786544

教材名称：图形图像处理应用教程（第二版）

ISBN：978-7-302-16465-4

个人资料

姓名：_____年龄：_____所在院校/专业：_____

文化程度：_____通信地址：_____

联系电话：_____电子信箱：_____

您使用本书是作为：□指定教材　□选用教材　□辅导教材　□自学教材

您对本书封面设计的满意度：

□很满意　□满意　□一般　□不满意　改进建议_____

您对本书印刷质量的满意度：

□很满意　□满意　□一般　□不满意　改进建议_____

您对本书的总体满意度：

从语言质量角度看　□很满意　□满意　□一般　□不满意

从科技含量角度看　□很满意　□满意　□一般　□不满意

本书最令您满意的是：

□指导明确　□内容充实　□讲解详尽　□实例丰富

您认为本书在哪些地方应进行修改？（可附页）

_____
_____

您希望本书在哪些方面进行改进？（可附页）

_____
_____

电子教案支持

敬爱的教师：

为了配合本课程的教学需要，本教材配有配套的电子教案（素材），有需求的教师可以与我们联系，我们将向使用本教材进行教学的教师免费赠送电子教案（素材），希望有助于教学活动的开展。相关信息请拨打电话 010-62776969 或发送电子邮件至 jsjjc@tup.tsinghua.edu.cn 咨询，也可以到清华大学出版社主页（http://www.tup.com.cn 或 http://www.tup.tsinghua.edu.cn）上查询。

"21 世纪高等学校计算机教育实用规划教材"系列书目

书　名	作　者	ISBN 号
32 位微型计算机原理·接口技术及其应用（第 2 版）	史新福等	9787302134039
AutoCAD 实用教程（配光盘）	张强华等	9787302127260
Internet 实用教程——技术基础及实践	田力	9787302110668
Java 程序设计实践教程	张思民	9787302132585
Java 程序设计实用教程	胡伏湘等	9787302109600
Java 语言程序设计	张思民	9787302144113
Visual Basic 程序设计基础	李书琴等	9787302132684
XML 实用技术教程	顾兵	9787302142867
大学计算机公共基础	阮文江	9787302143307
大学计算机基础应用教程	黄强	9787302152163
大学计算机网络公共基础教程	徐祥征等	9787302130161
多媒体技术教程——案例、训练与课程设计	胡伏湘等	9787302126201
多媒体课件制作——Authorware 实例教程	唐前军等	9787302156000
汇编语言程序设计教程与实验	徐爱芸	9787302143413
计算机操作系统	颜彬等	9787302141471
计算机网络实用教程——技术基础与实践	刘四清等	9787302104513
计算机网络应用技术教程	孙践知	9787302118893
计算机网络与 Internet 实用教程——技术基础与实践	徐祥征等	9787302106593
实用软件工程	陆惠恩	9787302125594
数据库及其应用系统开发（Access 2003）	张迎新	9787302128281
数据库技术与应用——SQL Server	刘卫国等	9787302143673
数据库技术与应用实践教程——SQL Server	严晖、刘卫国	9787302142317
数据库应用案例教程（Access）	周安宁 张新猛等	9787302146056
网络技术应用教程	梁维娜等	9787302134848
网页制作教程	夏宏等	9787302105916
微型计算机原理及应用导教·导学·导考（第 2 版）	史新福等	9787302133995
程序设计语言——C	王珊珊等	9787302158035